Pêche mortelle à Strasbourg

Joël Henry

Pêche mortelle à Strasbourg

roman policier

Collection

Les enquêtes rhénanes

Chapitre 1

— Ready ?

Pénélope disputait une partie acharnée de badminton en double avec trois autres collègues commissaires quand les trompettes d'Aïda du téléphone portable sonnèrent dans la poche de son duffle-coat négligemment jeté sur le bord du court. C'était Paméla, la standardiste de la criminelle.

— Désolé les gars, faut que j'y aille.

— Ah non Pénélope, tu vas pas te barrer comme ça. On peut plus jouer si on est un nombre impair.

— Vous n'avez qu'à jouer en simple et faire le mort à tour de rôle. Moi j'en ai un vrai sur le feu. À plus tard !

Pénélope enfourcha son vélo pour se rendre le plus vite possible au pont de la Robertsau qui enjambe le canal de la Marne au Rhin au niveau du Conseil de l'Europe. Quand dix minutes plus tard il arriva en sprintant, il aperçut d'abord la petite foule de badauds qui avait assisté depuis le pont au repêchage du corps. Ils continuaient à observer en contrebas le mystérieux ballet des agents en uniformes autour d'une ambulance et deux voitures de police, gyrophares allumés. Et le chassé-croisé des plongeurs près du zodiac des pompiers. Au centre de la scène, un photographe mitraillait sous toutes ses coutures un cadavre dégoulinant allongé sur un brancard.

Veste, chemise à fines rayures et cravate en bataille, la taille lestée par une ceinture en plomb d'homme-grenouille. L'accessoire qui tue. Un homme plus âgé, soixante ans bien tassés, cheveux blancs coupés en brosse, tournait autour. De temps en temps il se penchait pour l'observer de plus près puis prenait quelques notes sur sa tablette électronique. C'était Jo, le médecin légiste. Apercevant le jeune commissaire à vélo, il vint à sa rencontre, soulevant le ruban en plastique qui délimitait le champ d'investigations.

— Hello Pénélope !

Le commissaire Yacine Belkala avait décroché ce surnom de Pénélope à cause de sa passion maniaque pour la broderie artistique. Il avait commencé à s'y adonner, quatre ou cinq ans plus tôt, sur le conseil de son tabacologue pour s'occuper les doigts quand il avait eu tant de mal à arrêter de fumer. Depuis, il passait des heures et des heures à reproduire, millimètre par millimètre, avec des dizaines de brins de laine multicolores, des toiles de maître pré-imprimées sur des canevas. Les autres enquêteurs se moquaient, avec un soupçon de jalousie, de ce jeune collègue dont le hobby insolite s'était avéré dans le travail un puissant auxiliaire, une technique d'interrogatoire redoutable. Plus d'un vieux routier de la garde à vue avait fini par craquer après un long face-à-face avec ce flic imperturbable qui faisait circuler son aiguille entre les mailles d'une odalisque au bain ou les reflets impressionnistes d'un port de pêche au crépuscule.

— Hello Jo. Alors, c'est la fin du feuilleton Schneider-Schmidt ?

— Ou peut-être le début, répondit mystérieux le scientifique.

— Comment ça ?

Jo entraîna Pénélope à l'écart.

— On a quelques petits soucis, plusieurs détails qui ne collent pas. En particulier un énorme hématome à l'arrière du crâne. La conséquence, selon toute vraisemblance, d'un choc d'une violence inouïe.

— Tu crois ?

— Viens voir.

Pénélope et Jo s'approchèrent du cadavre qu'on venait de recouvrir d'une couverture en papier alu. Jo s'accroupit, en souleva l'extrémité dans un bruit de papillote, découvrant la tête dégarnie penchée sur le côté. Puis il promena son stylet en l'air à quelques centimètres d'une bosse couleur lie de vin à l'arrière du crâne.

— Elle est énorme et placée où elle est, tu vois, juste sous l'occiput, c'est le genre de coup assez difficile à s'administrer soi-même. Ça fait un peu penser à un coup de batte de base-ball. Et puis là, à la limite des cheveux, il y a cette croûte de sang séché et en principe dans l'eau, elle n'aurait pas dû cicatriser. Tout ça est assez étrange. Mais j'y verrai plus clair au bloc quand je l'aurai examiné plus en détail et que j'aurai fait des radios pour vérifier l'ampleur et l'emplacement exacts des lésions.

Pénélope était estomaqué.

— Tu penses qu'il n'est pas mort noyé ?

— Le séjour dans l'eau ne lui a probablement pas fait de bien.

— Mais, il n'a pas pu se cogner en tombant ? un bateau, un truc qui flottait ou même le rebord du pont ?

— S'il est bien tombé du pont. Ce qui semble quand même être le cas d'après le témoignage du pêcheur qui l'a trouvé tout à l'heure.

— Il l'a vu tomber ?

— Non, il l'a accroché avec sa ligne. Ça correspond à peu près à la longueur de sa canne.

Justement un homme âgé que Pénélope n'avait pas vu arriver venait de s'approcher d'eux pour leur demander la permission de s'en aller. Son haleine trahissait une sérieuse absorption d'alcool pour une fin de matinée.

Jo les présenta.

— Le commissaire Belkala. Monsieur Meyer, qui a découvert le corps.

— Bonjour monsieur, j'aimerais d'abord vous poser quelques questions.

Pénélope l'entraîna au bord de l'eau et lui demanda de situer l'emplacement exact où il pêchait et les détails de la découverte du corps.

— J'étais là sur mon fauteuil pliant, sur le chemin de halage parce que c'est plus stable. Et même si ça emmerde ceux qui font du jogging. J'avais ma canne télescopique avec une ligne montée un peu gros pour le brochet. Un bas de ligne en acier et une olive de cinquante grammes. Et tout d'un coup l'hameçon s'est accroché à quelque chose. Je pensais pas que c'était un poisson parce que ça tirait pas. Je pensais à une branche ou un vieux caddie. Il y en a plein au fond. Mais j'arrivais pas à me dégager. Alors avec le moulinet j'y suis allé tout doucement et ça a fini par bouger. C'était très lourd. La canne était toute tendue. Mais j'ai réussi à tout faire remonter sans casser. Et là, j'ai vu que c'était un homme. Monsieur l'adjoint au maire. Je l'ai tout de suite reconnu.

— Vous étiez seul ? Pas d'autre témoin ?

— Non. Alors j'ai tout lâché. J'ai couru chercher le portable que j'avais laissé dans la sacoche de la mobylette et j'ai fait le 18.

— Quelqu'un a déjà enregistré votre témoignage ?

— Oui monsieur le commissaire. Deux inspecteurs.

— Alors vous pouvez y aller. On vous re-contactera si on a besoin d'autres détails. Ça va, vous n'êtes pas trop secoué ?

— Non, ça va, j'en ai vu d'autres vous savez, je suis un ancien de Tambov. Mais je vais quand même prendre un petit remontant.

— C'est peut-être pas très raisonnable, vous voulez pas plutôt qu'on vous raccompagne chez vous ?

— Non, ma mob connaît le chemin.

Un peu inquiets, Pénélope et Jo le regardèrent enfourcher avec difficulté ladite mobylette et s'éloigner sur le chemin de halage.

Puis ils gravirent le talus qui conduisait au pont pour étudier l'endroit d'où la victime s'était, selon toute vraisemblance, jetée à l'eau.

— Pour se cogner sur la balustrade il aurait fallu qu'il le fasse vraiment exprès et en plus que ce soit un sacré acrobate.

Pénélope enjamba le parapet et se tint debout bien droit sur l'étroit rebord du pont.

— Fais gaffe, elle est froide !

— Il y a encore les plongeurs.

— Si on leur offre sur un plateau la possibilité de noyer un flic j'ai peur qu'ils aient du mal à résister.

— Imagine qu'il soit resté un moment, comme ça, face au vide, qu'il ait un peu hésité et que brusquement, parce qu'il pleuvait et que le ciment était mouillé ou je ne sais quoi, il a glissé et s'est cogné l'arrière du crâne sur le rebord ?

— Vu sa morphologie, c'est les fesses qui auraient cogné d'abord et qui auraient ensuite propulsé le reste du corps vers l'avant. Et puis louper son dernier saut, tu avoueras ! Non, vraiment, j'y crois pas beaucoup, mais si tu veux on va faire des simulations avec le mannequin pour vérifier.

— Oui, je veux bien.

Au grand soulagement du légiste, Pénélope repassa d'un bond la rambarde.

— Tu parlais d'autres détails suspects.

— Oui, il y a une déchirure d'environ trente centimètres dans la doublure de sa veste. Une Paul Smith toute neuve.

— C'est peut-être le séjour dans l'eau.

Jo dont l'anglophilie était légendaire rejeta cette hypothèse, tout à fait offusqué.

— Enfin, Pénélope, une veste Paul Smith ne se bousille pas comme ça ! Et puis c'est une coupure très nette, genre coup de lame fine et très aiguisée. J'ai demandé aux plongeurs de chercher mais l'eau est tellement crade. Il paraît qu'au fond il y a un mètre de vase.

— Et je t'accorde que c'est quand même un peu étrange de se balader en veste, ouverte par-dessus le marché, en cette saison.

— Le coup de la ceinture lestée aussi ça me paraît bizarre. J'ai vu pas mal de suicidés par noyade, mais c'est le premier que je trouve aussi bien équipé.

— Tu pourras évaluer le jour et l'heure de sa mort malgré son état ?

— Le 6 novembre vers 23 h 20, annonça Jo avec une tranquille assurance.

— Ah bon ? Comment tu sais ça ?

— Il portait une Tag Heuer. Le nec plus ultra de l'horlogerie suisse, la Rolls de la montre mécanique. Mais elle n'est pas étanche.

— Le 6 novembre ? ça ferait presque quatre jours après sa disparition. Tu as trouvé autre chose ?

— Oui, je lui ai fait les poches. Il y avait des clés, un briquet en or gravé à ses initiales et son portefeuille avec cartes de crédit, papiers d'identité et deux cent vingt euros en espèces. Et puis la montre, bien sûr. Je t'ai fait emballer tout ça.

— Merci Jo. Pour la bosse, tu penses avoir du neuf quand ?

— On va embarquer le corps et je m'y mets tout de suite. Disons vers 15 h. Ça te va ?

— Oui, parfait.

— Pénélope, j'ai un truc à te demander. Je préfèrerais que t'attendes que j'aie fini avant d'aller voir le patron.

Pénélope acquiesça par un petit sourire entendu.

Chapitre 2

Pénélope regagna « l'aquarium », le nouvel hôtel de police tout de verre et d'acier, par la piste cyclable le long du quai Conrad où étaient amarrées des péniches habitées par des mariniers à la retraite et des ménages bobo qui avaient transformé des bateaux en bout de course en petit lofts flottants. De l'autre côté de l'eau, les vieilles grues désaffectées du port servaient de toboggan à des mouettes joueuses. Au fond, la Forêt Noire, exceptionnellement nette, annonçait l'imminence de la pluie ou de la neige. Malgré le froid vif qui lui picotait les doigts, Pénélope continuait à se déplacer à vélo, même l'hiver. Il adorait pédaler dans la ville. Pédaler et gamberger en même temps. Et là, pour le coup, il avait de quoi faire.

Il venait de se coltiner un cadavre. Ce qui n'est jamais une partie de plaisir, même pour un flic aguerri. En plus celui d'Armand Schneider-Schmidt, dit ASS, l'adjoint au maire qui depuis plusieurs jours faisait la "une" de la presse locale. Il avait disparu une semaine plus tôt après avoir adressé à ses proches une lettre annonçant son intention de mettre fin à ses jours. La tonalité générale des articles oscillait entre l'inquiétude et l'espoir que l'homme le plus populaire de la majorité municipale réapparaîtrait vite après avoir renoncé à ce geste fatal sur les motifs duquel les journalistes se perdaient en conjectures.

Mais dans les rédactions sa nécro était déjà prête. Et puis voilà que Jo émettait des doutes sur les causes de sa mort...

De retour au bureau, Pénélope commença par consulter le carnet de bord où étaient inscrites, au fur et à mesure, les affaires en cours. C'était une journée calme. Il n'y avait au menu qu'une rixe dans un club-house, la veille au soir. Une conversation trop arrosée et qui avait mal tourné entre deux cousins défavorablement connus de la police. Si le motif de la dispute demeurait obscur, Steve Schann était en réanimation à Hautepierre avec un poumon perforé et Johnny Haag, l'auteur présumé du coup de couteau, répondait depuis presque six heures aux questions des inspecteurs Langlois et Hill que Pénélope avait sous ses ordres. « Répondait » était un bien grand mot comme le lui apprit Bérengère Hill, la belle brunette énergique en jean's, baskets et pull marin qui venait de faire irruption dans le bureau pour se servir un gobelet d'eau à la fontaine. Elle était excédée.

— Yacine, j'en ai ras-le-bol. Il n'y a rien à tirer de ce demeuré. Il a un vocabulaire de trois mots : « connasse », « pute » et « salope ». Et en principe je devais prendre mon aprème pour m'occuper des mômes. Ma baby-sitter a des partiels.

— En novembre ?

— Oui c'est vrai, t'as raison, elle se fout de moi. Comme quoi les cordonniers...

— Vas-y, file, j'ai un peu de temps, je vais prendre la relève.

— Merci Yacine, je te revaudrai ça.

Johnny Haag était particulièrement agité. Aussi avait-il fait l'objet d'un savant menottage au dossier de sa chaise.

D'une désagréable voix rauque il insultait copieusement en alsacien l'inspecteur Langlois plongé dans *Second Life* sur son ordinateur. Bernard Langlois, originaire de la région parisienne, « du sept-huit », ne comprenait pas l'alsacien. Quand Pénélope entra dans la salle d'interrogatoire, il faussa compagnie à son avatar, se leva et fit les présentations sur un mode exagérément urbain.

— Monsieur Haag, permettez-moi de vous présenter le commissaire Belkala, commissaire Belkala, monsieur Haag...

Ce qui eut pour effet de décupler la fureur de Johnny. Pénélope, sans broncher, s'installa au bureau face à lui et sortit tranquillement son canevas d'un tiroir. Un tableau du Caravage quasiment terminé, le « Portrait du chevalier de Vignancourt » auquel le traitement à la laine donnait un petit air psychédélique. Il se mit à broder lentement, consciencieusement. Johnny changea alors de tactique et réclama sur tous les tons un avocat. Au point où on en était, pourquoi pas ? Pénélope accéda à sa demande.

Trois quarts d'heure plus tard l'élégant Maître Gantner, une star du barreau, se pointa et conseilla à Johnny de déclarer qu'il avait trop bu et qu'il ne se souvenait de rien. Ce qui simplifia considérablement la déposition dont la sobriété contrastait avec le long inventaire de faits suspects, témoignages et éléments à charge recueillis par les enquêteurs. En route pour une vingt-septième comparution !

Les radios de la tête d'Armand Schneider-Schmidt étaient accrochées sur la boîte à lumière du bloc médico-légal. Le reste de la pièce était dans la pénombre. Le mort y reposait nu sur la table d'examen.

— C'est bien ce que je pensais. Le choc a été considérable, regarde, ça c'est ce qu'on appelle les sutures lambdoïdes. Elles sont complètement déboîtées et là il y a un énorme hématome sous-dural aigu. Ce qui ne se rencontre que dans les traumatismes crâniens à grande vitesse avec coma grave d'emblée.

Pénélope contemplait en profane démuni la tâche sombre que lui indiquait Jo.

— Dans cet état-là, il aurait eu du mal à se jeter à l'eau tout seul.

Et devançant la question :

— J'ai fait faire les tests avec le mannequin. Une centaine de simulations. Toutes filmées avec la caméra ultra-rapide. Tu veux voir les ralentis ?

— Non pas tout de suite, mais en deux mots ça donne quoi ?

— On a fait très exactement cent huit séquences. On a épuisé tous les scénarios de chutes possibles et imaginables y compris les plus tordus. On n'a obtenu que deux impacts à la tête, en lui faisant franchir la barrière à plat ventre et en admettant qu'il ait perdu l'équilibre et se soit cogné en passant sur le méplat du pont. Mais ce n'est pas un mouvement très naturel tu en conviendras et même dans ce cas, les impacts seraient sur le côté de la tête. Et là tu vois ils sont parfaitement centrés. Et puis, il y a ces traces de sang coagulé. Une blessure superficielle mais de toute évidence liée au coup. Elle était déjà cicatrisée quand il est tombé à l'eau.

— Tu as trouvé autre chose ?

— Un peu d'alcool dans le sang, mais pas grand-chose. Zéro gramme trois. En revanche ni cannabis, ni autre substance psychotrope et le test aux poisons aussi est négatif. J'ai aussi examiné la déchirure de la veste au microscope pour voir s'il y avait des traces de limaille. Mais rien, l'eau a tout nettoyé.

— Et sur la date et l'heure de la mort ?

— Pour être absolument précis il faudrait faire une analyse des tissus. Foie, moelle osseuse, reins, poumons. Voir si on trouve des diatomées. Mais j'ai appelé le fabricant de la montre, enfin un chef de production, il confirme qu'elle n'aurait pas pu fonctionner plus de trois ou quatre heures dans l'eau à cette température et à cette profondeur. Tout dépend de ce en quoi tu as le plus confiance, la biologie française ou l'horlogerie suisse ?

— Vérifions par la biologie l'excellence de l'horlogerie suisse. Après tout il pouvait porter une montre arrêtée.

— Tu connais beaucoup de gens qui se trimballent avec des montres arrêtées ?

— Je ne connais personne qui porte ce genre de montre.

— Bon d'accord. Mais il faudra compter trois semaines pour les résultats. À propos des poumons, en les compressant au maximum, il n'y a quasiment pas d'eau qui sort.

— Ça veut dire quoi ?

— Qu'il n'était plus vraiment très vivant quand il est tombé dedans. Mais bon, l'autopsie nous le confirmera.

Jo versa de l'eau bouillante et des sachets d'Earl Grey dans deux mugs sur lesquels étaient imprimés les portraits du prince Charles et de Lady Di dans un cadre doré délavé par des milliers de passages de Scotch-Brite. Il ne s'était jamais vraiment remis de leur séparation. Quant à la tragédie du tunnel de l'Alma c'était tout simplement un sujet tabou avec Jo.

Les deux hommes burent leur thé en contemplant le corps d'ASS.

— Pénélope, crois-moi, il n'est pas mort noyé.

— Tu dirais qu'on l'a tué ?

— Tout ce que je sais pour l'instant c'est qu'il est mort des suites du coup à la tête. Maintenant, la nature du coup ? Intentionnel ou accidentel ? Ça c'est ton job.

Victor Schweitzer dirigeait depuis six ans le SRPJ. On ne pouvait pas dire qu'il se tuait à la tâche, mais il s'efforçait de maintenir à l'aquarium une bonne ambiance de travail ponctuée de rares coups de gueule. La plupart du temps, il était plutôt jovial et même amical avec ses collègues. Malgré ses prérogatives de chef, un gigantesque bureau et des costumes à dominante prune ou bordeaux qui tranchaient avec les tenues plutôt sport des hommes de terrain, il avait réussi à établir avec eux des relations qui allégeaient un peu la hiérarchie sans que cela apparaisse comme un signe de faiblesse ou de la démagogie. C'était le style de Victor : cordial et militaire. Il se faisait appeler Victor mais lui appelait tous ses subordonnés, hommes et femmes, par leur nom de famille, rarement par leur prénom ce qui constituait chaque fois une faveur subliminale.

Pénélope frappa à la porte grande ouverte de son bureau dont les immenses baies vitrées donnaient sur l'autoroute.

— Entrez Belkala. Alors comment il va aujourd'hui le Yacine ?

— Bien Victor, je vous remercie.

— Qu'est ce que je peux faire pour vous ?

— Je venais vous parler de l'affaire Schneider-Schmidt.

— Pourquoi l'affaire ? C'était une simple identification, non ?

— Eh bien en fait ça semble un tout petit peu plus compliqué que prévu.

Et Pénélope lui fit part des premières observations du médecin légiste. Victor lâcha un sonore « Ah merde ! ». Il se leva et réfléchit un moment en silence en arpentant le bureau, tête basse et les mains dans les poches de son pantalon. Puis il se retourna vivement vers Pénélope et lui demanda, visiblement contrarié.

— Et il n'a pas pu se cogner à quelque chose en tombant ?

— On y a pensé mais vous avouerez que ça aurait été vraiment pas de bol de tomber sur un bateau juste à ce moment-là et puis on a vérifié au Port Autonome. Personne n'emprunte plus ce bout du canal et du côté des clubs d'aviron, rien à signaler non plus.

— Mais enfin il y a eu cette lettre à sa femme où il annonçait son suicide.

— Mais Jo est formel, d'après lui il est mort des suites d'un coup à l'arrière de la tête.

— Bon, OK, restez là, j'appelle Maman. Vous avez prévenu la famille ?

— Non, pas encore, j'attendais les résultats du labo.

— Faudra quand même pas traîner. Ça fait combien de temps qu'on l'a repêché ?

— En fin de matinée, j'irai tout de suite après la réunion avec Maman.

Celle qu'ils appelaient en douce Maman était Jocelyne Grandjean, juge d'instruction de choc. Une demi-heure plus tard elle déboula, comme d'habitude riant et parlant fort. Communiste notoire, syndicaliste, elle passait au tribunal pour la casse-pieds de service. Elle entretenait avec les policiers du SRPJ des rapports chaleureux et très efficaces. Elle pouvait se mettre en quatre pour accélérer une procédure mais se montrait intransigeante vis-à-vis du respect de la loi. Les auteurs de bavures n'avaient qu'à bien se tenir. Ses manières boy-scout et un rien primesautières lui valaient un respect affectueux à l'aquarium où elle était d'ailleurs comme un poisson dans l'eau.

Elle avait aussi un petit faible pour Pénélope à qu'il elle s'adressait parfois par des « Yacine, mon petit... » qui déchaînaient ensuite une cascade de vannes et de plaisanteries.

— Bonjour Messieurs ! Alors que se passe t-il ? Et pourquoi tous ces mystères au téléphone ?

Victor, Pénélope et Jo, dont elle avait aussi réclamé la présence, lui détaillèrent les éléments troubles liés à la découverte et l'expertise du corps d'ASS.

— Bon, et bien il n'y a pas à hésiter, je vais proposer au procureur d'ouvrir une instruction judiciaire pour recherche de causes suspectes de la mort. Est-ce qu'on dispose d'autres éléments ?

— On a une collection d'empreintes relevées sur le pont, dit Jo, mais beaucoup trop sans doute pour qu'elles soient vraiment exploitables. Les plongeurs n'ont pas trouvé grand chose non plus. Il faudrait faire une autopsie.

— Et toi Yacine, mon petit, comment vois-tu la suite des opérations ?

— Eh bien madame...

— Jocelyne, le gronda-t-elle gentiment.

— Eh bien... on va commencer par madame Schneider-Schmidt et l'identification du corps et puis après je ne sais pas très bien... Je vais réfléchir. Je propose qu'on fasse un point après l'autopsie. Jo tu penses pouvoir la faire quand ?

— Probablement après-demain. Ça m'étonnerait que je trouve un créneau demain à l'hosto. À moins qu'on mette le préfet dans le coup et qu'il leur passe un coup de fil. En général ça marche.

— Non, répliqua vivement Victor, je veux pas l'avoir dans les pattes. Pour l'instant vos soupçons ne sont que des hypothèses. Si ça se trouve c'est quand même un suicide. En tout cas allez-y mollo, Belkala, ce coup-ci on n'a pas affaire à des jeunes en difficulté.

— Victor, ce sont des justiciables comme les autres, dit, agacée, la juge. Yacine tu fais ton boulot comme d'hab, sans te laisser intimider. Je te fais confiance, tu as mon soutien total.

— Et pour la presse qu'est ce qu'on fait ? Qu'est ce qu'on met dans le communiqué ? s'inquiéta Victor qui dépensait une énergie folle dans ce qu'il appelait « la communication externe ». Moyennant quoi son nom était cité deux ou trois fois par an dans les faits divers des *DNA*, le quotidien régional, et il était invité à tous les débats publics organisés sur l'insécurité.

— Je crois qu'il vaudrait mieux pour l'instant ne rien faire, suggéra Pénélope.

— Enfin Belkala on fait un communiqué pour la moindre attaque de GAB à la voiture-bélier, on va quand même pas faire l'impasse sur la mort d'un adjoint au maire !

— On pourrait peut-être simplement cette fois-ci prévenir le cabinet du maire, sans donner trop de détails, et qu'ils se chargent eux-mêmes d'informer la presse.

— Oui, c'est pas con, concéda Victor visiblement soulagé par cette solution.

Chapitre 3

Quand Conception, la domestique ivoirienne des Schneider-Schmidt, vint annoncer à Madame que deux messieurs de la police l'attendaient dans le salon, elle sut immédiatement qu'on avait retrouvé son mari. Et quand elle découvrit la mine gênée et compassée de Pénélope et de Bernard elle comprit qu'il était mort.

— Madame, je suis désolé, mais nous avons une terrible nouvelle...

Nadine Schneider-Schmidt devait avoir une cinquantaine d'années mais elle en paraissait bien dix de moins. Elle était grande, élancée, rousse avec de beaux yeux verts mais un regard froid. Un magnifique visage elisabéthain. Elle se laissa choir dans un fauteuil et resta silencieuse, les yeux dans le vague, sans manifester la moindre émotion, pendant un temps qui sembla une éternité aux deux enquêteurs restés debout. Pour se donner une contenance ils examinèrent discrètement cet intérieur bourgeois, au dernier étage du luxueux immeuble de l'Esca, dont les nombreuses fenêtres offraient une vue panoramique sur le quai des Bateliers, la perspective de l'Ill et la cathédrale. La pièce était meublée dans un mélange de design international et d'antiquités restaurées à l'excès. Un immense canapé en cuir crème et deux fauteuils assortis disposés autour d'une grande table basse carrée en loupe de noyer étincelante. Une grande armoire « chapeau de gendarme » à décors polychromes sentant fort l'encaustique. Un secrétaire très ouvragé et un immense banc d'église néo-gothique qui courait tout le long d'un mur et sur lequel était installés une chaîne hifi dernier cri et plusieurs mètres de disques en vinyl. Le premier, le seul dont on voyait la pochette, était un album des Kraftwerk, « Autobahn ».

— Comment c'est arrivé ?

— On l'a retrouvé ce matin. Dans le canal, sous le pont de la Robertsau. Je suis absolument désolé. Permettez-moi de vous présenter mes condoléances.

Nouveau long silence, consacré cette fois-ci à l'examen des murs. Deux immenses toiles abstraites sur lesquelles on avait projeté des paquets de peinture dans les tons rouge et orangé et une photo en couleur géante de plus de deux mètres de large, sous verre, encadrée par des cornières en acier oxydé. Elle représentait une scène de piscine en plein air un jour d'affluence. Il s'en dégageait une ambiance irréelle, comme si chacun des personnages avait en réalité posé, s'était figé devant l'objectif.

Est-ce que je peux le voir ?

— Bien sûr Madame, tout de suite si vous voulez, proposa Pénélope qui s'empressa d'ajouter : c'est un moment particulièrement difficile, voulez vous que l'on fasse appeler quelqu'un pour vous accompagner ? »

— Non, je préfère être seule.

— Peut-on vous faire profiter de notre voiture ?

— Non, je vais prendre la mienne.

— Bien, dans ce cas nous allons retourner à l'hôtel de police. Venez nous y rejoindre quand vous serez prête et demandez le commissaire Belkala. C'est moi. Pardon, nous ne nous sommes pas présentés. Et voici l'inspecteur Langlois.

Nadine Schneider-Schmidt ne lui répondit pas, se contentant de prier Conception de raccompagner ces messieurs.

Bernard prit le volant et entama le débriefing.

— On peut pas dire qu'elle soit sympa-sympa.

— C'est peut-être pas le meilleur moment pour se faire une opinion sur les gens.

— Quand même, d'habitude on a affaire à des crises de nerfs, des évanouissements, au moins quelques sanglots... Là rien. C'est comme si on lui avait annoncé la fin de la garantie de son lave-vaisselle.

— T'exagères. C'est vrai qu'elle a l'air de bien encaisser, mais ça veut rien dire. Elle peut aussi bien s'effondrer tout à l'heure.

— Tu comptes lui dire quoi pour l'autopsie ?

— La vérité, enfin à peu près.

— Et si c'est elle qui l'a buté ?

— Qu'est ce que tu veux que je lui raconte d'autre ?

— Tu peux lui dire que son cas intéresse la médecine légale. Que c'est juste pour servir la science.

— Et si elle refuse ?

— Personne ne refuse de servir la science, faudrait vraiment être dénaturé.

Une heure plus tard, Nadine Schneider-Schmidt les avait rejoints à l'aquarium. Pénélope la prit en charge. Il l'accompagna, toujours silencieuse, jusqu'à l'antre de la scientifique au sous-sol. Dans la salle d'attente de l'institut médico-légal il lui expliqua avec beaucoup de tact et de délicatesse comment allaient se passer les choses.

— On ira à votre rythme, madame. Surtout sans vous faire de violence. On va passer dans la pièce d'à côté. Votre mari est là, au milieu, étendu sur la table d'examen. Je vous propose de le regarder de loin d'abord. Puis de vous approcher quand vous vous sentirez prête. Et si, à un moment ou un autre, vous éprouvez le besoin de sortir de la pièce n'hésitez pas. On prendra le temps qu'il faudra.

Mais Nadine ne prit aucune de ces précautions. Tout juste eut elle un petit tressaillement en entrant dans la pièce puis elle marcha d'un pas décidé vers le corps qui reposait sous un drap vert éclairé par un énorme projecteur de bloc opératoire. Jo la salua et lui demanda de lui dire quand il pourrait lui découvrir le visage.

— Tout de suite !

Le ton était péremptoire et même un peu agressif. Jo, d'un geste rapide, sans emphase inutile, souleva donc le drap.

Quand apparut le visage éteint d'ASS, Pénélope guetta les réactions de Nadine. Toujours rien.

— C'est bien votre mari madame ?

Elle haussa les épaules et répondit avec humeur.

— Non c'est le Pape !

— Pardonnez-moi, c'est une formalité.

— Bien sûr que c'est lui. J'aimerais fumer une cigarette.

Jo lui tendit un paquet de Lucky Strike. Quand il approcha la flamme du briquet elle eut un petit sourire triste et expliqua : « C'est la première depuis sept ans. »

Pénélope l'invita ensuite à monter dans son bureau pour signer le procès-verbal de l'identification.

— Madame, je vais être franc et même un peu abrupt avec vous, je le crains mais voilà, on a un problème. Le corps de votre mari porte des lésions suspectes et nous allons devoir en rechercher la cause. Ce qui signifie qu'il va falloir pratiquer une série d'examens dont une autopsie.

— Comment ça des lésions suspectes ?

— Je ne sais pas, je ne suis pas médecin. Mais notre médecin légiste a estimé nécessaire de faire ces investigations.

— Ah non ! Armand a assez souffert comme ça ces derniers mois. Maintenant qu'il est mort, foutez-lui la paix !

— Je crains que ce ne soit pas possible madame. Nous devons faire ces investigations.

Nadine explosa.

— Je m'y opposerai. C'est pas un petit flic qui va faire sa loi !

— Il ne s'agit pas de moi madame, une instruction judiciaire est ouverte.

— Je m'y opposerai.

Après ce second éclat Pénélope laissa retomber le silence et le fit durer une bonne vingtaine de secondes.

— Je suis un peu troublé. Je viens de vous dire que peut-être, même si ça semble étrange, et cela reste bien sûr à vérifier, votre mari ne s'est pas suicidé comme vous semblez le croire et...

— Qu'est ce que vous entendez par « comme vous semblez le croire » ?

— Comme vous le croyez, si vous préférez.

— Oui, je préfère et je vous conseille de ne pas vous ré-aventurer dans cette voie-là !

Nadine Schneider-Schmidt était maintenant carrément en colère. Pénélope lui restait très calme et déterminé.

— Cependant… je suis un peu surpris par votre réaction.

— Vous n'avez pas honte de me traiter comme ça, dans un moment pareil !

— Mettez-vous à ma place une seconde madame. Je vous annonce qu'il y a une incertitude, un doute, sur la cause de la mort de votre mari et ça n'a pas l'air du tout de vous préoccuper.

— Parce que c'est idiot. Mon mari n'avait pas d'ennemis. Personne n'aurait pu faire une chose pareille. Et puis il était malade, bourré d'antidépresseurs, ça faisait des mois qu'il parlait de son suicide. Il l'avait annoncé à tout le monde. Dans le fond j'ai toujours su que ça finirait comme ça.

— Comment les avez-vous vécus ces derniers mois ?

— Comment voulez-vous vivre ça ? Dans l'angoisse permanente bien sûr. À sursauter à chaque sirène d'ambulance. À chaque coup de fil la nuit quand il n'était pas là. À me faire un sang d'encre pour le moindre retard. Et puis, petit à petit vous vous faites à l'idée que vous ne pouvez plus rien pour l'homme que vous aimez. Vous avez eu beau essayer de comprendre, parler, supplier, pleurer pendant des heures, des jours et même des nuits entières, sa détermination restait intacte. Il m'envoyait dans la figure jour après jour qu'il préférait mourir. Je ne comptais plus. Alors c'est affreux à dire mais j'en étais arrivée au point où il m'arrivait parfois de souhaiter que le cauchemar cesse une bonne fois pour toutes. Même si aujourd'hui ça fait mal. Vous auriez un mouchoir s'il vous plaît ?

— Oui, tenez. Pardonnez-moi. Voulez-vous que j'aille vous chercher quelque chose à boire ?

— Non merci. Il ne s'aimait plus et il ne m'aimait plus assez pour vivre. C'est tout. C'est d'une tristesse tellement banale.

On n'était pas partis pour vivre ça mais on s'est laissé bouffer par le boulot, la routine, la vie...

— Il était suivi par quelqu'un ?

— Oui par Ehrengarth. Dix minutes montre en main deux fois par semaine. Il était persuadé que parce que c'était le psy le plus cher du coin c'était aussi le meilleur.

Pénélope tapa la courte déposition de Nadine Schneider-Schmidt et lui demanda de la signer.

— Pour l'autopsie, je vous propose qu'on en reparle demain matin tranquillement. Ce n'est pas une profanation ou quelque chose dans ce genre vous savez, c'est juste une petite intervention chirurgicale.

— Mais puisque je vous répète que c'est un suicide.

— Vous avez probablement raison, mais par acquit de conscience il vaut mieux qu'on vérifie. Je passerai vous voir, si ça ne vous ennuie pas, en milieu de matinée.

— Je peux disposer, maintenant ?

— Oui je vous en prie.

Nadine quitta le bureau sans dire un mot. L'étage en dessous, Bernard avait suivi tout l'entretien sur un écran vidéo et pris quelques notes. Il remonta chez Pénélope.

— Alors, son capital sympathie n'est pas beaucoup remonté ou je me trompe ? Elle te fait quelle impression ? Coupable ?

— Je ne sais pas. En tout cas elle aurait un bon mobile : abréger les souffrances de son homme.

— Si c'est ça elle t'en aurait pas parlé.

Mais ce n'était pas le moment de se perdre en conjectures. Pénélope devait vite faire un compte-rendu à Victor avant qu'il ne rentre chez lui. Le patron n'étant pas un adepte des heures supplémentaires.

— Allo Victor ? Ici Belkala. On vient de procéder à l'identification avec la veuve Schneider-Schmidt. Mais elle fait des difficultés pour l'autopsie.

— Qu'est ce que vous lui avez dit ?

— À peu près la vérité.

— Elle était comment ?

— D'abord très froide, désagréable, puis franchement agressive. Ensuite elle a un peu pleuré. Elle est coriace et j'avoue que j'ai dû un peu la secouer.

— Faites gaffe Belkala, ces gens-là connaissent tout le monde. On marche sur des œufs.

Chapitre 4

Pénélope était attablé au *Strissel*, dans la salle du bas, sous les marqueteries de Spindler et les peintures de Léo Schnug, avec son vieux copain Frank Bilger, le chef du service politique des *Dernières Nouvelles d'Alsace*. C'est là que depuis des années ils avaient pris l'habitude de se retrouver de temps en temps pour échanger des nouvelles et entretenir une amitié vieille de vingt ans, née au sein de Warnung vor dem Hunde, un groupe punk qui devait en principe éclipser Clash, Stooges et Sex Pistols. Frank était le bassiste du groupe et le seul à avoir appris la musique. Pénélope, *lead guitar*, ne connaissait que trois accords et encore, pas intimement, pas par leur nom. Il savait juste à peu près où il fallait poser les doigts sur les cordes ce qui limitait considérablement le répertoire potentiel. Les interminables discussions sur les morceaux susceptibles d'y être intégrés constituaient d'ailleurs l'essentiel de la vie du groupe qui ne fit en tout et pour tout que trois brèves apparitions pendant des fêtes de la musique, devant un public hilare et clairsemé.

Frank et Pénélope avaient aussi présenté ensemble et réussi le concours d'entrée à l'école de journalisme. Mais malgré de brillants résultats, Pénélope avait décroché en troisième année pour aller suivre une formation de commissaire de police.

Ils aimaient tous les deux cette splendide *winstub*, à deux pas de la cathédrale, mentionnée dans tous les guides de voyages mais qui avait aussi conservé les faveurs des autochtones grâce à sa choucroute légendaire et à l'accueil à la fois bourru et familier des deux serveuses, Marguerite et Jeannine, les reines de l'établissement. Après une gorgée du *kaefferkopf* maison et s'être, comme d'habitude, extasié sur son bouquet qui tire subtilement sur la réglisse et la violette, Pénélope décompressa.

— Quelle journée ! C'est moi qui me suis occupé de l'identification de Schneider-Schmidt.

— C'est quoi cette histoire ? Pourquoi le communiqué est arrivé si tard ?

— C'est justement de ça que j'avais envie de te parler. Mais sous le sceau du secret le plus absolu.

— Yacine, tu sais que tu peux compter sur moi.

Pénélope refit pour la troisième fois de la journée, mais cette fois-ci à mi-voix, le récit des événements à Frank.

— C'est hallucinant. Mais vous n'envisagez quand même pas un assassinat ?

— Au stade où on en est, on reste ouverts à toutes les éventualités. Tu penses qu'on devrait l'écarter ?

— Ça me paraît extravagant, c'était un type bien et vraiment très apprécié. C'était un homme politique comme on en rêve, sympa, disponible, créatif, modeste, s'intéressant à des tas de trucs. Jamais je n'ai eu vent de la moindre rumeur à son sujet et crois-moi dans ce milieu c'est plutôt rare. On lui prédisait un bel avenir. Certains le voyaient déjà président du département ou de la région.

— Justement ça devait faire des jaloux.

— Non, et puis je ne crois pas qu'il ait eu lui-même ce genre d'ambitions et de toute façon ce n'était pas un homme du sérail. C'était ce qu'on appelle dans notre jargon une PCO, une personnalité civile d'ouverture. Et sans parti, même si tu es le chouchou de l'opinion, tu ne fais pas un candidat sérieux. Pour gagner une élection il faut pouvoir compter sur un appareil. Et puis on n'est pas en Corse.

— Il y a un début à tout. Dis donc sa mort a l'air de te secouer, toi aussi. Tu le connaissais bien ?

— Je le voyais de temps en temps pour le boulot et j'ai dû manger avec lui une dizaine de fois. Le plus souvent dans des dîners avec d'autres personnes. Oui, je l'aimais bien. Il était très sympa. Et en tant que journaliste c'était un des rares élus à ne pas nous gonfler ou se plaindre au rédac' chef pour le moindre mot de travers.

— Il fréquentait quel genre de gens ?

— Dis donc c'est une petite bouffe entre potes ou un interrogatoire ?

— Oui, t'as raison, je te demande pardon.

— Il y avait autour de lui toutes sortes de gens. Plutôt sympas. Des gens en général ni très connus ni très influents, des gens normaux quoi. Et les quelques stars, entre guillemets, qu'on pouvait y rencontrer, des artistes, des sportifs, c'étaient aussi de vrais amis à lui, pas des invités pour la déco. En revanche il y avait assez peu de politiques.

— Et tu l'avais trouvé changé depuis quelques temps ?

— Non, pas tellement. Il y a quoi ? peut-être trois semaines ? j'étais au Racing avec lui et toute une bande. On a fini la soirée à la Choucrouterie, il était en super forme. Drôle et même un peu allumé.

— Et sa mort, la lettre à ses proches, tout ça, ça t'a pas étonné ?

— Si, un peu. Mais tu sais on n'était pas des intimes.

— C'était quoi sa fonction au conseil municipal ?

— Ah je vois que tu ne lis plus régulièrement mon journal.

— Si, mais avec la nouvelle municipalité je ne comprends plus très bien qui fait quoi.

— Il était adjoint aux finances, président de la commission développement durable, adjoint de quartier du Neudorf et vice-président de la CUS.

— Il aurait pu tâter de la corruption ?

— Non, ça m'étonnerait. C'était pas le genre de la maison et puis finalement, adjoint aux finances c'est la fonction qui offre le moins d'opportunités. C'est lui qui contrôle les dépenses et qui fait les arbitrages financiers mais ses interlocuteurs sont le maire et les autres élus. Il n'est jamais directement en contact avec les fournisseurs, ceux qui sont éventuellement suscepzs de distribuer des petites enveloppes.

— Et sa femme ?

— La belle Nadine ? Vous ne la soupçonnez quand même pas ?

— On a quelques fondamentaux. D'abord soupçonner les proches, la famille et les relations professionnelles. Un assassinat déguisé en suicide c'est rarement un crime de rôdeur. Tu sais s'il avait des aventures extra-conjugales ?

— Non j'en sais rien, je m'en fous. Enfin Yacine, je suis journaliste politique, les histoires de fesses des élus je m'en tape ! Leurs corps leur appartient.

— Excuse-moi camarade. Tu connais quelqu'un dans le circuit politique qui pourrait me renseigner sur lui ?

— Tu pourrais essayer son assistant, un jeune type très sympa et très efficace, Roméo Muckensturm. Mais tu devrais peut-être aussi t'intéresser à ses milieux d'affaires.

— Ah bon ? Quelles affaires ?

— Décidément Yacine tu me fais de la peine. ASS était aussi, et même avant tout, le PDG d'Alsafood, le groupe de l'agro-alimentaire. Leader mondial de la bouffe pour chien, une des premières boîtes d'Alsace. Mille et quelques employés…

Marguerite, les bras chargés d'un immense plat en inox ovale recouvert d'une montagne de choucroute, l'interrompit, péremptoire.

— Maintenant, fini de discuter jeunes gens, il faut manger et vite, sinon ça va refroidir !

À la fin du repas, repus, Pénélope sortit son canevas et ses aiguilles.

— Regarde à quoi je m'attaque !

— Dis donc, ta nouvelle chérie a fait les arts déco ?

— C'est une œuvre de Malévitch : « Carré noir sur fond blanc ».

— Ça doit être un peu chiant non ?

— Un peu je te l'accorde, mais c'est une œuvre culte. Le dépassement absolu du cubisme. Un geste pictural d'une radicalité et d'une audace inouïe.

— Si tu le dis.

— C'était marqué sur la boîte.

— T'as fait un sacré chemin depuis le portrait de Julio Iglesias. Qu'est ce qu'il est devenu ?

— Je l'ai offert à Claire.

— Ah ! Tu la vois encore ?

— J'ai du mal à me faire à l'idée qu'elle soit partie. On est restés amis. C'est déjà beaucoup et je suppose que je devrais m'en contenter...

— Yacine, elle est pas partie. Elle t'a même foutu dehors de chez toi.

— Oui, mais je l'aime encore.

— Je veux pas m'en mêler mais tu devrais peut-être essayer de tourner la page, non ? Et le boulot comment ça va ?

— Bien. J'ai une équipe sympa. Mes deux lieutenants berbères, Bernard et Bérengère. Ils n'arrêtent pas de se chamailler mais dans le fond ils s'adorent. Lui joue les beaufs réacs pour la faire enrager. Et elle le rembarre sur le mode de la féministe excédée. Quand y'en a un en congés ou en RTT je sens bien que l'autre a un peu le cafard. Ils sont marrants et on s'entend vraiment bien.

— Ils ont quels âges ?

— Elle trente et un, trente-deux et lui quarante et des brouettes.

— T'es pile entre les deux.

— Oui, c'est vrai. Tiens, je crois qu'on nous fout dehors.

En effet il était presque onze heures et Jeannine installait bruyamment les chaises sur les tables voisines.

— Merci Frank pour tous ces renseignements. Et bien entendu, s'il y a du neuf, dès que je peux je te tiens au courant. Embrasse Isabelle pour moi.

— Je n'y manquerai pas mais il faudra aussi qu'on se voie un de ces jours pour le groupe, ça fait un bail qu'on n'a pas répété.

— D'accord, mais souviens-toi, trois accords, pas un de plus !

— Tu pourrais quand même faire un effort. En apprendre un nouveau par an par exemple. Ce serait pas le bagne et on pourrait évoluer un peu.

Chapitre 5

La salle Landru sentait le tabac froid et le nettoyant industriel. Pour les repérer plus facilement, Pénélope et ses collègues avaient donné le nom d'un criminel célèbre à certaines salles de l'aquarium. En attendant le briefing quotidien de Pénélope, Bérengère feuilletait Libé en sirotant son arabica court non sucré.

— Bonjour Bérengère. Bernard n'est pas là ?

— Non, il doit être avec Big Brother.

— Qui c'est ?

— Le gros blondinet de la scientifique qui est arrivé le mois dernier, celui qui s'occupe de l'informatique. Il paraît que c'est un *hacker* de première, qu'il est capable d'entrer dans la messagerie perso du patron de la CIA. Dixit Bernard. C'est son nouveau gourou. Depuis plusieurs jours, dès qu'il a une minute, il est fourré chez lui. Tiens, puisqu'on parle du loup...

— Salut les jeunes, je suis en retard ?

— Alors on a semé la terreur sur la toile ? le taquina Bérengère.

— Ce type est une bête. Si à la CNIL ils savaient la moitié du quart de ce qu'il a dans la tête, ils le feraient aussi sec lobotomiser. Il est en train de mettre au point un logiciel grandiose.

Il permet d'entrer dans les ordinateurs centraux de n'importe quelle banque pour consulter les mouvements de n'importe quel compte. Et en croisant toutes sortes de données, types de dépenses, fréquences, montant, etc. à partir d'une série de critères qu'il a mis au point, il arrive à déterminer le potentiel criminogène d'un client sur une échelle qui va de 1 à 12. Bérengère je suis désolé de te le dire mais t'es quasiment à 10.

— J'espère que vous en avez au moins profité pour réapprovisionner mon compte, bande de nases. Je ne comprends pas que tu passes autant de temps à des conneries pareilles. Tu roules les mécaniques mais en réalité t'es un vrai pantouflard. Dans le fond, ton idéal policier c'est la Stasi.

— Ce que j'aime chez toi c'est ton sens de la nuance.

Pénélope les interrompit.

— Bon les Berbères, ça suffit, on y va, on a du taf !

Assis face à ses deux collègues sur une des tables en formica gris, les jambes ballantes, légèrement voûté et les mains cramponnées au bord, dans la posture du prof cool, il leur fit le résumé de la situation.

— Voilà où on en est. Bérengère, s'il te plaît, j'aimerais que tu nous prépares une bio et un profil de Schneider-Schmidt avec tout ce que tu pourras trouver : revue de presse, Internet… Les RG doivent aussi avoir quelques trucs sur lui. Tu devrais aussi jeter un coup d'œil à la presse économique. Tu as toute la journée sauf s'il y a une urgence.

— D'ac.

— Pendant ce temps Bernard et moi on va commencer par voir la veuve pour la préparer à l'autopsie mais surtout récupérer l'original de sa dernière lettre et la faire expertiser par un graphologue.

— Un graphologue ? Pourquoi pas aussi une voyante tant que tu y es ? Pénélope tu vas finir dans une secte.

— Bernard, s'il te plaît, fais pas ton flic obtus.

— Excuse-moi, mais moi je me souviens de la Vologne. Ils s'y sont mis à trois pendant cinq ans, ont palpé des fortunes. Et ils ont pas été foutus de démasquer le corbeau dans un village de quarante habitants.

— C'était il y a vingt ans, les techniques ont évolué.

— Je vois d'ici l'accueil de la gracieuse Nadine.

Bérengère ne put s'empêcher de remonter à la charge.

— C'est sûr, tu préfèrerais la lui demander par e-mail et puis après envoyer un coursier.

— Eh trésor, tu me lâches !

— Doucement, doucement. J'ai aussi convoqué l'assistant d'ASS cet après-midi. Je compte l'interroger seul mais toi Bernard, si tu veux bien tu feras le feed-back vidéo. J'aimerais aussi que tu voies si un taxi a pris en charge ASS dans la soirée du 6 pour le conduire dans le quartier européen ou à l'entrée de la Robertsau. Je propose qu'on se retrouve tous ici à 18 heures pour faire le point.

Bérengère fit une petite moue contrariée.

— On pourrait pas aller ailleurs ? c'est glauque ici, surtout le soir.

— Qu'est-ce que tu proposes ? Un apéro au *Stern* ?

— On pourrait se faire une piscine pour changer.

— OK. On dit 18h à la Victoire.

Comme prévu, Nadine Schneider-Schmidt montra peu d'enthousiasme à coopérer avec la police. Elle refusa même l'accès de son appartement à Pénélope et Bernard pendant un bon quart d'heure, malgré de patientes négociations, jusqu'à ce que Bernard excédé se mette à brailler « Police ouvrez, ou on enfonce la porte » en martelant icelle. Ce qui fit très mauvaise impression sur le voisinage. Quelques visages firent même de subreptices apparitions dans les coursives du luxueux immeuble pour voir ce qui se passait et surtout chez qui. La peur du qu'en-dira-t-on eut raison de la résistance de la farouche veuve qui finit par accepter de faire remettre aux enquêteurs, par sa domestique, les documents demandés. Plusieurs lettres manuscrites d'ASS, dont la dernière.

Elles furent ensuite confiées à Paméla pour être expédiés par DHL au service de graphologie du Centre national de police scientifique de Lyon.

La rencontre avec Roméo Muckensturm, l'assistant d'Armand Schneider-Schmidt, eut lieu dans ce que Pénélope appelait son « boudoir ». Un petit espace convivial aménagé dans un coin de son bureau. Trois fauteuils en tubes d'acier recouverts de cuir noir qui avait une fâcheuse tendance à scier les cuisses et une table basse sur laquelle traînaient en permanence un cendrier et quelques magazines. Ce jour-là, Marie-Claire, la Vie du Rail et Ras le Képi, le bulletin du Syndicat Alternatif de la Police Nationale. Ce dispositif était destiné à mettre à l'aise les personnes que le face à face classique de part et d'autre du grand bureau austère aurait pu rebuter voire fermer. En étant reçu de la sorte par le commissaire, on pouvait avoir l'impression d'être en simple visite et exclu d'emblée de la liste des suspects. Ce qui, bien entendu, n'était pas toujours le cas.

Première surprise, le plus proche collaborateur d'ASS ne correspondait pas du tout à l'idée que Pénélope se faisait du jeune assistant d'un homme politique de droite. À la place du poupon déjà vieux, endimanché et plein de morgue, il se trouvait face à un jeune gars sympa et souriant, vingt-cinq, vingt-six ans à tout casser, la tignasse blonde en bataille et une dégaine de beatnik très étudiée. Jeans à revers, pull marin, baskets, caban. Il s'exprimait avec beaucoup d'aisance.

— J'étais une sorte d'homme à tout faire. Secrétaire, standardiste, attaché de presse et livreur de pizzas. Mon rôle était aussi de pallier, autant que faire se pouvait, son manque de temps pour s'occuper de son mandat d'adjoint.

— Vous le conseilliez ?

— Non, il avait des convictions et des idées très précises mais il débarquait un peu dans le monde politique. Il avait beau apprendre vite il n'en connaissait pas très bien les usages et les mœurs.

— Mais dites donc vous avez l'air bien jeune vous pour les connaître.

— Je suis tombé dedans quand j'étais petit, mon père est député UMP. J'ai moi-même fait Sciences Po et pas mal milité.

— À l'UMP ?

— Non, dit-il outré, chez les Verts !

— Et vous vous êtes retrouvé assistant d'un élu de droite ?

— Sans étiquette. Je cherchais du boulot. Et puis ce n'était pas le pire, et de loin, des élus de droite au sens large. J'en connais un paquet. Tous les amis de mon père.

— Vous avez une idée de ce qui a pu le conduire au suicide ?

— Non, sa dépression s'est aggravée. Mais même en le côtoyant quasiment tous les jours je n'ai rien vu venir.

On espérait tous que les traitements allaient finir par marcher et qu'il remonterait la pente.

— Et vous avez une idée de ce qui l'a déclenchée ?

— Non, ça a démarré il y a environ un an. Il s'est mis à avoir un peu moins la pêche, à manquer d'enthousiasme. Et puis il a eu l'air de plus en plus fatigué. Il se plaignait d'insomnies.

— Vous avez l'impression que ça correspondait à un événement particulier ?

— Je ne sais pas.

— Une histoire d'amour extra-conjugale ?

Roméo éclata de rire.

— Non, je ne crois pas. Il avait un contact très distant et même incroyablement coincé avec les femmes. Et puis il aimait la sienne. C'était un vieux couple solide. Enfin, c'est ce que j'ai toujours entendu dire. Moi, je ne les ai jamais vus ensemble. Je n'ai jamais rencontré madame.

— Ah bon ?

— Non. Il avait une vie très compartimentée et même si on avait des rapports très amicaux, je n'étais pas admis dans sa sphère privée et il ne me faisait aucune confidence et c'était très bien comme ça.

— Vous lui connaissiez des ennemis ?

— Non, pas vraiment. À part l'extrême-droite dont c'était la bête noire.

— Vous croyez que ça a pu jouer un rôle dans son suicide ?

Muckensturm ne répondit pas tout de suite. Il se cala dans son fauteuil, croisa les jambes et les bras et observa Pénélope.

— Pardonnez-moi de vous poser à mon tour une question, mais je ne comprends pas très bien le sens de cet interrogatoire.

— Ce n'est pas un interrogatoire c'est une simple enquête de routine. On la fait systématiquement pour tous les suicides. On essaye de cerner la personnalité et le passé de la victime pour nous assurer que ça colle bien avec les faits. Même si là, en réalité, on avait déjà suffisamment d'éléments concordants mais je me suis laissé entraîner par le plaisir de bavarder avec vous, excusez-moi. Je vous remercie d'être venu.

À 18 heures et quelques, Pénélope en boxer bleu marine, Bérengère en maillot de compétition une pièce noir et Bernard en slip à fleurs étaient alignés en rang d'oignons sous les vieilles douches en cuivre de la piscine du Grand Établissement des Bains Municipaux, boulevard de la Victoire. Après une journée bien remplie, ils jouissaient, chacun dans sa bulle, de la roborative averse quasi tropicale et du décor délicieusement suranné. Carreaux en céramique blanche, cabines en bois à la peinture écaillée, naïades callipyges en stuc, vitraux Art-nouveau et bassin turquoise qui dispensait une entêtante odeur d'eau de Javel. Bérengère rompit la méditation.

— Je vais vous raconter l'ascension d'Armand Schneider-Schmidt. Yacine tu avais raison, j'ai trouvé beaucoup de choses. Et d'abord aux RG. Il y a un vieux dossier de quatre-vingt-dix pages rien que sur ASS. Car figurez vous qu'au début des années soixante-dix, monsieur était mao. Nom de guerre : « Stencil ». C'est lui qui faisait tourner la machine à alcool sur laquelle était tirée « La Longue Marche » le canard d'un groupuscule éponyme, tendance pro-Albanais. Auto-dissous en 1980. Il y a même une photo de lui en train de serrer la louche à Enver Hoxha en juillet 74. Car le bel Armand, il était choupinet à l'époque avec ses grands cheveux bruns bouclés et son visage d'ange pasolinien, passait toutes ses vacances en camp de travail à Tirana. C'est même là, en construisant des maisons de la culture pour le peuple, au milieu des parpaings, qu'il a commencé à fricoter avec Nadine Marzolff, « Rosa » pour les camarades, sa future épouse. Il y a aussi d'autres photos de lui ou du couple Stencil-Rosa prises dans des manifs et au cours de toutes ces batailles post-soixante-huitardes dont mes vieux m'ont rebattu les oreilles pendant toute mon enfance : L'île Seguin, Lip, Creys-Malville...

— Ah bon, tes parents étaient gauchos ? Tout s'explique.

— Oui, mais plutôt tendance anarcho-baba.

— Ils ont dû être contents que tu deviennes flique !

— Ils m'ont déshéritée. Les shiloms et la collection d'Actuel vont me filer sous le nez. Bref, pendant une dizaine d'années ASS et sa belle ont passé le plus clair de leurs journées, pas mal de nuits aussi, à préparer le grand soir. Puis vinrent les chambardements des années 80 et le déclin du militantisme. En 81, pour être précise, Armand convole en justes noces avec Nadine dont le papa est à la tête des Bretzels Marzolff, une PME familiale qui emploie alors une vingtaine de personnes. Malgré un bagage universitaire très mince, trois années de socio mais trois fois la première, Armand est embauché pour seconder beau-papa. Et là, surprise, Stencil, le disciple du Grand Timonier, fait des étincelles. Il est bosseur, fourmille d'idées et fait montre d'un sens des affaires et de la communication hors du commun. Ça tombe bien car les jeunes abandonnent en masse la lutte des classes pour sombrer dans la branchitude et décident de plaquer la bibine populo pour des cocktails chics et chers. L'industrie du bretzel est en chute libre. Qu'à cela ne tienne, Marzolff, sur les conseils d'Armand, lance sur le marché des biscuits d'apéro tendance avec des formes zarbi et des noms latinos, « Taconeos », « Movida » « Pampero », « Guayaco »... qu'on va trouver jusque sur le zinc du Palace et des Bains Douches. Une photo de Jean-Paul Gaultier tenant délicatement du bout de ses doigts de fée une de ces petites saloperies fera même le tour du monde. Et les Marzolff, société anonyme à responsabilité limitée, d'engranger de substantiels bénéfices.

— Les Marzolff ?

— Oui, ils sont trois frères. François, l'aîné, le chef du clan, le beau-père d'ASS, à qui a été confiée la direction de la boîte. Jean-Paul le numéro deux qui grenouille et même dit-on requine dans l'immobilier et Antoine, le petit dernier, le fils prodigue. Aux dernières nouvelles il coulait des jours paisibles dans les îles Grenadines en compagnie de créatures peu farouches et bien balancées. Il se mêle assez peu de la marche de la société dont ils sont tous les trois, à parts égales, les seuls actionnaires.

— Ah bon ? ASS n'avait rien ? s'étonna Pénélope.

— J'y viens. Mais avant voyons le second coup de génie de notre gendre idéal. Au début des années 90 tous les intellos prophétisent l'explosion de l'individualisme et Armand flaire immédiatement la grande flambée des solitudes et avec elle le boom des animaux de compagnie. Il convainc donc son beau-père d'acquérir pour trois francs six sous une société d'Illkirch en difficulté qui fabriquait des plats traditionnels alsaciens surgelés et de se lancer dans la production d'aliments pour chiens. ASS voit grand. Il veut se positionner sur l'ensemble du segment, de la boulette « premier prix » pour bâtards économiquement faibles jusqu'à la croquette haut de gamme : bio, équitable, végétarienne ou riche en fibres pour favoriser le transit des labradors de studio. Le succès est colossal. Les « Doggets », c'est leur nom, vont s'exporter jusqu'au Japon et aux États-Unis. Ce qu'on appelle, passez-moi l'expression, une niche. En dix-huit mois la boîte écoule deux cent mille tonnes d'aliments pour clébards et crée plus de six cents emplois. Chiffre d'affaire annuel, trois cents millions de francs. Mais pour mener à bien le projet qui prend des proportions imprévues il faut recapitaliser l'affaire et lui trouver une nouvelle forme juridique. Alsafood est né.

Bernard était rêveur.

— Comme quoi du petit livre rouge à la pâtée pour chiens il n'y avait pas loin.

— Tu ne crois pas si bien dire car au moment de la fondation du nouveau groupe, François Marzolff se découvre un sale cancer du foie et il consacre les quelques mois qui lui restent à vivre à hisser son génial beau-fils à la présidence. Lequel à peine arrivé ne trouve rien de mieux à faire que d'imposer dans l'entreprise une politique sociale révolutionnaire. Pas de salaires mirobolants mais la semaine de quatre jours, et on est en 93, quatre ans avant la laborieuse semaine de 35 h. Des plans formation tip-top. Une crèche d'entreprise modèle. Des prêts d'honneur pour que les enfants des plus bas salaires puissent faire des études, une bibliothèque et même des abonnements à Musica...

— Ça c'est de la torture mentale ! Que font les syndicats ?

— Les syndicats étaient aux anges, figure toi, car non content d'instaurer un dialogue social qui allait jusqu'à la discussion du salaire du patron lui-même, douze mille euros par mois – c'est pas la misère mais pas non plus le Pérou pour le dirigeant d'une boîte de cette taille – ASS les a fait participer à la gestion de l'entreprise. Eh oui, ça s'appelle la cogestion mon gros lapin…

— Retire le « gros » tout de suite, péronnelle ! D'ailleurs regarde !

Et Bernard prenant une pose de culturiste s'efforça de rentrer une brioche naissante.

— Très joli. ASS, donc, réussit à arracher à Nadine et ses deux oncles dix pour cent du capital qu'il redistribue aux salariés au titre de la participation. ça fait nettement moins à la fin de l'année par tête de pipe que ce que se partagent les patrons mais enfin ça paye. Les Martzolff n'ont pas eu à regretter longtemps ce petit sacrifice. Le chiffre d'affaires d'Alsafood a progressé depuis, en moyenne, de douze pour cent par an. Quant à ASS, il est devenu une étoile montante de la jeune économie. Élu patron de l'année par Usine Nouvelle en 97 on le voit depuis partout. Les plateaux de télé se l'arrachent et sa décoiffante politique managériale fait l'objet de nombreux reportages. Il a fini, comme il se doit, par être dragué par les politiques locaux et aux dernières municipales il a été élu sur la liste de Marie-Thérèse Scholl. Et vous vous demandez comment cet ancien de l'ultra-gauche devenu un brillant capitaine d'industrie a pu faire liste commune avec cette harpie réactionnaire ?

— T'es bien la fille de tes vieux !

— La réponse est Nadine Schneider-Schmidt dont notre mairesse est une copine de bac à sable. Et quand elle a décidé de partir à l'assaut de la mairie elle a tout naturellement sollicité puis obtenu le soutien de l'excellent et médiatique mari de sa vieille amie. La suite vous la connaissez. Voilà, c'était la belle histoire de Tati Bérengère.

— Bravo, beau boulot, la félicita Pénélope. Donc ASS était le patron mais c'est Nadine qui avait l'argent.

— Oui, mais bien que pleine aux as, l'ex-camarade Rosa n'était pas du genre à jouer les bobonnes. Elle a monté une agence de pub, « Comme un lundi », spécialisée dans la communication institutionnelle. Principaux clients, le Conseil régional, les conseils généraux, les mairies, les associations...

Pénélope était subjugué.

—Super Bérengère ! Et toi Bernard tu as trouvé quelque chose du côté des taxis ?

— Non, il y avait session au parlement le 6 novembre et ils ont fait des dizaines de courses ce soir-là dans le quartier. Mais aucun des chauffeurs ne se souvient d'avoir chargé ASS.

En sortant de la piscine Pénélope repassa au bureau. Un message de Victor l'attendait sur son répondeur. Il l'informait que la famille Schneider-Schmidt avait réclamé le corps et qu'il avait personnellement veillé à ce que cette requête soit satisfaite. Le ton était sec. Le patron n'était évidemment plus joignable passé 19 h, par contre Jo était encore là et il fulminait.

— Tu te rends compte, j'avais arraché de haute lutte un créneau à l'hosto demain matin pour l'autopsie et voilà Victor qui déboule en fin d'après-midi dans tous ses états et il m'explique qu'il faut rendre immédiatement le corps à la famille, que c'est une demande du préfet et tout le toutim. Je lui ait fait remarquer qu'il y avait une instruction judiciaire, mais il m'a répondu que non, que tout était déjà arrangé avec le parquet. Et une demi-heure après un corbillard est arrivé. J'étais scié. J'ai jamais vu ça.

Pénélope aussi était atterré.

— Sans l'autopsie, on a de quoi avancer quand même ?

— C'est sûr que ça va manquer dans le dossier. On a les radios, l'examen clinique et tout ce que j'ai pu relever. Mais ça fait vraiment pas lourd.

— Demain matin à la première heure je fonce chez Victor et je fais du foin.

— Je crois pas que ce soit la bonne stratégie. Surtout si le préfet est dans le coup. Ils ne vont pas te rapporter le cadavre sur un plateau pour tes beaux yeux et tout ce que tu risques c'est qu'on te retire l'enquête. Le mieux avec Victor c'est de l'endormir en jouant les crétins dociles.

Chapitre 6

L'affaire Schneider-Schmidt fut, bien entendu, évoquée pendant la réunion hebdomadaire de chefs de service que Victor avait instituée, tous les jeudis matin, pour faire le point « de manière transversale » sur les enquêtes en cours. C'était aussi un moment convivial autour d'une montagne de croissants et deux thermos de café. Il permettait aux cadres de l'aquarium de mieux se connaître et de décloisonner un peu des activités qui tendaient à se spécialiser à outrance entre la criminelle, les stups, les mœurs, la financière, la scientifique, la veille informatique... Ces rencontres étaient aussi l'occasion d'échanger des informations qui s'avéraient quelquefois très précieuses. Pénélope avait suivi les conseils de Jo et n'avait pas pipé mot lorsque Victor avait évoqué la restitution du corps de Schneider-Schmidt. Personne d'ailleurs n'avait réagi tant il avait minimisé l'importance des découvertes du médecin légiste. Aussi c'est presque sur le mode de l'anecdote en passant que Nelly Fragonard, la responsable de la brigade financière, révéla qu'elle avait été contactée quelques jours avant la disparition d'ASS par le directeur financier d'Alsafood pour une étrange opération menée par le groupe et sur laquelle planait l'ombre de la malversation.

— C'était pas vraiment une plainte, plutôt une sorte de dénonciation prudente et préventive pour se couvrir en cas de pépin mais sans se mouiller non plus et risquer son job pour avoir balancé son employeur. C'est la raison pour laquelle, à sa demande, ça n'a fait l'objet que d'une simple main courante. Une histoire plutôt filandreuse mais qui porterait semblait-il sur des sommes très importantes.

— Et vous n'avez pas eu envie d'en savoir plus ? s'étonna Pénélope.

— Si, mais encore une fois on n'était pas saisis d'une véritable plainte et on était débordés de boulot. Du coup, c'est vrai, on n'en a pas fait une priorité.

— Qu'est ce qu'il y a dans cette main courante ? demanda Victor.

— Pour résumer, mais de mémoire et vraiment dans les grandes lignes parce que c'est une histoire assez tordue, Alsafood aurait racheté il y a six mois une entreprise de confiserie industrielle allemande pour un montant avoisinant les cent millions d'euros. L'argent aurait bel et bien été versé mais depuis il n'y a pas eu de retour sur investissement, pas un cent, ni surtout la moindre trace de la transaction, ce qui commence à être un peu préoccupant.

— Comment c'est possible une chose pareille ? s'étonna Victor. Il y a eu forcément un acte de vente écrit, un enregistrement ou au moins le versement d'un acompte. Il doit y avoir des traces comptables, non ?

— Pour des opérations de cette importance, les choses sont parfois un peu plus compliquées. Là, en l'occurrence, la transaction a eu lieu à Luxembourg comme il se doit, pour échapper à la pression fiscale via une de ces fameuses sociétés de clearing.

— Une société de quoi ?

— De clearing. Une chambre de compensation. Une société spécialisée dans les transferts rapides d'argent de banque à banque. Quelques minutes de clics sur un ordinateur contre plusieurs heures de paperasseries avec le système ordinaire. Et comme vous le savez, le temps c'est de l'argent. Là, une même somme peut changer de mains jusqu'à cent fois par jour et voyager virtuellement dans une dizaine de places financières. Il y a bien sûr, au passage, quelques frais mais bien moins que les impôts et taxes françaises ou allemandes. Et surtout les traces des opérations peuvent se perdre très vite. Grâce à un système de sous-comptes, de sous-sous-comptes et ainsi de suite. En plus, dans ce genre d'établissement on n'est pas toujours très regardant sur l'identité des titulaires.

— C'est légal ?

— Oui, parfaitement. Même notre Trésor Public a un compte dans cette même société de clearing luxembourgeoise pour les cas où l'État a besoin de transférer très rapidement et discrètement des fonds. Par exemple pour les opérations dites « spéciales », comme le paiement de rançons pour nos ressortissants kidnappés ou certaines ventes d'armes. Car bien évidemment ce système garantit parfaitement, et même beaucoup mieux que la plupart des bonnes vieilles banques suisses, cette opacité et cette confidentialité dont la sphère financière raffole. Les clearings servent aussi bien évidemment à blanchir les gains des délinquants que nous sommes payés pour traquer. Dans les faits tout fonctionne de manière totalement virtuelle et ne repose que sur un ordinateur surpuissant et des logiciels très sophistiqués.

Victor, comme la plupart des participants, était à chaque fois charmé par l'aisance et la précision avec laquelle cette jolie quadragénaire, très « executive woman », était capable d'évoquer les questions les plus techniques.

— Mais ça me paraît être une piste extrêmement sérieuse ! Belkala qu'est ce que vous en dites ?

Pénélope qui n'avait pas digéré l'histoire de l'autopsie se contenta d'acquiescer d'un discret signe de tête.

— J'aimerais qu'à partir d'aujourd'hui vous travailliez tous les deux en tandem et en priorité sur cette histoire.

Pénélope et sa collègue prirent donc immédiatement rendez-vous pour aller dès le lendemain interroger le fameux directeur financier d'Alsafood qui leur avait mis la puce à l'oreille.

Gerber avait souhaité pouvoir répondre à leurs questions chez lui, loin des oreilles indiscrètes du siège de l'entreprise. Dans la voiture qui les emmenait à La Wantzenau, Nelly et Pénélope mirent au point le scénario de l'interrogatoire. Ils décidèrent que Yacine irait seul au rendez-vous avec son téléphone portable branché et un micro HF planqué sous son pull. Nelly, que Gerber connaissait déjà pour avoir recueilli son témoignage, écouterait la conversation depuis la voiture sur le tuner de l'autoradio. Si elle souhaitait obtenir une précision ou poser une question elle le ferait par messages SMS interposés.

— Comme ça je verrai comment il explique les choses à quelqu'un qui n'est pas un spécialiste des questions financières. C'est souvent très instructif et ça permet de mieux déceler les incohérences.

Pénélope n'aimait pas beaucoup ce genre de mise en scène tordue qui lui rappelait un peu les délires d'espionnite de Bernard mais il n'avait pas osé contrarier sa souriante collègue dont la tranquille assurance l'intimidait beaucoup.

Gerber le reçut dans la bibliothèque de sa maison. Une ancienne ferme à colombages restaurée avec beaucoup d'élégance. Un mur entier de torchis, côté jardin, avait été remplacé par une épaisse paroi en verre dépoli posé à même les poutres qui dispensait un éclairage diffus comme dans un intérieur japonais. Les murs étaient recouverts, du sol au plafond, de rayonnages de livres. De belles éditions, brochées pour la plupart, et soigneusement recouvertes de papier cristal.

— Vous êtes bibliophile ?

— Oui un peu, je collectionne les éditions originales du XXe siècle. Mais je ne fais pas de folies. Je n'ai qu'un livre vraiment exceptionnel, un exemplaire de tête, l'un des vingt numérotés sur vergé, de « La vie mode d'emploi » avec un très bel envoi de Perec à lui-même.

Gerber sortit sans hésiter des rayonnages la pièce maîtresse de sa collection dont il fit lire la dédicace à Pénélope. « Mon cher Georges, voici l'un des tous premiers exemplaires du roman qui t'a tant fait baver. Mais tu y es arrivé et je suis fier de toi. Je t'aime bien. Georges »

Pénélope l'admira et sourit.

Ce petit échange liminaire sur sa passion mit un peu en confiance le cadre d'Alsafood. C'était un homme mince, distingué, d'une cinquantaine d'années, très gentleman-farmer en tenue d'intérieur. Pantalon de velours brun, gilet à manches longues bordeaux, chaussons en feutre de laine. Tout en parcourant distraitement les rayons, Pénélope en revint au motif de sa visite :

— J'ai lu en diagonale la transcription de votre témoignage chez mes collègues de la brigade financière. Je connais donc un peu l'histoire de cet étrange rachat d'une entreprise industrielle par votre société mais j'aimerais s'il vous plaît que vous m'en refassiez le récit depuis le début.

Gerber lui offrit l'unique fauteuil de la pièce et s'assit sur l'escabeau métallique qui lui permettait d'accéder aux rayons les plus hauts. Il parlait lentement, de la voix pas très assurée de quelqu'un qui cherche à s'exprimer avec le plus de clarté possible pour expliquer une affaire qu'il sait particulièrement compliquée.

— Il y a environ un an, au cours d'un conseil d'administration, notre président, Armand Schneider-Schmidt, a annoncé son intention d'acquérir IGB, l'un des fleurons de la confiserie industrielle allemande. Ce sont eux qui, entre autres, ont inventé et fabriquent les « Gummibären », ces bonbons mous et gélifiés en forme d'oursons de toutes les couleurs. Vous en avez certainement déjà mangés. IGB veut dire Ingold Gummi Bären. Ingold c'est le nom du fondateur et propriétaire de la société et des brevets. Felix Ingold.

— Comment s'est présentée l'affaire ?

— C'est un broker, un intermédiaire d'affaires, un conseil en fusions-acquisitions qui l'a mis sur le coup. Un certain Walter Beckerick dont je ne sais pas grand-chose.

— Ah bon ? Vous ne l'avez pas rencontré ?

— Une seule fois à l'usine mais en coup de vent. On s'est juste dit bonjour.

— Mais qui a décidé du rachat ?

— Monsieur Schneider Schmidt. Tout le monde a toujours eu une confiance totale dans les choix du président et il était absolument certain de tenir là une affaire en or. Il faut dire que la cote d'IGB était au plus bas. Bien plus basse que sa valeur réelle, à cause d'une rumeur à l'époque de la crise de la vache folle. On avait fait courir le bruit, qui ? on ne le sait pas, probablement une société de lobbying payée par des concurrents, que la gélatine des ours contenait de la moelle animale.

— Oui, je l'ai entendu dire aussi. C'était pas vrai ?

— Absolument pas. Mais Ingold eut beau jouer la transparence, ouvrir toutes grandes les portes de son usine aux journalistes et faire publier les analyses chimiques de ses produits, rien n'y a fait. Vous savez dans ces cas-là il en reste toujours quelque chose. Comme on dit, il n'y a pas de fumée sans feu. Et la valeur de la boîte n'a pas cessé de chuter. Mais paradoxalement la rumeur, pourtant bien relayée par les médias a finalement eu très peu d'effet sur les consommateurs et les confortables marges bénéficiaires ont a peine été grignotées. Son rachat pour cent millions d'euros, une somme en deçà de laquelle la vente de la boîte aurait été franchement déraisonnable compte tenu de ses résultats, était incontestablement une excellente opération pour Alsafood qui pouvait espérer un substantiel retour sur investissement ainsi qu'une véritable stature européenne.

— Cent millions c'était quand même une sacrée somme. Vous aviez autant d'argent à y mettre ?

— Non, bien sûr. Le groupe apportait trente millions de fonds propres, le reste était prêté par la banque, le Crédit Social de l'Est dont le directeur général, Roland Hirn, était un ami intime du président.

Un avis de SMS actionna le vibreur du téléphone de Pénélope qui le lu discrètement : « kel gar ? »

— Quelles garanties avait exigées la banque ?

— À ma connaissance aucune. La réputation de gestionnaire et de bon payeur de monsieur Schneider-Schmidt était sans doute suffisante.

— Il a réussi à convaincre aussi facilement le conseil d'administration ?

— Son épouse Nadine, bien sûr sans problème. Les frères Marzolff un peu plus difficilement. Il y a toujours eu un peu de rivalité entre le président et Jean-Paul Marzolff. Quant à Antoine il passe beaucoup de temps à l'étranger et ses avocats qui le représentent au CA ont toujours eu tendance à faire du zèle et à tergiverser sans fin uniquement pour justifier leurs honoraires. Le dossier a traîné quelques temps. Mais le président était un fonceur et il a mené une véritable campagne de communication à leur intention. Il a organisé un grand raout et invité Ingold à venir en personne présenter IGB et sa gamme de produits avec distribution de brochures, projection de film sur l'entreprise et tout le tralala. Puis une autre réunion, plus technique, autour de l'environnement économique de l'univers IGB animée cette fois-ci par Gérard Nochet.

— Nouveau SMS : « ki s ? »

— Qui est-ce ?

— Un éditorialiste de L'Expansion, une plume très estimée dans les milieux d'affaires. On l'a payé vingt mille euros, non compris les frais, pour cette petite causerie. J'ai personnellement signé le chèque. Mais ça s'est avéré un excellent investissement. C'est lui qui a fait tomber les dernières réticences. Pendant une heure et demie, chiffres à l'appui, il a brossé un tableau idyllique du marché et ses somptueuses opportunités. C'est un langage que les Marzolff comprennent. Et puis il y a eu le voyage à Trèves en mars pour visiter IGB, deux mois avant la signature. On était une vingtaine, actionnaires, dirigeants, cadres et délégués du personnel. Ils nous ont tous emmenés en car jusqu'à Neumagen en Allemagne et là nous avons embarqué sur un de ces bateaux de croisière qui naviguent sur la Moselle. Le « Princesse Marie-Astrid », celui où ont été signés les accords de Schengen. Un somptueux buffet avec des vins extraordinaires nous attendait à bord. Ensuite on a accosté juste à côté de l'usine qu'Ingold en personne nous a fait visiter. Pendant ce temps, il avait fait livrer une botte de roses rouges à nos épouses. La grande classe allemande !

— La vente s'est faite à Luxembourg, je crois. Vous y avez assisté ?

— Non, tout ce que je sais c'est que ça s'est passé au siège de Clearing Co.

— Ça ne vous a pas étonné qu'on ait eu recours à une société de clearing ?

— Non, c'était prévu comme ça depuis le début. C'est Beckerick qui avait organisé les choses comme ça. Dans ce genre d'affaires, l'usage veut que celui qui fait office de médiateur s'occupe de toutes les formalités. Il est aussi payé pour ça.

— Combien ?

— Officiellement un million six cent mille euros de commission.

— Officiellement ?

— Oui, il s'est aussi probablement fait un extra en faisant travailler les fonds quelques temps chez Clearing Co. Ces petites jongleries font tacitement partie des marchés.

— Ça peut rapporter gros ?

— Jusqu'à un ou deux pour cent si on sait s'y prendre et à condition de pouvoir disposer du capital pendant quelques jours.

— Et après qu'est ce qui s'est passé ?

— Et bien justement, plus rien. Il fallait bien valider sur le plan comptable l'entrée d'IGB au sein d'Alsafood. Mais aucune trace du rachat n'est parvenue à ce jour. Aucune ligne en crédit alors que pendant six mois il s'en est mangé des ours en gélatine ! Il y a depuis un trou inexpliqué de cent millions dans la comptabilité du groupe.

— Mais enfin, on n'achète pas comme ça une entreprise, surtout de cette taille. En tant que directeur financier vous aviez certainement été amené à préparer l'opération. Vous avez dû avoir des contacts avec vos homologues chez IGB. Non ?

— Non, je n'étais pas au courant de grand-chose. Au début on m'a donné à lire des audits comptables et des analyses financières sur IGB mais sans plus de précision sur le projet. Puis plus rien. Je ne savais même pas que l'affaire avait avancé. Je n'ai été prévenu de la signature que la veille.

— Cela ne vous a pas étonné qu'on vous mette hors du coup ?

— Si, un peu mais en même temps il s'agissait d'un acte qui engageait les actionnaires et eux seuls.

— Vous n'avez donc jamais été consulté ?

— Jamais. C'est Beckerick et Hirn qui apparemment faisaient fonction de conseillers.

— Vous n'avez pas l'air de les aimer beaucoup.

— Non, vous savez, ce n'est pas comme ça que ça marche. Je n'ai pas de rapport ni affectif ni capitalistique avec Alsafood. Je suis un salarié. Point barre. Alors si mes patrons, ceux qui me payent et à qui appartient la boîte, prennent une décision sans me consulter, c'est leur droit. Se faire conseiller par qui ils veulent aussi. Je n'ai pas d'états d'âme là-dessus.

— Vous avez quand même questionné monsieur Schneider-Schmidt ?

— Oui, à plusieurs reprises, mais toujours entre deux portes, il était devenu difficile à coincer. Entre sa dépression et ses responsabilités politiques, il ne venait plus très souvent au siège. Ou alors en coup de vent, sans prévenir et à des heures impossibles, juste pour signer le parapheur. Je sentais bien qu'il n'avait pas envie de parler d'IGB, ça l'agaçait, il m'assurait que tout allait bien et malgré mes inquiétudes je ne voulais pas avoir l'air de remettre sa parole en doute. C'était extrêmement délicat. Et puis en dix ans à Alsafood il n'y avait jamais eu le moindre accroc dans la gestion.

— Mais aujourd'hui vous pensez clairement qu'il y en a eu un ?

Gerber hésita un peu avant de répondre.

— Oui. Début septembre, j'ai commencé à avoir des doutes et j'ai essayé de joindre la direction d'IGB. Mais je n'ai trouvé la société nulle part. Ni dans le registre des entreprises d'Allemagne ni dans le World Food Directory qui est la bible mondiale de l'agroalimentaire. Il y avait bien un numéro dans l'annuaire téléphonique de Trèves, mais une seule ligne et qui était en permanence sur répondeur, ce qui m'a paru extrêmement bizarre. Une boîte de cette taille a forcément un standard. J'ai aussi fait des recherches sur Internet mais je n'y ai trouvé qu'une seule page, le site officiel d'IGB qui n'avait pas été remis à jour depuis la fin février.

— Au conseil d'administration d'Alsafood personne ne s'en était inquiété ?

— En tant que directeur financier je n'y siège pas, il n'y a que les actionnaires ou leurs mandataires. Je ne sais pas du tout ce qui s'y dit.

— Mais vous ne les avez pas alertés ?

— Non, le seul vrai patron du groupe c'était le président Schneider-Schmidt. À force d'insister j'ai quand même fini par obtenir une entrevue. C'était le 22 septembre en début d'après-midi, je ne risque pas de l'oublier. Ça a chauffé. Je lui ai avoué que j'avais fait des recherches de mon côté et là il a carrément disjoncté. Il m'a même injurié et formellement interdit de m'intéresser à la question sans y avoir été invité sous peine de licenciement. C'est là que j'ai décidé de venir vous voir.

— Sans vraiment le dénoncer.

— Non, je ne connais pas les dessous de l'affaire, je ne sais que ce que je vous ai dit. Il y a peut-être, et je l'espère, une explication rationnelle à tout ça. Mais le fait qu'on me la cache m'a paru suspect et je voulais être conseillé sur l'attitude à adopter.

— Mais vous n'avez jamais eu la curiosité d'aller voir sur place chez IGB à Trèves ?

— Non, je comptais sur les explications du président. Ensuite il a disparu et j'ai eu d'autres chats à fouetter.

— Par exemple ?

— Faire tourner la maison en attendant de savoir qui lui succèdera, Nadine ou Jean-Paul. Rien à ma connaissance n'est encore arrêté et cette incertitude rend plus compliquée la marche de l'entreprise. En attendant toutes les décisions financières doivent être approuvées séparément par tous les actionnaires. Et comme ils ont du mal à se parler ça diminue pas mal notre réactivité.

— Vous avez de la doc sur IGB ?

— Oui je vous ai préparé tout ce que j'avais. La brochure, la cassette vidéo de présentation d'Ingold et celle de la prestation de Nochet que nous avons filmée pour nos archives personnelles ainsi que les documents comptables. Bilan, compte de résultat et audit financier d'IGB.

— Je vous remercie. Vous n'avez pas d'inquiétude à avoir, cet entretien restera strictement confidentiel.

Chapitre 7

— J'ai l'impression de faire l'école buissonnière.

Pénélope venait de retirer le ticket de la machine au péage de Schwindratzheim. L'entretien avec Gerber n'ayant duré qu'une vingtaine de minutes, il était encore tôt ce matin-là, à peine 8 heures et demie, et ils avaient décidé de partir illico à Trèves qui n'était après tout qu'à trois heures de route à tout casser. Nelly était renversée sur le siège passager en position relax. Posée sur ses genoux, une brochure en quadri dont la couverture représentait un bâtiment industriel, un de ces gigantesques parallélépipèdes en tôle bleuâtre émergeant d'un champ de maïs. Il affichait sur sa façade, sur toute la hauteur, trois lettres rose, jaune et verte : « I » « G » et « B ».

— Tu ne roules jamais à plus de quatre-vingts sur l'autoroute ? demanda-t-elle.

— Pardon, j'étais distrait, je repensais à ce qu'avait dit Gerber.

— En tout cas il a présenté les choses exactement comme la dernière fois. À part, bien sûr, l'histoire de la succession à Alsafood.

— Ça a l'air compliqué. Est-ce que le fait que le successeur ne soit pas désigné est un indice intéressant pour nous ?

— Oui et non. Ça peut prendre plusieurs jours voire plusieurs semaines. C'est normal. En revanche ça semble indiquer que la succession n'était pas préparée et que personne ne s'impose parmi les prétendants potentiels, à savoir Nadine et ses oncles.

— Ce qui les innocenterait d'office.

— Pourquoi ?

— Parce qu'imaginons que l'on aille jusqu'à tuer quelqu'un pour prendre sa place, dès le meurtre commis, surtout si on a réussi à le faire passer pour un suicide, on se dépêche de l'occuper.

— Sauf si on sait que les flics sont sur le coup. Dans ce cas, la prudence commande de la mettre en veilleuse quelques temps.

À Trèves, la patrie de Karl Marx, Pénélope caressa l'idée d'envoyer une carte postale à Maman. Mais il se garda bien de le faire, sachant combien elle aurait désapprouvé cette petite fugue à l'étranger. Il se contenta d'acheter une boule à neige avec le buste du philosophe barbu pour décorer son propre bureau.

— On pourrait peut-être aussi en ramener une à Victor, suggéra t-il.

Mais Nelly qui s'était contentée de dégotter un plan de la ville était sceptique.

— Il ne doit pas savoir qui c'est.

Ils se rendirent ensuite à l'adresse indiquée au dos de la brochure IGB. Le n° 23 de la Lorenz-Kayser Strasse était un immeuble de bureaux années 70 en béton brut sali par les pluies acides. Balcons garnis de garde-corps en altuglas rose, entrée constellée de plaques professionnelles en cuivre ou en alu. Mais aucune n'annonçait le siège d'IGB. Aucune des boîtes aux lettres non plus. Ils sonnèrent au hasard chez un prothésiste dentaire qui les reçut très poliment. Il était installé là depuis la construction du bâtiment et leur affirma qu'aucune société de ce nom n'y avait jamais été domiciliée. À tout hasard ils explorèrent les portes voisines, une coquille typographique était toujours possible même s'il était peu probable qu'on laissât passer ce genre d'erreur dans un texte aussi important qu'une adresse sur un document publicitaire. Ils se rendirent ensuite à la grande poste pour vérifier les coordonnées d'IGB, mais l'annuaire de Trèves les renvoyait à la Lorenz-Kayser Strasse et le numéro de téléphone à un message automatique comme le leur avait indiqué Gerber.

— Quelque chose me dit qu'on a bien fait de venir, se félicita Nelly en sortant. Il ne nous reste plus qu'à retrouver l'usine.

Ils se mirent donc à explorer toutes les Industriegebiet, les zones d'activités de la ville. En vain. Personne ne connaissait d'usine IGB dans les environs.

— On n'a qu'à remonter la route qui longe la Moselle. On sait qu'elle est au bord de l'eau. On finira bien par la trouver.

Ils roulèrent une bonne heure le long du fleuve auquel la lumière pâle de cet après-midi d'automne donnait des reflets d'acier. De part et d'autre les coteaux abrupts étaient entièrement recouverts de vignes dont les alignements disposés au gré du relief composaient un graphisme qui faisait un peu penser à unc coiffure africaine.

Trèves n'était plus en vue depuis longtemps quand ils atteignirent une intersection à la morphologie inhabituelle.

La route se divisait en un « Y » parfait, en deux voies d'égale largeur.

Sur celle de gauche un écriteau indiquait « Longuich-Neumagen ». Sur l'autre rien.

— C'est casse-pieds, je prends à droite ou à gauche ? demanda Pénélope.

— À droite, restons le plus près possible de l'eau.

Ils traversèrent une langue de forêt alluviale envahie par les lianes et une végétation paludéenne aux formes inquiétantes. La route caillouteuse déboucha au bout de deux ou trois kilomètres sur un vaste espace découvert. Ils poussèrent ensemble un grand « oooouais ! » euphorique. Ils avaient trouvé ce qu'ils cherchaient. Le champ de maïs n'était plus qu'une étendue de boue jonchée de tiges fanées mais la forme du hangar, ses proportions et sa couleur étaient identiques à la photo de couverture de la plaquette. Rien n'y manquait, ni le bouquet de peupliers cadrés en bas à gauche ni les trois éoliennes fichées dans le lointain. Il n'y avait aucun doute c'était bien lui. Par contre le logo IGB sur le flanc avait disparu et à la place une enseigne lumineuse rouge affichait KIK'ADO Gmbh.

— Ça alors ! s'exclama Pénélope.

— Oui, comme tu dis !

L'usine et son parking étaient entourés d'une clôture en grillage terminée par des barbelés. Pénélope arrêta la voiture à quelques dizaines de mètres de la barrière à bascule de l'entrée gardée par deux vigiles dans un Algeco. La Moselle toute proche sentait le vieux chien mouillé.

— On va jeter un coup d'œil, demanda Nelly ?

— Comment ?

— On n'a qu'à se faire passer pour deux journalistes français. Peut-être qu'ils nous feront visiter.

Pénélope n'était pas chaud. C'est le moins qu'on puisse dire.

— Je préfèrerais qu'on fasse les choses dans les règles et qu'on prévienne d'abord nos collègues d'ici.

— Dis donc 007, tu serais pas un brin procédurier ? demanda Nelly moqueuse.

— Si, un peu, je l'avoue. Je vais juste prendre une photo du bâtiment sous le même angle que celle de la brochure.

— Bon, tu as sûrement raison. Mais pour me consoler allons boire un verre et manger un morceau quelque part. J'ai une faim de loup.

Ils s'arrêtèrent à l'entrée de Longuich dans une « Strausswirtschaft », une cave de viticulteur aménagée en buvette. Dans la grande pièce voûtée en pierre du pays, quatre tables rondes et des tabourets en bois brut étaient disposés autour d'une cheminée où une flambée répandait une douce chaleur et une délicieuse odeur de sarments brûlés. Ils étaient les seuls clients de l'établissement qui ne devait pas en recevoir beaucoup à cette période de l'année. Ils commandèrent un verre de Riesling maison qui aurait pu être délicieux s'il n'avait pas été aussi sucré et une planchette de lard paysan avec du pain et du beurre.

— Ça a un sacré goût d'escroquerie déclara Nelly, rêveuse.

— Vous parlez du vin ?

— Non, de toute cette histoire IGB. Comment t'expliques-tu les choses ?

— Eh bien la première idée qui me vient à l'esprit c'est qu'Alsafood ou ASS tout seul a fait l'acquisition d'IGB en douce au Luxembourg et l'a revendue aussi sec, discrètement, en empochant au passage un bénéfice probablement confortable et net d'impôts. Un petit coup de fric en passant et hop, la valse des enseignes. Mais ce genre de magouilles ne lui ressemble pas.

— Et puis ce serait un coup de collégien. Il suffisait d'un interrogatoire et d'une virée à Trèves pour découvrir le pot aux roses. Sans compter que dans la compta du groupe un mouvement de cent millions ça laisse quand même des traces.

— Alors ?

— Rien, il nous manque encore pas mal d'infos pour comprendre. Mais ce qui est sûr c'est qu'IGB, l'objet de la transaction, a disparu dans la nature. Je regrette quand même un peu qu'on n'ait pas été voir cette usine.

— Vous voulez qu'on reste jusqu'à demain ? Qu'on passe la nuit ici ?

Nelly prit un petit air canaille.

— Yacine, je rêve ou tu me fais des propositions malhonnêtes ?

Pénélope rougit.

— Non... Je me demandais juste si ça ne valait pas le coup d'être là à la première heure demain matin pour aller discuter avec nos collègues allemands.

— Je vois que ton légalisme prend l'eau. Non, il faut faire les démarches en bonne et due forme depuis la France, tu avais raison.

Au retour Nelly prit le volant et Pénélope en profita pour avancer son Malevitch en kit à la lueur des voyants du tableau de bord.

— C'était donc vrai, tu brodes ! Ma grand-mère aussi adorait faire ce genre de trucs. Comment ça t'est venu ?

— Il y a cinq ans quand la femme de ma vie m'a quitté.

— Dans l'espoir qu'elle revienne ? Ce surnom de Pénélope n'est donc pas si mal trouvé.

— Non, c'est pas tout à fait ça. J'étais tellement malheureux que j'ai pensé qu'il fallait que je change quelque chose dans ma vie. Quelque chose qui me fasse assez mal pour me distraire de mon chagrin. Alors j'ai décidé d'arrêter de fumer. Mais après trois semaines, malgré les patches, j'étais tellement speed que la tabacologue m'a conseillé de trouver un truc pour m'occuper les doigts. J'ai commencé par tripoter des boules soi-disant relaxantes mais ça m'énervait encore plus. Et puis un jour j'ai découvert les canevas à broder en passant devant un petit magasin de la Grand'rue. Il y avait dans la vitrine un Angélus de Millet en chantier. Ça a été la révélation.

— Vous aviez vécu longtemps ensemble ?

— Trois ans et demi.

— Elle est partie pour un autre ? Arrête-moi si je suis indiscrète.

— Non, je crois pas. Elle s'ennuyait avec moi.

— Je ne te connais pas beaucoup mais je ne te trouve pas du tout ennuyeux.

— Si, je pense qu'à la longue je le suis. Je n'aime pas beaucoup danser, écouter de la musique classique, le cinéma, ni le shopping. Je déteste consommer. Je suis un décroissant pur beurre. Et je vire même un peu écolo fondamentaliste. J'éteins systématiquement les lumières quand je quitte une pièce, je suis contre la bagnole, la télé et dans les magasins je boycotte les trucs trop emballés. Je crois que tout ça l'exaspérait. Dans le fond elle adore gaspiller. Elle fait partie de ces gens qui sont persuadés que la science finira par trouver un truc pour supprimer le réchauffement climatique sans qu'on ait besoin d'arrêter de polluer. Le Père Noël et l'argent du beurre. Et vous, vous vivez avec quelqu'un ?

— Yacine, arrête de me dire "vous". Je sais que je suis beaucoup plus vieille que toi. Au moins deux ou trois ans. Mais je te rappelle que nous sommes collègues au même grade et au même échelon. Oui, je vis avec quelqu'un, on peut dire ça comme ça.

Installés côte à côte dans la douce et confortable intimité de l'habitacle, filant dans la nuit, ils continuèrent à se parler d'eux et se firent même quelques confidences que personne d'autre jusque-là n'avait encore entendues.

Chapitre 8

Partant du principe que faute avouée est à moitié pardonnée, Pénélope s'était précipité à la première heure le lendemain matin chez Victor pour lui faire un compte-rendu circonstancié de leur virée en Allemagne et des découvertes qu'ils y avaient faites. Contre toute attente, le patron avait non seulement très bien pris la chose, mais il avait aussi spontanément proposé d'activer le réseau de relations qu'il avait su tisser au cours de nombreux colloques, symposiums et autres pince-fesses transfrontaliers qu'il ne manquait sous aucun prétexte. Et il connaissait très bien le *Hauptkommissar* Dietmar Schlumpf, son homologue de la *Krimi* de Trèves.

L'accueil des Berbères fut plus froid. Il faut dire que Pénélope ne leur avait pas fait le moindre signe la veille.

— Alors Pénélope, comme ça tu t'es fait la malle avec la meuf de la financière, nous abandonnant à notre triste sort, aux flags sordides et au harcèlement moral de Victor qui voulait absolument savoir où vous étiez passés. J'espère au moins que t'en as bien profité.

— S'il te plaît Bernard, pas de scène. On a bossé. Et même bien. Et j'ai une bonne nouvelle pour toi. Tu vas pouvoir collaborer officiellement avec Big Brother. Il faudrait que vous fassiez parler les comptes perso d'ASS et de Nadine. Tous les mouvements de ces six derniers mois.

Bernard était aux anges.

— C'est comme si c'était fait !

En revanche Bérengère était furieuse.

— Yacine, tu vas pas toi aussi sombrer dans ces délires sécuritaires !

— Doucement Bérengère. J'ai fait les choses dans les règles. J'ai une autorisation officielle de Maman. Mais que ce soit bien clair Bernard, on ne veut pas connaître le potentiel criminogène des Schneider-Schmidt selon la méthode de Big Brother. Il s'agit juste d'essayer de comprendre comment ils ont vécu après le rachat d'IGB. Relever et analyser toutes les dépenses atypiques. C'est tout.

Nelly avait rejoint le trio dans la salle de projection. Ils avaient finalement décidé de visionner les vidéos fournies par Gerber avant de mettre en branle la coopération policière avec l'Allemagne. « IGB, une *success story* à l'Allemande » était un film de 26 minutes à la gloire du *self made man* Felix Ingold. Felix Ingold en noir et blanc en bébé à houppette au sourire béat. Felix Ingold enfant, jouant au foot en super 8 saccadé et un peu flou dans les rues d'une banlieue populaire de Sarrebruck. Felix Ingold en jeune patron confiseur posant fièrement au milieu des ses quatre employés devant la vitrine de sa première *Konditorei*... Jusqu'à Felix Ingold recevant l'accolade du chancelier Kohl à l'occasion de la remise du prix du manager de l'année. Des images d'archives d'un journal télévisé de la ZDF en 1998. Suivait un best-off de spots de pubs pour les fameux oursons en gélatine, des années soixante à nos jours. Des interviews de cadres d'IGB et de madame Ingold, la femme du patron, une séniore trop maquillée avec des manières de cocotte. Et bien sûr ils eurent droit aussi aux interminables scènes d'usines où une armée d'ouvrières et d'ouvriers habillés de combinaisons blanches, comme les techniciens d'une centrale nucléaire, triaient sur des tapis roulants chromés une montagne de friandises aux teintes acidulées. Le commentaire vantait sur un mode lyrique les délirantes mesures d'hygiène mises en œuvre par l'entreprise. « C'est dans un univers parfaitement stérile que les oursons en gomme viennent au monde et sont immédiatement conditionnés sous vide. »

— Alors, demanda Pénélope, vos impressions ?

— C'est chiant.

— Merci Bernard. Et toi Bérengère ?

— Moi ce qui me frappe, c'est qu'il n'y a pas un seul plan de l'extérieur du bâtiment. Rien qui permette de lire le nom de la boîte.

— Très juste, approuva Nelly. J'aimerais qu'on revienne en arrière. Je voudrais revoir le générique.

Et elle nota sur son bloc-notes le nom du réalisateur, Édwin Scharf, et celui de la maison de production, Melinda Prod.

La cassette de la conférence filmée à Alsafood était beaucoup moins pro. L'opérateur avait abusé du zoom et du panoramique et souvent même des deux à la fois. Il fallait avoir le cœur bien accroché. Gérard Nochet, un bellâtre encravaté, y vantait sans notes et avec une aisance de premier ministre les mirifiques propriétés de l'ours en gélatine, le produit vedette d'IGB, devant une trentaine de personnes parmi lesquelles quelques têtes connues : ASS, Nadine, Gerber...

À entendre ses considérations sur la suavité de l'ours qui incarne les valeurs de tendresse et de fidélité, sa charge émotionnelle, sa puissante image latente ou son haut potentiel d'évasion on aurait pu croire qu'il faisait une conférence sur l'ecstasy. Mais la causerie, quoique poursuivie sur le même mode enthousiaste, prit ensuite un tour beaucoup plus terre à terre. Il détailla, jusqu'à ce que la vidéo s'interrompe brusquement, les formidables opportunités de profit offertes par le rachat de l'entreprise IGB, à grands renforts de vocabulaire marketing et commercial. Part de marché relative... business to business... identité de marque... cash flow... variables qualitatives... connaissance tribale... miroir externe de la cible... mainstream... Le tout émaillé de chiffres astronomiques. Pas de doute, même si les enquêteurs ne comprenaient pas tout de la démonstration, notre homme semblait en connaître un rayon sur IGB.

— Ah, j'allais oublier, dit Bernard en rallumant la lumière, le grapho a téléphoné. Il vient rendre sa copie cet après-midi et monsieur exige qu'on soit tous là !

Une chose était sûre, cet expert graphologue ne s'était pas compromis dans l'affaire du petit Grégory comme l'avait soupçonné Bernard. Il devait lui-même à l'époque encore collectionner les images d'Albator. Après les présentations et avoir pris place dans la salle Bonnot, il posa devant lui sur la table une chemise jaune en carton à rabats élastiques.

— Voilà mes conclusions, mais avant de vous les livrer, je souhaiterais faire, si vous le voulez bien, une petite expérience.

Il leur distribua à chacun une feuille A4 sur laquelle était imprimé le texte de la lettre.

« Ma Chérie,

pardon pour ce geste qui va te faire tant de mal. Mais je suis trop fatigué, je ne supporte plus ce gâchis, je sombre. Prends soin de toi. Je t'ai follement aimée. A. »

— Voilà, vous avez le texte tapé à la machine pour ne pas être influencés par la graphie du sujet. Je vais vous demander de le lire en silence et de noter, chacun pour soi, par des mots clés ou de courtes expressions tout ce qu'il vous suggère. Tout ce qui vous passe par la tête. Surtout laissez-vous aller, ne vous censurez pas.

Pénélope, Bérengère, Bernard et Nelly se concentrèrent sur leur copie dans un silence de composition. Au bout de dix bonnes minutes, Nelly rompit le silence et ouvrit le tour de table.

— Je trouve que c'est une très belle lettre d'adieu, peut-être même un peu trop belle. Ce « je t'ai follement aimée » est très littéraire. Non ?

— Exact, approuva le jeune spécialiste. D'ailleurs ça l'est. C'est la dernière phrase de *Nadja* d'André Breton. J'ai vérifié sur Internet.

— Ouais, ça sonne pas très juste, poursuivit Bernard. Mais j'ai pas lu beaucoup de lettres de suicide, je crois même que c'est la première. Il faudrait pouvoir comparer avec d'autres. Est-ce qu'il existe un genre d'anthologie là-dessus ?

— Une véritable anthologie non. Mais on dispose de toute une série de travaux de linguistes. Qu'est ce qui vous fait dire que ça ne sonne pas très juste ?

Avant de répondre Bernard prit le temps de rassembler ses pensées avec une moue d'intello en préchauffe.

— Je trouve que « Prends soin de toi » et « Je t'ai follement aimée » c'est deux trucs qui vont pas très bien ensemble.

— Et peut-on finir par une forme ou une autre de « je t'aime » une lettre d'adieu ? demanda Nelly. Parce que c'est bien une lettre d'adieu, et même définitif. C'est un peu paradoxal, non ? Quand on aime on ne quitte pas.

— T'as jamais quitté des mecs que t'aimais ? s'étonna Bérengère.

— Non, ceux que j'ai quittés c'est justement parce que je ne les aimais plus. Mais j'ai aussi été quittée et dans ces moments-là on ne m'a jamais dit « je t'aime » ou « je t'ai follement aimée ».

— Ah, moi si, j'ai largué des mecs dont j'étais raide dingue mais des vrais fléaux. Et toi Yacine ?

— Moi j'ai toujours été quitté. Sans « je t'aime ». Je trouve surtout que c'est un texte bien court pour expliquer un acte aussi grave à l'être avec qui on a passé plus de trente ans. Non ?

Pendant que les enquêteurs se livraient à l'exégèse du dernier manuscrit d'ASS, l'expert avait installé le rétroprojecteur.

— Bon, je vous remercie c'était tout. Je voulais simplement commencer par soulever les éventuelles questions que pose le texte sur le fond avant de vous faire part de mes observations. Je m'en suis tenu à des analyses strictement techniques, sans aucune interprétation d'ordre psychologique. Pour commencer je me suis assuré que les trois documents que vous m'avez remis ont bien tous été écrits par la même personne. Je peux l'affirmer sans aucun doute possible. Je vais vous en montrer quelques exemples très parlants.

Et il introduisit successivement dans l'appareil trois agrandissements sur transparents de « s » extraits des trois différents courriers qu'il superposa au fur et à mesure. Ils étaient absolument identiques et se recouvraient parfaitement.

— Vous voyez son « s » est intéressant parce qu'il est tellement atypique avec son haut hypertrophié et sa courbure légèrement cassée qu'il serait excessivement difficile à imiter sans que ça ne soit visible à un tel agrandissement.

Il poursuivit avec plusieurs autres lettres et même un mot entier, « plus », qui furent eux aussi très convaincants. Il projeta ensuite une forme verticale aux contours baveux qui ressemblait à une peinture minimaliste. C'était un « i » d'ASS photographié au microscope.

— Voici un autre extrait de l'écriture de la lettre du suicidé. Bien que rédigée avec un feutre à pointe fine de type « Paper Mate » qui a un tracé très cohérent, j'ai pu déceler, en l'agrandissant six cents fois comme ici, quelques très légers empâtements sur l'attaque de certaines lettres, généralement en début de phrase. Cet excès d'encre indique que l'extrémité de la pointe du feutre a eu le temps de se recharger ce qui révèle que l'écriture a été suspendue un moment. On parle bien entendus d'infimes instants, de quantités infinitésimales et de micromouvements.

— Qu'est ce que ça signifie ? demanda Pénélope.

— Cela peut avoir plusieurs explications. Une hésitation dans la rédaction ou des accès de nervosité dus à une absorption de substances psycho actives. Café, alcool, stupéfiants...

— Neuroleptiques ?

— Oui, bien sûr. Mais cela peut aussi être causé par une émotion particulière, comme par exemple le fait de devoir écrire sous la contrainte. Il est impossible de le savoir exactement dans l'état de nos connaissances. Par contre ce qu'on peut noter c'est qu'il y a ici un nombre inhabituellement élevé de ces empâtements. Six pour un texte très court, comme vous l'avez fait remarquer. Trente-cinq mots.

— On est bien avancé avec ça ! soupira bruyamment Bernard.

Le jeune graphologue piqué au vif se tourna vers lui.

— Vous vous attendiez à quoi ? Que je vous donne le nom, l'adresse et le numéro de sécu de l'éventuel assassin ?

— Non, personnellement je m'attendais à rien alors je suis servi.

— Mais dites-moi demanda Pénélope, en conclusion, qu'est ce que vous pensez vous-même de cette lettre ? Vous la trouvez atypique ?

— Oui, un peu. Il faut savoir que parmi les personnes qui se suicident, et contrairement à une idée reçue, très peu laissent de lettre. Environ 12 %. Et quand elles le font c'est en général pour expliquer leur geste et souvent même en dévoiler des raisons secrètes, révéler des éléments inconnus de leur vie à leur entourage. Ce qui n'est pas du tout le cas ici. Dans le fond, on ne comprend pas très bien pourquoi cet homme, sur le point de se tuer, aurait pris la peine d'écrire une lettre aussi inutile.

Prenant acte du scepticisme de Bernard pour tout ce qui touchait de près ou de loin aux sciences humaines, Pénélope décida d'aller consulter seul l'autre spécialiste susceptible de l'éclairer sur la personnalité d'ASS.

La salle d'attente du Docteur Ehrengarth ne faisait pas du tout thérapeute plein aux as. Il devait redouter un contrôle fiscal. Les six sièges dépareillés avaient visiblement été chinés aux Emmaüs, comme la table à apéro roulante en plastique blanc très "années 60" sur laquelle reposait un cendrier publicitaire et quelques Elle en lambeaux. Un jeune homme recroquevillé dans une chauffeuse en nylon rose soliloquait avec véhémence en jetant de temps en temps des coups d'œil mauvais à Pénélope.

Quand le psychanalyste entra, un grand chauve avec barbichette de mousquetaire poivre et sel, costard italien et baskets équitables, il s'étonna de trouver là et à cette heure un second patient, inconnu, qui lui présentait une carte tricolore.

— Commissaire Belkala, je souhaiterais avoir un court entretien avec vous. Cinq à dix minutes, pas plus. C'est promis.

— Entendu, je vous reçois tout de suite après monsieur, répondit à la fois poliment et froidement Ehrengarth en faisant pénétrer le jeune homme en colère dans son cabinet.

Un cabinet, en revanche, très élégant. L'immeuble avait sans doute été conçu par un architecte anthroposophe et la seule fenêtre de la pièce était un grand œil-de-boeuf rond qui donnait sur les frondaisons du parc des Contades. Il ne dispensait qu'une chiche mais douce lumière propice aux confidences. Il y avait pour tout mobilier deux authentiques fauteuils Eames en contreplaqué cintré et vernis garnis de cuir noir qui se faisaient face et un divan de style pré-Chippendale à couvre-lit de velours côtelé beigeasse recouvert d'un châle indien. Comme celui de Freud dont Pénélope avait visité la maison transformée en musée au cours d'une escapade à Vienne. Avec Claire.

— Je suis venu vous poser quelques questions à propos d'un de vos patients, monsieur Armand Schneider-Schmidt.

— Vous savez bien sûr que je suis lié par le secret professionnel.

— Oui, et vous pensez bien que si je n'avais pas une bonne raison de le faire je ne serais pas venu vous voir.

— Et quelle est cette raison ?

— Secret professionnel pour secret professionnel nous menons une enquête sur les causes de la mort de monsieur Schneider-Schmidt et nous avons quelques doutes.

Ehrengarth, adoptant une pose de thérapeute distant, ne sembla pas être troublé par cette révélation. En tout cas il ne le manifesta pas.

— Vous imaginez bien qu'il est hors de question que je vous révèle le moindre mot qu'un tiers ait prononcé ici.

— Oui, bien sûr. Mais, le secret ne couvre pas ce que vous avez vous-même pu penser en apprenant sa mort.

Ehrengarth proposa un des fauteuils à Pénélope et s'assit en face de lui. Puis il alluma lentement, avec beaucoup de précaution, un cigarillo.

— Ça m'a surpris. Je l'ai vu ici l'avant-veille de sa disparition et en effet rien dans son comportement ni ses propos n'annonçait qu'il allait se tuer. Mais qui peut savoir comment et en combien de temps peut naître une telle décision ? Quand les gens se sont jetés des Twin Towers, essayaient-ils vraiment de fuir les flammes par n'importe quel moyen où abrégeaient-ils simplement leur vie se sentant acculés à une mort atroce ? Et dans cette seconde hypothèse en faisaient-ils le projet ne serait-ce qu'un quart d'heure avant ? Non, probablement pas. Certaines circonstances peuvent précipiter nos actes.

— C'est comme ça que vous vous expliquez les choses ? Par un moment de panique subit ?

— Non je n'ai rien avancé de tel. Je voulais simplement dire que bien malin qui peut dire comment et à quelle allure se prennent ce genre de décisions radicales.

— Si vous dites que vous avez été surpris c'est que vous ne le jugiez pas assez malade pour le faire ?

— Peut-on seulement parler de maladie ? En tout cas pas dans cette phase-là de la dépression, si on peut là encore parler de dépression.

— Ah, bon ?

— Vous savez, la limite est ténue entre une pathologie dépressive et un mal-être passager sévère lié à un problème psychoaffectif ou un souci d'ordre professionnel. Nous ne sommes pas égaux dans nos capacités à y faire face.

— Mais vous l'auriez classé plutôt de quel côté ?

— Je ne fais pas entrer mes patients dans des catégories, j'essaye de les aider à aller mieux, c'est tout.

— Vous lui aviez prescrit un traitement ?

— Oui, un petit soutien, vraiment très léger.

— Bon, je vais franchir la ligne jaune. Est ce qu'il aurait pu avoir une raison objective de se suicider ? Un ennui particulier ?

— On à tous des ennuis particuliers. Pas vous ?

— Je pensais au genre d'ennui qui peut vous mettre dans une situation telle que le suicide puisse apparaître comme la seule issue.

— Vous aimeriez savoir s'il m'a avoué une faute, un crime inexpiable, c'est ça ? Mais vous comprendrez bien que je ne puisse pas vous répondre.

— Alors, c'est oui ?

— Non.

Pénélope sourit.

— Voilà un joli petit problème de logique amusante...

Chapitre 9

Comme d'habitude Claire avait trouvé une invitation originale pour sa soirée « small is beautifull ». Une enveloppe matelassée contenant une loupe en plastique et un bristol de la taille d'un timbre poste dont le texte en corps 2 précisait que les invités étaient priés d'apporter à boire et à manger en portions miniatures. À 18h30 précises, Pénélope avait sonné à la porte de son atelier-appartement de la rue Tiergarten. C'était un petit rituel entre eux, chaque fois qu'elle organisait une fête, il venait lui donner un coup de main. Moments précieux où il avait l'impression de retrouver un peu de l'intimité de sa belle et quelques bouffées de souvenirs maraudées en passant. Les sempiternelles piles de bacs de manutention en plastique translucide qui abritaient tout son capharnaüm. Les odeurs de cigarettes blondes, de papier d'Arménie et de Shalimar. Le champ de bataille des produits de beauté entraperçu dans la salle de bain et même, abandonnée sur une chaise en formica jaune près du lit, sa robe de chambre finlandaise en laine turquoise qu'elle portait déjà quand ils vivaient là, ensemble, d'amour et de vodka glacée. C'était loin… Ces petites séquences *revival* lui faisaient aussi bien sûr un peu mal mais elles avaient un avantage, elles lui permettaient d'arriver le premier. Car d'une timidité maladive, Pénélope redoutait par-dessus tout d'avoir à débarquer dans une fête qui battait son plein. Il préférait affronter les invités au compte-goutte et partir le dernier, pour les mêmes raisons.

Claire s'était habillée en« small et beautifull ». Une mini-jupe en skaï vermillon et un caraco jaune qu'elle portait sans rien en dessous. Avec ses cheveux noirs coupés au bol et son maquillage argenté elle avait un petit air nippon, fripon. Une geisha de science-fiction.

— Claire tu es magnifique !

— Merci mon Yacinou, tu n'es pas mal non plus.

— J'ai ramené des mignonnettes de whisky.

— Super, pose-les là !

Sur la grande table de travail, débarrassée du fatras habituel d'une illustratrice désordonnée, mais laissée telle quelle, avec ses taches multicolores d'encre et de peinture, ses coups de cutter et même par-ci par-là des agrafes incrustées, il y avait déjà tout un assortiment de boissons en petites bouteilles et de nourritures naines.

Ils étaient tous les deux en train de tartiner des canapés lilliputiens sur des seizièmes de tranches de pain de mie en regardant la télé quand ils zappèrent sur le journal régional de France 3 consacré aux obsèques d'ASS à la cathédrale. L'archevêque en personne, avec mitre et crosse, entouré d'enfants de chœur, présidait la cérémonie dans des volutes d'encens et au son d'un « Que ma joie demeure » déversé par le grand orgue sur lequel se superposaient des commentaires à voix basse dégoulinant de pathos. Nadine Schneider-Schmidt, très digne, en grand deuil Dolce & Gabbana, y tenait la vedette, entourée par le gratin local. Lent travelling sur les présidents des conseils général et régional, un secrétaire d'État, le préfet en uniforme, le conseil municipal au grand complet, un prix Nobel de physique, Miss Bas-Rhin, l'ailier gauche du Racing et quelques centaines d'autres happy-fews dont les visages affichaient les différents stades de la componction.

— Eh, on va peut-être me voir ! s'exclama Claire très excitée.

— Ah bon, tu y étais ?

— Oui, j'accompagnais Fabien.

— Qui c'est ?

— Mon nouveau chéri. C'est un cousin du défunt.

— Ah !

Pénélope accusa le coup.

— Yacine, tu vas pas faire cette tête toute la soirée. On a déjà parlé de tout ça pendant des heures et des heures et même des années. On va pas recommencer. Maintenant je vis ma vie et toi la tienne.

Elle le prit par le cou et sur un mode cajoleur fraternel lui administra un sonore bisou.

— Allez, Yacinou, arrête de te faire du mal bêtement. Occupe-toi plutôt de toutes ces jolies petites nanas qui te tournent autour.

— Il sera là ce soir ?

— Oui, bien sûr, et je compte sur toi pour bien te tenir.

— Promis, soupira-t-il, mais au moins, s'il te plaît, ne dis pas que je suis flic.

— OK. Qu'est ce que tu veux être ce soir ?

— Journaliste.

— Dans le fond c'est ce que t'as toujours eu envie de faire. Bon, et pour quels médias tu bosses ?

— La presse économique, en free-lance, ça ira très bien.

Il était clair que dans le panthéon amoureux de Claire l'un des deux était une erreur de casting. Fabien Marzolff représentait à peu près tout ce que Pénélope haïssait. Un fils à papa prétentieux et inculte la ramenant à tout propos avec des citations bidon et des références indigentes glanées dans les pages tendance du Fig Mag. Et, cerise sur le gâteau, il portait au poignet une gourmette en argent avec son nom gravé en lettres cursives. Comment sa Claire adorée pouvait-elle lui préférer ce con ? Il n'était pas là depuis un quart d'heure qu'il pérorait déjà sur son masteure d'Harvard, sa Porsche en commande et son brillant avenir à la tête d'Alsafood « maintenant que le péquenot avait passé l'arme à gauche ». Car en toute impudeur, quelques heures seulement après sa crémation, le sympathique Fabien taillait un costard à feu son cousin par alliance, déclarant que tout ce qu'on pouvait lire dans les journaux n'était qu'un tissus d'âneries, le résultat de la propagande Schneider-Schmidt patiemment distillée dans le petit monde des relais d'opinion à coup de bouffes, d'invitations à l'Opéra et de places au Racing dans la tribune d'honneur, celle où des girls en tailleur bleu ciel viennent vous apporter à la mi-temps du champagne et des bretzels. « Marzolff of course ! » :

— Même ses vacances, il les passait à cultiver son image de petit baron local. Tout ce qui croyait compter dans le coin venait séjourner à l'œil dans son chalet de Wengen et le suivre comme un toutou sur les sentiers de la Jungfrau. Même les délégués syndicaux de la boîte étaient invités. La démagogie *alpenstock* et *muesli*.

La soirée s'annonçait pénible. D'autant plus que la discographie thématique « small is beautifull » réunie par Claire se limitait à trois microsillons en vinyl : Petit Papa Noël de Tino Rossi, Mini mini mini de Jacques Dutronc et un slow sirupeux des Small Faces. On ne risquait pas ce soir d'achever les chevaux. Alors on papota debout en petits comités dans un climat très amical et légèrement euphorique grâce aux petits flacons de whisky. Les conversations tournaient pêle-mêle autour du cinéma, les OGM, les déboires du Racing et, grand classique des dîners en ville, les délires de vidéosurveillance de la nouvelle municipalité et les itinéraires les plus peinards pour éviter le marché de Noël. Claire, la locomotive du jour, papillonnait entre les groupes. Puis, la faim venant, tout le monde finit par se rassembler en cercle autour de la grande table qui croulait maintenant sous les petits pains, apéricubes, bébés-Babibel, micro-saucissons, tomates cerises, beurre en portions individuelle, tout un assortiment de mignardises et plusieurs packs de mini-briques de vin de table « en provenance de divers pays de l'Union européenne ». Un autre ex de Claire qui ne manquait jamais une occasion de se faire remarquer avait apporté du petit salé aux petits pois et des petits suisses, les seules nourritures à l'échelle 1 :1.

En choisissant d'endosser le rôle d'un expert en économie, Pénélope n'avait pas mesuré le risque qu'il prenait. Claire qui avait tiré le diable par la queue pendant des années commençait à se faire un nom dans l'édition « jeunesse » et elle avait un peu changé de monde. Il s'avéra même qu'une partie de ses invités bossait dans les affaires. Il se fit donc *in extremis* spécialiste des questions agricoles, persuadé qu'on lui ficherait la paix. Mais c'était compter sans la fascination qu'exercent les journalistes et après être resté silencieux une bonne partie de la soirée, il fut assailli de questions et même sommé de donner son avis sur José Bové.

À une heure du matin, venant d'une autre fête, le beau Roméo Muckensturm, l'ancien assistant d'ASS, fit une entrée remarquée, tenant dans ses bras deux créatures de rêve passablement allumées. Décidément Claire connaissait tout le monde dans cette ville !

— Bonjour monsieur le commissaire ! lança t-il surpris et visiblement amusé en faisant glisser ses mains sur les hanches de ses cavalières.

Patatras, le fantaisiste exposé de Pénélope sur la politique agricole commune tomba à plat. C'est dans un froid glacial que son petit auditoire accueillit la révélation selon laquelle il était en réalité un flic. Il fallut tout l'aplomb de sa bien-aimée et sa virtuosité dans le mensonge pour sauver la situation.

— Yacine n'aime pas dire qu'il est dans la police parce que pour lui c'est juste un job alimentaire. Sa vraie passion c'est l'économie et depuis que je le connais il passe ses nuits à pondre des articles qu'il publie sous divers pseudos dans la presse spécialisée, pas vrai Yacine ?

— Et quel genre de pseudos ? demanda Marzolf soudain agressif.

— Gérard Nochet par exemple, pour l'Expansion, répondit du tac au tac Pénélope avec un de ces sourires agaçants dont il avait le secret et qui avait fait baisser les yeux de son rival.

Lequel se garda bien de répondre. Étrange. Il était pourtant bien au petit topo de Nochet à Alsafood, il apparaissait dans la cassette, Pénélope était certain de l'avoir reconnu. Mais Claire ne lui laissa pas le temps d'éclaircir ce point,

Elle approcha sa bouche de celle de Marzolff et ils s'embrassèrent pendant un temps infini, les mains de l'heureux élu se baladant sans vergogne sous le caraco jaune.

Pénélope était au supplice. Mais incapable de partir. Alors pour faire diversion, tenter de masquer sa douleur et ne pas crever de jalousie sur place, il se lança bille en tête dans la conversation, l'aiguillant sur le suicide, le cancer, les accidents de la route et les pannes d'ascenseur. Ce qui ne manqua pas de provoquer une surenchère d'histoires toutes plus atroces les unes que les autres. Claire voyant sa fête virer au sinistre fit circuler en catastrophe le couvercle métallique cabossé d'une boîte familiale de petits beurres garni de mini-joints. Pénélope se détendit alors un peu. De belles idées toutes neuves se mirent même à éclore comme des bulles de savon qui n'éclateraient jamais. Pour ne pas les oublier il se mit à les noter avec frénésie sur son carnet Moleskine. Ce qui, associé à l'ivresse cannabique généralisée, fit déferler une vague de paranoïa sur les convives. Entre ceux qui étaient prêts à ajouter la corde « poète cinglé » à l'arc de cet invité visiblement multi-tâches et ceux, la majorité, qui étaient maintenant tout à fait persuadés qu'il était bel et bien un flic en service occupé à préparer un rapport sur eux, la soirée *small is beautiful* se terminait en *fiascolossal*. Claire était furieuse. C'est du moins la vague impression qu'en avait conservée Pénélope qui à vrai dire le lendemain matin ne se souvenait plus très bien de la fin de la fête ni de comment il était rentré chez lui. Vraisemblablement à vélo puisque il était là, dans la cuisine, appuyé contre le frigo. En revanche son carnet avait disparu. Et c'était un peu ennuyeux. Il contenait pas mal de notes sur son enquête en cours. Rédigées dans un style télégraphique ou même sous forme de diagrammes, elles étaient assez cryptiques mais quelques noms et numéros de téléphones, eux parfaitement identifiables, y figuraient aussi.

Chapitre 10

Le *Hauptkommissar* Schlumpf était manifestement un aficionado de la grande cuisine française. Il avait tenu à venir en personne à Strasbourg présenter le résultat de ses recherches, déclinant l'offre de Pénélope et Nelly de se retrouver à mi-chemin, et il s'était arrangé pour que l'entrevue ait lieu à l'heure du déjeuner. Une opportunité que saisit Victor pour improviser « une petite bouffe » dans un établissement multi-étoilé au Michelin.

— Il faut savoir entretenir la coopération transfrontalière, avait-il argumenté, c'est l'avenir de l'Europe qui est en jeu.

L'avenir de l'Europe se joua donc au « Serpent bleu » chez Charles Munch, l'une des toques les plus créatives du moment, sous les lambris néo-classiques de son « laboratoire de cuisine expérimentale » et les regards vigilants d'un personnel pléthorique digne d'une entreprise de restauration soviétique. Ils étaient quatre affectés au service exclusif de la table ronde nappée de lin rose et garnie d'intimidantes panoplies de verres et couverts où avaient été placés Schlumpf, Nelly, Victor et Pénélope. C'était un repas de commissaires, les inspecteurs Langlois et Hill n'avaient pas été invités. Le menu du jour était composé d'une mousse de truffes et sa poêlée d'herbes de terrain vague, sushis d'anguille sur lit de Campari, émulsion de sandre à l'ail des ours et son sorbet d'olives de Lucques, et en dessert un carpaccio de kumquats flambé au mezcal. Le prix de ces « saloperies pour tarlouses », avait prévenu Bernard, condamné il est vrai au rôti de porc/purée de la cantine, ne figurait que sur la carte de Victor. Il régalait sur des « fonds spéciaux » dont la provenance demeurait un mystère. À l'aquarium, une rumeur malveillante prétendait qu'il pillait régulièrement les machines à café. Malgré la frugalité des portions mises en espace dans des assiettes rectangulaires géantes, les agapes durèrent plus de trois heures. Il faut dire que Schlumpf, un grand mince jovial au seuil de la retraite, qui parlait très bien le français ayant jadis vécu quelques mois à Paris, était affecté d'un bégaiement sévère et d'un esprit de synthèse très personnel. Ses homologues d'outre-Rhin avaient parfois un peu de mal à le suivre. Mais l'affaire, il est vrai, était complexe et il venait avec des informations de toute première bourre.

— Tous les documents que vous nous avez remis sont des faux comme vous l'avez soupçonné. La photo du prospectus a été modifiée vraisemblablement avec un logiciel de traitement d'images genre Photoshop. IGB n'existe pas et n'a jamais existé. Le patron, Felix Ingold, non plus. Nous avons vérifié en croisant tous les fichiers possibles : état civil, permis de conduire, registres paroissiaux, liste d'électeurs...

— Mais le film ? demanda Nelly.

— Une pure fiction, de A à Z, même si le décor est juste. Il s'agit bien de l'intérieur de l'usine Kikado, à Trèves, depuis trente-sept années et qui fabrique les fameux *Gummibärren*. Au début nous avons pensé que c'était un *schnitt*, un montage, à partir d'un film d'entreprise et nous avons enquêté dans Kikado pour savoir si un tel film existait. Mais Sprauer, le directeur de la compagnie, m'a dit que ça n'existait pas. Alors nous lui avons visionné votre cassette. Ça l'a pas fait rire et il a dit qu'il ne comprenait pas comment de pareilles images avaient été prises dans l'usine à son insu. Nous non plus. On n'a pas cru qu'elles avaient été prises à son insu et nous avons d'abord interrogé quelques travailleurs que nous avons reconnus sur le film et ils ont confirmé qu'une équipe avec des acteurs et des caméras était venue filmer. Alors nous sommes retournés questionner Sprauer et il a fini par avouer avoir touché de l'argent « au *schwarz* » comme vous dites, en échange de l'autorisation de tourner un film dans Kikado.

— Combien ? demanda Victor.

— Il dit cinquante mille euros. Mais nous faisons encore des vérifications.

— Qui lui a fait cette offre ?

— Il dit qu'il a été contacté par une productrice française, Frédérique Dumoulin – une jolie femme rousse, mince, dans les trente ans – pour tourner quelques scènes d'un Krimi, un film policier. Nous lui avons montré des photos de délinquantes rousses de notre identité judiciaire, mais il n'en a reconnu aucune.

—Il vous a précisé quand avait eu lieu le tournage ? Demanda Pénélope.

— Oui, en deux fois. Deux jours différents. Une première fois le 17 janvier avec juste l'acteur principal seul, celui qui fait Ingold. L'équipe de tournage, trois types, en ont profité, comme ils ont dit, « pour faire des plans de repérage ». Mais le véritable tournage avec tous les acteurs et les figurants a eu lieu le 4 mars. Ils étaient une cinquantaine, arrivés sur un bateau par la Moselle. Il a duré tout l'après-midi.

— La fameuse visite d'IGB pour les cadres d'Alsafood ! s'exclama Pénélope.

Puis s'adressant à Nelly en aparté.

— Les caméras devaient pourtant être visibles, c'est bizarre que Gerber n'en ait pas parlé.

— Oh tu sais, il n'y a peut-être pas fait attention. Maintenant dans les boîtes on filme pour un oui ou pour un non. La vidéo est devenu un équipement aussi banal que les broyeurs de documents.

Puis s'adressant à son collègue allemand :

— Il y a quand même une chose qui me chiffonne, Monsieur Schlumpf, c'est la séquence avec Kohl.

— C'est un trucage assez bien fait mais quand même visible si on repasse le fichier, image par image. Les plans se raccordent bien mais dans tous ceux où on a ensemble Ingold et le chancelier, le chancelier est toujours de trois quart ou de dos. Ils ont dû tourner en studio des images avec un acteur chauve de la même corpulence et habillé pareil puis les remonter avec les vraies images d'archives.

— Pénélope, s'excusa et sortit de sa poche son téléphone portable pour appeler Bérengère.

— Ecoute, ça avance très vite. On a toute une série d'éléments nouveaux qui confirment l'escroquerie. Du travail d'artiste, je te raconterai tout à l'heure. Mais là j'ai un truc à te demander en urgence. Pourrais-tu, s'il te plaît, dégotter le numéro de Gérard Nochet, le consultant pour le rachat, le conférencier du film, et essayer de savoir d'où il a tiré, lui, ses infos sur IGB.

Schlumpf expliquait maintenant le développement des recherches en Allemagne. À partir de la vidéo ils avaient tiré un portrait numérique d'Ingold et l'avaient adressé via Internet à tous les commissariats du pays. Mais trois jours après ils n'avaient aucune réponse.

— Et normalement si on n'a rien après deux ou trois jours c'est foutu.

— Et par voie de presse ? suggéra Victor.

— On ne le fait que pour des crimes de sang.

— Mais nous sommes sûrs que cette escroquerie est liée à un assassinat, insista Pénélope.

Après qu'il lui eut été fait un résumé complet de l'affaire, Schlumpf promit d'étudier la question mais il ne cacha pas que cela exigerait au préalable l'ouverture en bonne et due forme d'un protocole de coopération policière et qu'il fallait s'attendre aux pires tracasseries administratives avant que l'avis de recherche d'Ingold puisse être diffusé à la télé dans une de ces émissions d'appel à témoins qui font tant d'audience en Allemagne.

Victor accompagna Schlumpf pour un petit pousse-café et un gros havane, servis sur un plateau avec le cédérom souvenir de la maison, le making-off des recettes sur une musique originale du Pink Floyd Roger Waters.

Pénélope et Nelly en profitèrent pour filer à l'anglaise et retrouver dans le troquet d'en face, beaucoup plus populaire, Bernard et Bérengère. Elle avait, une fois de plus, fait des merveilles. En dix minutes elle avait obtenu le numéro de portable de Gérard Nochet. Un quart d'heure plus tard il se mettait à table. Il lui avait d'abord raccroché au nez. Elle avait rappelé. Il avait laissé sonner jusqu'à l'enclenchement du répondeur-enregistreur. Elle avait alors laissé un message concis mais très explicite sur les risques de l'ouverture d'une enquête judiciaire pour complicité d'escroquerie, ses conséquences sur sa réputation voire une condamnation, alors qu'il était encore possible d'éviter tout ça. Nochet l'avait écouté et aussitôt re-contactée. Il sembla sincèrement abasourdi d'apprendre les funestes suites du rachat d'IGB par Alsafood dont il s'était fait imprudemment le promoteur. Il dit avoir été contacté par e-mail par Armand Schneider-Schmidt en personne. Puis il avait reçu par la poste, dans une enveloppe au logo d'Alsafood accompagnée d'un petit mot signé d'ASS, une série de photocopies d'articles de presse sur IGB parus dans des journaux et magazines généralement considérés comme fiables. *La Tribune, l'Entreprise, le Financial Times*... C'est à partir de ces documents et de données trouvées sur le site internet d'IGB qu'il avait bâti son topo.

— Je sais, c'est un peu léger, mais on travaille souvent comme ça, dans l'urgence, sans avoir vraiment le temps de vérifier nos sources à fond. Et puis c'était pour une intervention en entreprise pas pour un papier destiné à être publié.

— Une intervention pourtant très bien payée d'après ce que nous en savons.

— Je ne sais pas, ce sont mes tarifs habituels.

Cependant, Nochet réalisait que sa réputation de journaliste intègre était gravement menacée. Son fond de commerce, sa petite poule aux œufs d'or avait du plomb dans l'aile. Pour s'attirer les bonnes grâces de la police il proposa donc spontanément d'envoyer immédiatement par fax, lesdites coupures de presse.

— On a vérifié avec Bernard, aucune ne correspond aux sommaires réels des différents journaux aux dates indiquées. Ni à d'autres d'ailleurs, les recherches par mots-clé dans les archives n'ont rien donné non plus. Pourtant les typos et les mises en page correspondent exactement. C'est un coup très sophistiqué. Faux dossier de presse, faux film, faux acteurs, fausse brochure, faux documents comptables, faux site Internet... on n'a pas lésiné sur les moyens.

— Quand on se met cent bâtons à gauche, on peut bien se permettre quelques frais, fit remarquer Bernard d'un air blasé.

— Oui, approuva Pénélope, c'est vrai que tout ça est très sophistiqué. Comme le faux suicide d'ASS. Quant à la nature des frais, il s'agit essentiellement de dépenses de com, justement le job de la veuve Schneider-Schmidt. Même la dépression d'ASS et sa disparition ont fait l'objet d'une subtile campagne de presse.

L'escroquerie avérée, deux problèmes se posaient aux enquêteurs. Il fallait faire la jonction avec le meurtre présumé d'ASS, l'hypothèse qu'ils privilégiaient tous bien qu'elle ne reposât pour l'instant que sur leur intime conviction alimentée par les certitudes de Jo quant aux causes réelles de la mort. L'autopsie commençait à faire cruellement défaut. D'autre part aucune plainte n'avait été déposée par les victimes de la malversation, les actionnaires d'Alsafood, Nadine et ses oncles mais aussi la banque. Ce qui constituait une seconde énigme.

— Ils vont forcément finir par le faire. Il y a quand même cent millions en jeu, rappela Pénélope.

Mais Nelly était plus sceptique.

— Rien n'est moins sûr Yacine, c'est peut-être même la raison de leur silence. Plus c'est gros et mieux ça passe. Vois-tu dans notre affaire, vu précisément l'énormité de la somme, tout le monde doit avoir intérêt à la boucler. Nadine parce qu'elle est la veuve de celui par qui la catastrophe est arrivée. Elle en est peut-être même solidairement responsable. Le Banquier parce qu'il peut se payer sur la bête...

— Comment ?

— En re-prêtant à Alsafood les cent millions que le groupe a perdus. En tout cas les soixante-dix empruntés au Crédit Social de l'Est. C'est probablement ça où le dépôt de bilan immédiat qui laisserait tout le monde sur la paille. Nadine mais aussi ses deux oncles.

— Je n'y connais pas grand chose en gestion, dit Bérengère, mais ça me paraît dingue de refaire crédit à une entreprise qui vient de perdre autant d'argent.

— Dans ce cas-là probablement pas. Alsafood fait chaque année des marges somptueuses. La *junk food* a le vent en poupe. La boîte doit être capable, même si c'est un peu dur à avaler, de payer des remboursements même très élevés.

Pénélope était rêveur.

— Nelly, à ton avis, quel est celui qui court aujourd'hui les plus grands risques ?

— Le banquier, sans aucun doute. Si on apprend que le Crédit de l'Est, le fleuron de la banque alsacienne est mêlé à un scandale financier de ce tonneau, ça risque de nuire salement à sa réputation. Et pour le PDG c'est le risque d'être éjecté.

— Alors commençons par le banquier. Tu le connais ? Il est comment ?

— Despotique et arrogant. Le genre d'homme avec qui je n'aimerais pas me retrouver naufragée sur une île déserte.

— Je propose quand même que tu t'occupes de l'interrogatoire si ça ne t'ennuie pas, c'est plus dans ta partie. Mais Bernard t'assistera et fera la teigne si nécessaire. Mais pas de violences !

Bernard s'offusqua.

— Enfin Pénélope, tu me connais !

Chapitre 11

Hirn était devenu une pièce maîtresse de l'enquête, aussi lui avait-on sorti le grand jeu. Une interpellation surprise et éclair au siège du Crédit Social de l'Est par une douzaine d'inspecteurs en civil avec des brassards « police » débarqués de six voitures banalisées mais toutes équipées d'un gyrophare. Pour éviter d'avoir à traverser le hall de la banque menotté devant tout son personnel, le président du Crédit Social avait accepté sans discuter d'accompagner les policiers et même d'un pas décidé pour donner l'illusion qu'il les pilotait plus qu'il ne les suivait.

Arrivés à l'aquarium, ils le firent monter dans le bureau de Nelly.

Bernard, installé à côté d'elle derrière un ordinateur attendait, silencieux, prêt à taper la déposition.

— Je ne comprends pas de quoi vous me parlez !

Nelly sortit un paquet d'ours en gélatine de son bureau, l'ouvrit soigneusement avec une paire de ciseaux et en offrit à Hirn.

— Cela tient pourtant en trois lettres monsieur : « I », « G », « B ». Tenez !

— Non merci. Vous intervenez, bien entendu, dans le cadre d'une enquête officielle et vous avez une commission rogatoire. Dans le cas contraire je serai obligé d'en référer à votre hiérarchie ce qui aurait de fâcheuses conséquences pour votre carrière... Auriez-vous l'obligeance de me présenter ce document ? Je suis étonné et même un peu contrarié d'avoir à le réclamer.

Nelly, opposa à l'arrogance et aux manières cauteleuses de Hirn, une désinvolture amusée.

— Et bien non, figurez-vous que nous n'en avons pas. Et ce dans votre propre intérêt. Voyez vous, Monsieur Hirn, l'établissement d'une commission rogatoire suppose l'intervention de plusieurs personnes. Un juge d'instruction, son greffier, le procureur, le greffier du procureur, un coursier, les secrétaires du SRPJ et enfin les enquêteurs. Sans préjuger bien entendu de la discrétion et de la conscience professionnelle de chacun de ces acteurs, l'expérience malheureusement nous apprend que leur nombre est souvent un facteur de fuites. Et j'imagine que votre banque ne recherche pas ce genre de publicité.

— Dites-moi que je n'ai pas bien compris, vous n'êtes pas en train de me menacer ?

— Mais si monsieur, parfaitement, et de ça aussi vous pourrez vous plaindre à ma hiérarchie. Mais à ce moment-là je crains que vous n'ayez d'autres chats à fouetter. Vous serez probablement viré de votre boulot et peut-être même en route pour la prison.

— Et pour quel motif je vous prie ?

— Pour commencer, non-dénonciation de crime financier.

— Quel crime financier ?

Nelly commençait à perdre patience. Elle haussa le ton et devint plus sèche.

— Écoutez ! Pour gagner du temps, vous rafraîchir la mémoire et vous donner une petite idée du niveau des infos dont nous disposons je vais vous donner quelques mots-clé dans le désordre. Alsafood, IGB, Kikado, Ingold, Beckerick, Trèves, Clearing co... C'est bon, ça suffit ? Votre banque a perdu beaucoup d'argent dans cette affaire et personne n'est encore venu porter plainte. Étrange, non ?

— J'allais le faire, justement.

— Il était temps. Cette affaire qui ressemble beaucoup à une escroquerie, et même une escroquerie de très haut niveau, a eu lieu il y a six mois. Six mois pour réagir, avouez que ça commence à faire un peu long.

Hirn avait visiblement été surpris et déstabilisé par les allusions précises de la commissaire. Sa voix perdait de l'assurance.

— Je ne vois pas en quoi cela pourrait m'impliquer. J'ai juste fait mon métier, j'ai prêté de l'argent. Après, la manière dont il est dépensé ça ne me regarde plus.

— L'emprunt était cautionné ?

— Non, ce n'était pas la peine, Alsafood est un excellent partenaire depuis de longues années. Fiable. Une entreprise solvable qui a toujours payé ses dettes rubis sur l'ongle.

— Et voilà le problème. Un de vos clients vous emprunte 70 millions d'euros pour les placer et les perdre dans une opération vraisemblablement délictueuse. Or vous ne lui demandez aucune garantie et vous assistez même personnellement à la transaction effectuée en douce, on peut le dire, dans une société de clearing luxembourgeoise dont la réputation de blanchisseuse d'argent sale n'est plus à faire. Avouez que ça fait un peu désordre. De là à vous considérer comme partie prenante, voire complice de l'affaire...

— Vous plaisantez j'espère ?

— Pas le moins du monde. Les choses vues sous cet angle, vous êtes même en tellement mauvaise posture que si les Marzolff étaient plus malins ils pourraient vous faire chanter. Mais dites-moi, c'est peut-être ce qu'ils font déjà ?

— Vous êtes malade !

Bernard donna un violent coup de poing sur la table qui fit même planter l'ordinateur.

— Eh, dis donc connard, tu parles pas comme ça à ma collègue !

Oubliant la tournure délicate qu'avait prise l'entrevue, le président Hirn trop habitué aux courbettes et aux cirages de pompes pour pouvoir supporter qu'un flic subalterne lui manque de respect, explosa.

— Non mais, espèce de voyou, je vous défends de me tutoyer. Vous allez me le payer. Je vous promets un petit rapport pas piqué des hannetons. J'ai des relations haut placées et même beaucoup plus haut que vous ne le pensez, pauvre crétin.

Bernard se leva d'un bond et se mit à crier à son tour :

— Ouais, aujourd'hui peut-être ! Mais demain quand tu sortiras du panier à salade sur toutes les téloches avec un blouson sur la tête... si on est charitables ! Et après-demain quand y'aura ta gueule à la une des DNA et de l'Alsace : « Hirn inculpé d'escroquerie et écroué », des relations, crois-moi, t'en auras plus beaucoup. Alors on va te donner une ou deux heures pour réfléchir tranquillement à tout ça. Gardiens s'il vous plaît, emmenez-le au frigo !

On escorta fermement Hirn jusqu'au sous-sol. Là, un planton de garde assis dans un petit box grillagé lui fit vider dans une enveloppe en kraft le contenu de ses poches et lui remit en échange un reçu détaillé. Puis il lui confisqua sa cravate, son alliance et ses lacets. Et sans lacets en traînant des pieds, même en Church's, on n'est plus grand-chose. Il fut ensuite conduit dans une cellule. En fait une pièce vitrée munie d'une porte sans verrou mais ne possédant qu'une seule poignée, à l'extérieur. Elle était sobrement meublée d'une banquette en bois couverte de graffitis désobligeants pour les agents de la BAC. Bernard avait exagéré, ce n'étaient pas de très bonnes conditions pour réfléchir. Mais en même temps ce petit avant-goût de détention, une aventure inédite pour ce grand patron respecté et même craint, lui rappela fâcheusement le sort de quelques notables de haut vol, y compris des ministres, compromis dans des « affaires » et dont l'humiliante descente aux enfers judiciaires avait fait la une des JT. N'ayant pas encore pu bénéficier des conseils d'un avocat il était incapable de mesurer la réalité des menaces de la commissaire. Bluffait-elle ou était-il vraiment sur le point d'être inculpé ? Sa situation présente lui faisait redouter le pire.

Après une heure et vingt minutes de ce régime, il « avait été remonté ». Le planton qui était aussi chargé de surveiller discrètement les réactions de ses clients avait appelé Nelly pour lui signaler que « le bourge était à point ». C'était un euphémisme, l'influent président du Crédit Social de l'Est n'était plus que l'ombre de lui-même. Un quidam apeuré et dans de bien meilleures dispositions vis-à-vis de Nelly qui allait tenir à son tour le rôle de la banquière.

— Monsieur Hirn, j'ai un petit marché à vous proposer, lui annonça t-elle d'une voix chaleureuse et engageante. Récapitulons. Comme vous l'avez sûrement réalisé grâce à notre premier entretien et cette petite méditation forcée, tous les éléments que nous possédons sur vous dans le cadre de l'affaire IGB nous conduisent à vous précipiter vers un avenir extrêmement sombre. Mais nous avons aussi le pouvoir de vous laisser repartir tout à l'heure comme un simple témoin dont les déboires financiers ne nous regardent pas.

Elle marqua une pause, posa ses coudes sur le bureau, fixa son vis-à-vis en souriant, les mains croisées sous le menton, avec ses plus beaux yeux de biche.

— De votre côté, vous disposez d'un certain nombre d'informations que nous souhaiterions connaître. Il y a là, me semble-t-il, matière à une transaction tout à fait équilibrée. Qu'en dites-vous ?

— Quel genre d'informations ?

— Des détails sur le rachat, le déroulement de l'opération et ses protagonistes.

— Mais je ne sais pas grand-chose, je ne suis que le banquier dans l'histoire. Un fournisseur, c'est tout.

— Allons donc ! Avez-vous mis la créance Alsafood en recouvrement ?

— Non, pas encore, nous sommes à la recherche d'un règlement.

— Aïe ! Aucun mode de remboursement prévu. Voilà qui aggrave encore votre cas. Et pouvez-vous nous expliquer pourquoi vous tardez tant ? Il s'agit tout de même d'une coquette somme. Pouvez-vous me préciser le contexte dans lequel ce prêt s'est opéré ?

— Cela faisait plus d'un an que ce projet de rachat était en discussion. Ce genre d'opération prend du temps c'est normal. Il fallait vérifier la santé financière de l'entreprise à racheter mais il fallait aussi s'assurer qu'Alsafood était capable de l'absorber. C'était de loin la plus grosse acquisition du groupe depuis sa création. La conclusion de l'affaire était prévue cet automne et tout se déroulait normalement. Nous étions persuadés qu'il s 'agissait d'une excellente opération à ne surtout pas lâcher. Mais début mai tout s'est emballé. Le patron d'IGB a fait monter la pression en prétendant qu'un autre acheteur était sur le coup et très pressé de conclure. Alors pour qu'elle ne nous passe pas sous le nez, il a fallu se décider très vite, en moins de quarante-huit heures, et je n'ai pas eu le temps d'instruire le dossier et de faire valider le prêt selon la procédure habituelle au Crédit Social. J'ai mis à disposition la somme demandée en remettant les formalités à plus tard. Ce n'était pas la première fois que ça arrivait avec Alsafood qui est un groupe très réactif et qui a par moments de gros besoins de trésorerie. Et puis Armand Schneider-Schmidt était un vieil ami, presque un frère, en qui j'ai toujours eu une confiance absolue. Si j'ai tant attendu à mettre en place un plan de règlement c'est parce qu'il avait conservé jusqu'au bout l'espoir de récupérer l'argent. Ce qui aurait été, et de loin, la meilleure solution pour tout le monde.

— Tiens donc ! Et sur quoi reposait cet espoir ?

— Il avait fait appel à un bureau de détectives anglais spécialisés dans le recouvrement de créances complexes.

— Je vois, des gros costauds patibulaires et pas trop à cheval sur la loi.

— Plutôt des professionnels très bien introduits dans les milieux de la finance.

— Et leur enquête avait suffisamment avancé pour vous persuader d'attendre. Je suis impatiente de connaître les noms de ces super huissiers indépendants.

— Je ne les connais pas, je n'ai eu aucun contact avec eux. Je n'étais pas tenu au courant de tout dans le détail. Je savais juste ce que m'en disait Armand. Que celui qui était vraisemblablement le cerveau de l'opération, Walter Beckerick, était un escroc recherché dans le monde entier et connu sous une vingtaine d'identités. Mais aux dernières nouvelles ils étaient sur le point de le localiser. L'affaire progressait bien et Armand « attendait une très bonne nouvelle d'un jour à l'autre ».

— Et ça c'était quand ?

— Quelques jours avant sa disparition.

— Et depuis ?

— Depuis sa mort et tant qu'il n'est pas remplacé, les Marzolff qui possèdent les deux tiers du capital exercent de façon très tatillonne leur droit de regard sur toutes les opérations du groupe et ils ont décidé de bloquer les honoraires qu'Alsafood versait aux détectives. Lesquels ont bien entendu immédiatement stoppé les recherches.

— À combien s'élevaient ces honoraires ?

— Ce n'était bien sûr pas donné, je crois quinze mille euros par jour, mais justifiés selon Armand par leur efficacité.

— Et vous ne pouviez pas prendre le relais ?

— Qui ?

— Le Crédit Social.

— Notre banque n'a pas vocation à recouvrer de l'argent qui ne lui appartient plus.

— Donc, maintenant que vous avez perdu tout espoir de retrouver et Beckerick et l'argent, que comptez-vous faire ?

— Nous sommes en train de négocier avec Alsafood un plan de remboursement réaliste.

— Vous le négociez avec qui ?

— Officiellement avec les actionnaires, mais ils ont délégué le directeur financier pour préparer les termes de l'accord. C'était le plus proche collaborateur d'Armand, celui qui connaît le mieux et dans les détails la situation de l'entreprise.

— Comment s'appelle-t-il ?

— Gerber.

— J'aimerais monsieur que nous revenions au début de cette affaire extravagante. Quand, précisément avez-vous réalisé qu'il s'agissait d'une escroquerie ?

— Quasiment tout de suite.

— Tout de suite !?

— Oui, immédiatement après la signature. On avait prévu un repas pour fêter le rachat. Au Relais du Parc à Thionville. On y est allés en plusieurs voitures. Beckerick et Ingold ne sont jamais arrivés. J'aimerais fumer s'il vous plait.

Bernard lui tendit sans rien dire son paquet de cigarettes et lui offrit du feu.

— Merci. Vers quinze heures, on en était encore à faire durer l'apéritif mais l'ambiance était lourde. Les téléphones de Beckerick et d'Ingold ne répondaient plus et je me suis souvenu alors d'une chose qui m'avait frappée mais à laquelle je n'avais pas accordé d'importance sur le moment, dans l'euphorie de la signature. Sitôt la transaction enregistrée leur ton a immédiatement changé, imperceptiblement. Ils sont devenus plus familiers avec nous mais d'une façon qui m'a paru désagréable, à la limite du mépris. En fait des manières de voyou.

— Vous en avez parlé aux autres ?

— Non, je n'ai pas réagi. C'était juste une impression. L'atmosphère était déjà très tendue je ne voulais pas en rajouter.

Et puis ça dépassait l'entendement. C'est Armand qui un peu plus tard m'a entraîné dans le jardin du restaurant, dans un état d'excitation extrême, et qui a confirmé mes doutes. « J'ai un mauvais feeling, m'a t-il dit, c'est complètement fou mais je crois qu'on s'est fait rouler dans la farine.»

— Qui d'autre était présent à ce repas ?

— Madame Schneider-Schmidt et les deux frères Marzolff, ce qui était rarissime. Antoine avait fait le voyage depuis les Maldives tout spécialement pour assister au rachat.

— C'est tout ?

— Oui.

— Les frères Marzolff aussi ont compris tout de suite ?

— Je n'en sais rien, j'ai très peu parlé avec eux.

— Ah bon ?

— Moi je suis le banquier du groupe mais surtout l'ami des Schneider-Schmidt qui ne s'entendaient pas bien avec les Marzolff. Armand se méfiait même de Jean-Paul comme de la peste.

— Pourquoi ?

— Je ne connais pas les origines de la brouille. Elle existait déjà quand je les ai tous rencontrés au début des années 80. À la chasse. On a une concession, ensemble, dans les Vosges du Nord avec une douzaine d'autres amis. Il y a trois ans, pendant une battue, Armand a pris dans l'épaule un coup de chevrotine tiré par Jean-Paul. Il a toujours affirmé que le coup était parti tout seul, un faux mouvement. Comme la blessure était très légère les choses en sont restées là. Mais Armand n'a jamais cru que ça avait été involontaire.

— Revenons au repas. Donc il panique, vous prend à part. Qu'est-ce qui s'est passé ensuite ?

— On a mangé quand même mais à toute vitesse et dans un silence de mort. Vers 16 heures, Nadine et les Marzolff ont décidé de rentrer à Strasbourg. Armand et moi on a foncé à Trèves chez IGB. Et là on a eu la confirmation de nos doutes. C'était affreux. Armand était dans un état second, prostré, incapable de la moindre décision. Il venait de se produire le choc qui a déclenché sa dépression, j'en suis persuadé. À partir de ce moment-là il n'a plus jamais été le même. J'ai donc pris les choses en main. On est descendus dans un hôtel pour tenter de faire un examen de la situation, calmement...

— Quel hôtel ?

— Le Park Plaza à Trèves... mais Armand était ailleurs, sonné, totalement indifférent à ce qui arrivait. Je ne l'avais jamais vu comme ça. Alors je l'ai un peu secoué et je lui ait dit qu'il fallait à tout prix réagir, tenter de bloquer la transaction. Il était trop tard pour retourner à Luxembourg mais j'ai quand même pu joindre Clearing Co et obtenir un rendez-vous à 8 heures le lendemain matin avec Fauth le numéro deux de la société. Malheureusement il nous a confirmé ce que nous craignions. Il ne pouvait rien faire pour nous. Le Luxembourg est moins un paradis fiscal que judiciaire. Pour effectuer des perquisitions dans les comptes d'un établissement bancaire, même après une opération frauduleuse, il faut une autorisation du ministère des finances pratiquement impossible à obtenir en moins d'un mois. Et en un mois vous pensez... les capitaux se sont envolés. C'est la raison pour laquelle nous avons eu recours à un cabinet spécialisé plutôt qu'à la justice.

— Nous ?

— Oui, nous.

Ce dernier court aveu rempli de lassitude acheva d'abattre Hirn.

— Voilà, dit-il faiblement, vous avez tout ce qu'il vous faut pour me faire tomber.

— Rassurez-vous, monsieur, notre petit marché tient toujours. J'aimerais que vous me parliez maintenant de madame Schneider-Schmidt. Que pensait-elle de tout ça ?

— Elle essayait surtout de remettre Armand sur pied. L'argent c'était secondaire. Elle aurait tout donné pour le sauver. Je n'arrive ni à accepter ni à comprendre pourquoi il s'est tué. Il savait qu'on l'aimait, qu'il pouvait compter sur nous.

Hirn semblait sincèrement très affecté.

— Avant que nous mettions un terme à cet entretien j'aimerais que vous jetiez un coup d'œil à notre trombinoscope de délinquants économiques.

Bernard fit pivoter l'écran de son ordinateur et tendit la souris à Hirn pour lui permettre de faire défiler les huit cent treize portraits, plus ou moins patibulaires, correspondant aux mots-clés sélectionnés dans le filtre du logiciel Visiopol. « Homme », « race blanche », « 40/50 ans ». Il n'en reconnut aucun.

— Vous êtes sûr ?

— Absolument sûr.

— Alors on va vous demander de nous aider à dresser un portrait-robot de Beckerick.

Hirn tenta de reconstituer son visage à partir de collections d'yeux, nez, bouches, mentons, coupes de cheveux, stockés dans l'ordinateur.

Tout en observant le résultat, Nelly lui fit part de quelques recommandations d'usage.

— Avant de vous laisser partir monsieur Hirn j'ai une petite chose à préciser avec vous. Comme promis je ne vous fais pas signer de déposition, ça m'obligerait à la transmettre à un juge d'instruction, mais il y a bien sûr une contrepartie. Notre entretien d'aujourd'hui doit rester absolument confidentiel. Pas un mot. À personne. Pas même à Madame Schneider-Schmidt. Je compte sur vous.

Après avoir grommelé une vague approbation en réponse à ces consignes énoncées sur un ton ferme, le banquier récupéra ses affaires et sortit libre de l'Hôtel de Police.

Dans la rue l'attendait, mine de rien, Bernard au volant de la voiture de service, prêt à partir.

— Si vous voulez, lui dit il, très serviable, j'ai à faire au centre-ville, je peux vous rapprocher.

Hirn hésita un instant mais, déboussolé par le brusque changement d'attitude de Bernard et sa liberté retrouvée à laquelle il n'arrivait pas encore tout à fait à croire, il accepta son offre. Dans la voiture, après quelques minutes de silence, il fut même pris d'un accès de syndrome de Stockholm et lui proposa « d'aller boire un verre quelque part ». Ce que Bernard, grand amateur de bistrot devant l'Éternel, ne pouvait refuser. Après tout, si le silence qui suivait du Mozart était encore de Mozart, le pot qui suivait l'interrogatoire devait lui aussi encore faire partie de l'interrogatoire. Il gara la Safrane devant le bar du Sofitel où Hirn salua en entrant, d'un air sombre, une bonne moitié des clients.

Ils s'installèrent à une table du fond où un jeune serveur en smoking, très stylé, vint leur demander ce qu'ils souhaitaient boire.

— Un scotch s'il vous plaît, Paul.

Bernard commanda un Viandox.

— Je suis navré monsieur mais nous sommes exceptionnellement en rupture de Viandox.

— Ah bon, tant pis. Alors rien.

Hirn était encore sous le choc. Jamais on ne l'avait traité comme ça. Jamais de sa vie il n'avait été aussi humilié, rabaissé. Jamais jusque-là il n'avait approché de si près l'univers carcéral. Il avait l'impression d'être dans un film de Costa Gavras. Mais là ce n'était pas du cinéma. Il lui fallait un remontant mais aussi un debriefing pour retrouver ses marques, cesser d'avoir peur, et c'était Bernard qui allait devoir prendre en charge cette petite séance de thérapie de comptoir. Leurs relations étant maintenant devenues tout à fait cordiales, le banquier se jeta à l'eau.

— Je ne comprends pas que vous m'ayez infligé ça. Il y a dans toute cette mise en scène, le simulacre de la prison, votre soudaine brutalité, votre tutoiement, quelque chose qui relève de la cruauté mentale. C'est une forme de torture.

Bernard qui n'avait pas l'intention de se fâcher avec un nouveau camarade de zinc, lui répondit sur le mode de la conversation badine.

— Non, là ça c'est plutôt bien passé. Quand on torture, vous verriez, c'est autre chose. Non, je déconne. Je vais vous dire, on essaye juste de faire notre boulot le plus efficacement possible, c'est tout. Un peu comme vos commerciaux. Ils emploient aussi des méthodes de mise en condition psychologique pour fourguer vos assurances et vos produits financiers.

— Vous n'allez quand même pas comparer ! On ne vous enferme pas. On ne pratique pas le chantage.

— Le chantage, le chantage, vous exagérez un peu. Les maîtres-chanteurs sont des délinquants. Ils agissent pour le profit.

Pas nous. Et ils ont tendance à en demander toujours plus. Pas nous. Nous sommes très corrects, vous verrez. Vous respectez votre parole, nous respectons la nôtre. Où est le problème ?

— J'ai trahi une amie.

Puis après une courte pause, le regard plongé dans son whisky et sur le ton de la confidence.

— Je sais que vous la soupçonnez d'avoir assassiné Armand mais c'est absurde.

— Oui, puisqu'il s'est dézingué. C'est elle qui vous a raconté ces conneries ?

— Oui. Elle n'en dort plus.

— Ça doit être le choc, la mort de son mari, tout ça. On va vite aller la rassurer.

— Merci.

— Bernard se leva, lui administra une petite tape amicale sur l'épaule.

— Allez, ne vous inquiétez pas. Pensez plus à tout ça. C'est fini, tout va bien. Relax.

De retour à l'aquarium l'inspecteur radieux monta quatre à quatre les escaliers et fit irruption dans le bureau de Pénélope où la petite équipe était en train de conjecturer sur la culpabilité potentielle des différents proches d'ASS. Il leur fit un compte-rendu de sa conversation impromptue avec Hirn et conclut, fanfaron :

— Quand je pense qu'il y a des gens pour prétendre que je perds mon temps à traîner dans les rades !

Mais Pénélope le rassura :

— Personne ici Bernard, tu le sais bien.

Chapitre 12

Bérengère n'en démordait pas : la veuve restait pour elle la suspecte numéro un.

— Si Nadine a parlé à Hirn, c'est qu'elle a vraiment les jetons et c'est de nous qu'elle a les jetons, pas de l'éventuel assassin de son mari. Moi, si mon mec s'était fait assassiner sans mobile connu je ne serais pas tranquille tant qu'on n'aurait pas arrêté le coupable. Donc c'est qu'elle connaît le coupable. Ou le mobile. Ou même les deux.

— Ou alors, suggéra Bernard, elle est moins parano que toi. Les assassins ne butent pas systématiquement les conjoints de leurs victimes. C'est même assez rare.

— Ou, proposa Nelly, elle a dit la vérité et elle ne croit vraiment pas à l'hypothèse du crime. Dans ce cas, sa conduite est aussi assez cohérente.

— Je suis assez d'accord avec Bérengère, dit Pénélope. Avec le coup de l'autopsie et le fait qu'elle se soit confiée à Hirn, c'est quand même Nadine qui focalise aujourd'hui les interrogations les plus sérieuses, même si on ne lui trouve pas pour l'instant le début d'une raison d'avoir assassiné son mari.

— On a tous secrètement envie de tuer quelqu'un !

— Ça va comme tu veux Bernard ? demanda Bérengère. Tu peux nous en dire plus ? Qui par exemple t'aurais envie de tuer, toi ?

— Je sais pas moi, par exemple le mec qu'a fait le site internet de la SNCF. Et toi bien sûr. Mais là un jour je passerai à l'acte.

— Essaye pour voir. Et pour le reste t'as qu'à aller sur le site de la Deutsche Bahn. Tu tapes Kehl et ta destination en France. Tous les trains passent par ici. Et ça marche super.

— Yacine, comment tu vois la suite des opérations ? demanda Nelly, On cuisine Nadine ?

— Je crois que je préfèrerais encore préparer un peu le terrain. Découvrir d'abord l'autre partie de la famille. Voir ce que son oncle a dans le ventre. Après tout les Marzolff, dont on ne s'est pas encore beaucoup occupés, sont aussi mêlés à tout ça.

Pénélope s'était bien gardé de révéler à ses collègues qu'il était aussi impatient de faire la connaissance du père du nouvel amant de Claire. Peut-être même son futur beau-père. Cette pensée l'assombrit.

Grâce à son métier de marchand de biens et aux nombreuses affaires qu'il brassait, Jean-Paul Marzolff avait pu s'acheter à Neudorf, à très bon prix, une ancienne quincaillerie de gros qu'il avait réaménagée en appartement. Mille mètres carrés avec terrasse et piscine. Une bicoque de feuilleton télé, un loft hollywoodien bourré de meubles Art-déco, de sculptures Tang et Ming et de tableaux de Georges Mathieu. L'immense salon baignait dans un flot de lumière dispensé par une verrière qui faisait étinceler le parquet en acajou massif « récupéré sur le pont d'un authentique clipper de la Compagnie des Indes » précisa l'hôte.

— Du recyclage en quelque sorte. Mon côté écolo.

C'est là qu'il reçut Pénélope, dans des fauteuils Voltaire. « Il était plutôt du soir » et avait été tiré de son sommeil par le coup de sonnette du commissaire, ce qui expliquait ses cheveux en bataille, sa mine un peu chiffonnée et sa tenue de saut du lit : un pyjama et par-dessus une veste d'intérieur enfilée à la hâte. Avec son imposante crinière blanche bouclée et son visage cuivré par des séances d'UV, cet octogénaire-là ne manquait pas d'allure. Il baillait abondamment en sirotant son thé, visiblement un peu ennuyé par cette « visite de routine au sujet de la mort de son neveu par alliance ». Mais il se montra affable et décontracté. Pour quelqu'un qu'on venait de priver de grasse matinée, il était même plutôt de bonne humeur. Après s'être extasié sur son intérieur, compliments accueillis avec une élégante modestie, Pénélope passa aux choses sérieuses.

— Vous vous entendiez bien avec monsieur Schneider-Schmidt ?

— Ni bien ni mal. C'était un neveu par alliance. Une pièce rapportée. On n'avait aucune relation autre que des relations d'affaires. Le strict minimum qu'imposait la gestion de notre entreprise.

— Et d'où venait cette distance ?

— Nous ne fréquentons pas cette branche de la famille. C'est tout. ça arrive dans les familles, non ?

— Pardonnez mon indiscrétion, mais justement j'ai une réelle passion pour les histoires de famille.

Marzolff, un peu agacé par l'insistance de Pénélope mais aussi désarmé par son culot et sa courtoisie entra dans le jeu.

— Puisque vous y tenez. Mais je vous préviens, c'est une vieille histoire et elle est un peu longue.

— Pas de problème j'ai du temps.

— Mon père était boulanger de formation. Il avait pour tout bagage scolaire le certificat d'études. Bon à l'époque c'était pas mal. Et il était entreprenant. À 22 ans il a fondé les bretzels Marzolff. C'était dans les années trente. Il a été le premier à se lancer dans la fabrication industrielle de bretzels et il est très vite devenu le fournisseur principal des cafés et restaurants de Strasbourg. Et puis peu à peu il s'est imposé dans toute la région. Avant c'était les boulangers qui fournissaient les bars mais en général ils n'aimaient pas beaucoup faire des bretzels.

— Ah bon ?

— Oui, ça nécessite un processus d'élaboration spécial et un peu long. Un premier pochage dans de l'eau tiède et plusieurs phases de séchage avant une cuisson finale dans un four. C'est beaucoup plus compliqué à faire que du pain ou de la viennoiserie et ça rapporte moins. Mon père était le premier à avoir compris que, pour que ce soit rentable, il fallait en faire une activité spécialisée et à l'échelle industrielle, avec des machines qu'il a d'ailleurs inventées lui-même pour la plupart. Et ça a marché. Après nos études, mon frère François et moi avons intégré l'entreprise. On savait depuis qu'on était petits qu'on y travaillerait un jour. À la production pour commencer, puis petit à petit jusque dans les services de comptabilité et la publicité – on disait encore la réclame à l'époque – et pour finir en tant qu'assistants de direction. En 1965 quand mon père a décidé de passer la main, il a choisi François pour lui succéder parce que c'était l'aîné. C'était sa volonté, je la respecte. Même si je pense que sans être un génie, j'étais plus doué que lui pour diriger la maison.

— Alors vous l'avez quittée.

— Il n'était pas question que nous travaillions ensemble. Nous n'avions pas du tout les mêmes idées ni des caractères compatibles. Il m'a toujours assommé à vouloir jouer les grands frères, à la fois teigneux et autoritaire. Alors mon père m'a débloqué un petit capital pour que j'aille voler de mes propres ailes. J'ai acheté un vieil immeuble quasi en ruine à la Krutenau, je l'ai retapé et je l'ai revendu trois fois le prix de départ. Ça m'a plu et j'ai continué.

— Et votre frère Antoine ?

— En réalité c'est mon demi-frère. Ma mère est morte en 1956 et mon père a refait sa vie avec sa secrétaire quelques années plus tard. Et ils ont eu Antoine. Il est beaucoup plus jeune. Vingt-cinq ans de moins. Il en avait dix quand mon père nous a transmis la boîte à tous les trois à parts égales. Et la sienne, comme il était mineur, a été mise sous la tutelle de mon frère aîné jusqu'à sa majorité. À l'époque, les CA et les assemblées générales se résumaient donc à de pénibles tête-à-tête avec lui.

Il fit une petite pause pour proposer à Pénélope une autre tasse de café que ce dernier refusa.

— Quand il est mort à son tour j'étais certain de le remplacer. J'avais les compétences, je m'y étais longuement préparé et puis j'étais devenu le doyen des Marzolff. Mais Armand a su intriguer et m'a soufflé la place. Il a même réussi ensuite à gommer le nom « Marzolff » pour en faire Alsafood.

— En faisant aussi pas mal augmenter le chiffre d'affaires.

— Il n'y a pas que l'argent dans la vie. D'ailleurs je n'ai pas de problèmes de ce côté-là. J'ai bien réussi dans l'immobilier. Mais voyez-vous, les bretzels Marzolff étaient une entreprise familiale. Un patrimoine à transmettre. Je sais, c'est un peu vieux jeu. Mais je suis le seul à avoir des descendants. Deux fils et une fille qui ont fait des études, dans des secteurs complémentaires, chimie, droit et gestion, en vue de prendre un jour la relève. J'ai perpétué, parfois contre leur gré, la tradition Marzolff. Mais moi j'ai toujours veillé à ce qu'ils s'entendent bien entre eux en les traitant le plus équitablement possible et en évitant de les mettre en concurrence. J'ignore pourquoi Armand et Nadine n'ont pas eu d'enfants et ça ne me regarde pas. Mais le fait est qu'ils n'en ont pas et Antoine non plus. C'est donc nous qui étions appelés à reprendre le flambeau mais jusqu'ici on nous en a toujours empêchés.

— Qui ?

— Mon père parce qu'il avait une vision conformiste des choses. Je n'étais que le second, le remplaçant, au cas où. François parce qu'il me haïssait. Et Armand parce qu'il voulait poursuivre ce qu'il avait commencé. Ça va vous paraître bizarre mais c'est celui à qui j'en veux le moins. C'était lui qui avait à mes yeux les raisons les plus valables de s'opposer à moi. Enfin à nous. Mais c'était aussi le dindon de la farce. Tous ses efforts n'ont finalement servi qu'à enrichir sa femme. Il n'a jamais eu droit à la moindre miette du gâteau alors qu'il a multiplié par trente la valeur de l'entreprise. Je reconnais volontiers que je n'aurais sans doute pas fait aussi bien.

— Il devait avoir quand même un salaire confortable ?

— Il l'aurait été davantage s'il n'avait pas eu ces idées progressistes à la noix.

— Vous n'avez pas envisagé de le gratifier de parts du capital ?

— Il les aurait méritées mais ce n'était pas à moi de le faire. Si je meurs demain, mes enfants devront déjà se partager ma part en trois. Face à Nadine et Antoine, ils deviendront chacun des actionnaires minoritaires. C'était à elle de lui lâcher du mou. Mais Nadine est radine.

— Cette question s'est réellement posée ?

— Oui, et même souvent depuis quelques années. Il ne réclamait pourtant pas grand chose. Cinq pour cent mais c'était déjà trop. Elle trouvait ça suspect, je crois. Pourquoi faire, puisqu'il vivait avec elle qui était si riche ? C'est très curieux, mais dans le fond, les riches ne comprennent pas du tout que les pauvres puissent avoir eux aussi envie de le devenir.

— Vous avez été témoin de ce genre de discussions ?

— Chez nous, en principe, on ne s'abaisse pas à se disputer, surtout en public, pour des histoires d'argent mais il est arrivé que la question vienne sur le tapis en plein conseil d'administration. Malgré tous ses efforts, Armand manquait un peu de classe.

— Et votre frère Antoine, qu'en pensait-il ?

— Il faudrait que vous le lui demandiez, mais vous aurez du mal. Il est très loin de tout ça. Il vit comme une sorte de hippy de luxe entre le Gers et les Maldives et il a confié ses intérêts à des avocats qu'Armand a pris soin de lui choisir. En fait il est complètement sous la coupe des Schneider-Schmidt. Voyez-vous, quand on est trois actionnaires à parts égales, ou c'est l'harmonie, ou les choses se jouent à deux contre un. Et chez nous, vous l'avez compris, ce n'était pas vraiment l'harmonie.

— Trois actionnaires mais quatre administrateurs avec ASS !

— Ça ne change rien. En tant que président la voix d'Armand comptait double en cas de litige. Le couple Schneider-Schmidt avait tous les pouvoirs.

— Sa mort risque de bouleverser tout ça, non ?

— Ah bon et pourquoi ?

— Par exemple à cause d'un événement susceptible d'ébranler la confiance aveugle de votre frère envers les Schneider-Schmidt et de le décider à s'allier plutôt avec vous... Comme ce calamiteux rachat d'IGB.

Jean-Paul Marzolff n'avait jamais dû faire de théâtre de sa vie. Il jouait vraiment très mal le rôle de celui qui ne comprend pas de quoi on lui parle.

— Allons, allons, Monsieur Marzolff, vous imaginez bien que si je vous parle de ça c'est que j'ai des renseignements très précis.

— Il s'agit d'une opération commerciale privée qui ne vous regarde pas.

— Le droit économique et social évolue Monsieur. Si comme vous dites, cette opération commerciale privée devait couler votre entreprise et laisser sur le carreau vos salariés, plus d'un millier si je ne m'abuse, l'administration ne manquerait pas d'enquêter sur les causes de la faillite et de vous demander des comptes. Mille chômeurs de plus ça coûte cher à l'État vous savez.

— Alsafood se porte bien, merci. Il n'est pas question de licencier qui que soit.

— Malgré un trou de cent millions ?

— Bravo, vous êtes bien renseigné ! Qu'est ce que vous voulez, on remboursera. On s'est fait rouler, on s'est fait rouler. On était tous d'accord, sauf Nadine, pour signer et on en payera tous les conséquences. C'est la règle du jeu.

— Ah bon, elle était contre ce rachat ?

— Elle trouvait que c'était risqué. Que ça constituait un seuil de croissance trop rapide pour le groupe à une période où justement Armand était moins disponible à cause de son mandat politique.

— Pas vous ?

— Si bien sûr, mais pour ces mêmes raisons j'y voyais la possibilité que mes enfants puissent enfin entrer dans la danse.

— D'après ce que nous savons aussi, monsieur Schneider-Schmidt avait entamé une démarche de recouvrement auprès d'une entreprise spécialisée. Et depuis sa mort, vous et votre frère auriez mis fin à cette collaboration. Ce qui, au passage, semblerait indiquer qu'il n'est pas aussi loin de tout ça que vous le dites et qu'il aurait même déjà changé de camp.

— Décidément Alsafood est un nid de pipelettes, nota Jean-Paul Marzolff en riant. Et bien oui, nous avons découvert que ces six derniers mois Schneider-Schmidt avait effectué des prélèvements fréquents et en espèces imputés à une ligne « actions humanitaires ». Pas besoin d'être expert-comptable pour flairer l'irrégularité d'une telle manip'. Il faisait n'importe quoi depuis quelques temps. Il paraît qu'il était dépressif. Ceci pouvant expliquer cela. Il aurait alors fallu le remplacer. Mais pour Nadine il n'en était bien sûr pas question. Je crois qu'elle aurait encore préféré le tuer. Façon de parler bien sûr. Voulez-vous une autre tasse de café ?

— Non, merci monsieur. Quand vous dites « il paraît qu'il était dépressif », qu'est ce que vous entendez exactement par là ?

— Rien, comme je vous l'ai dit je le voyais très peu. Une fois par mois aux CA d'Alsafood et entre-temps, on communiquait surtout par lettres recommandées avec accusé de réception.

— Pour quelles raisons ?

— Pour obtenir des réponses précises aux questions que je posais sur la marche du groupe. Il avait une vision très personnelle du partage de l'information. Transparence zéro. Et depuis qu'on a un peu plus l'occasion de mettre notre nez dans les comptes, on découvre des choses assez stupéfiantes.

— Par exemple ?

— Ces petits prélèvements dont nous avons parlé. Environ cinq cent mille euros en six mois tout de même !

— Nous aimerions connaître l'identité des prestataires de service auxquels ils ont été versés.

— Moi aussi !

— Ah bon, vous ne les connaissez pas ?

— Non, nous n'avons rien trouvé au siège et Nadine refuse de répondre à nos questions à ce sujet.

— Mais Schneider-Schmidt, lui, a dû vous en parler.

— Il nous a juste laissé entendre qu'il s'agissait d'une sorte de service de recherche intégré à Clearing co.

— Et ça ne vous a pas paru bizarre qu'il faille le rémunérer en liquide ?

— Comme je vous l'ai dit, nous ne le savions pas à l'époque. Le système était tellement opaque et nous étions tellement à l'écart que nous avons découvert l'escroquerie il y a deux mois à peine. Les choses se passaient entre les Schneider-Schmidt et Hirn, le président du Crédit Social de l'Est. C'est notre banquier.

— À ce moment-là vous n'avez pas été tenté de balancer tout le monde ? C'était pourtant une occasion rêvée de vous débarrasser de vos rivaux. Vous, vous auriez pu facilement plaider votre bonne foi et tirer votre épingle du jeu. Au lieu de quoi vous

vous retrouvez embarqué dans la même galère avec peut-être au bout une mise en examen pour complicité de malversation.

Marzolff prit un petit air offusqué.

— D'abord chez nous on ne "balance" pas comme vous dites. Question d'éducation. Ensuite je ne vois pas bien ce qu'on pourrait nous reprocher. N'oublions pas que nous sommes quand même les victimes dans cette histoire.

— Victimes d'ombres qui ne figurent sur aucun de nos fichiers ni sur ceux d'Europol et d'Interpol. Des esprits malveillants pourraient aller jusqu'à douter de leur existence.

Jean-Paul Marzolff ne prit pas du tout la menace au sérieux. Il sembla même tout à coup s'amuser de la conversation.

— Mais vous n'avez pas l'air malveillant et quel aurait été l'intérêt d'une telle opération ?

— Soustraire cent millions à l'impôt sur les sociétés. 40 % quand même.

— Ne m'en parlez pas, répondit-il goguenard et faussement dépité.

— J'aimerais comprendre pourquoi vous n'avez pas porté plainte.

— Ecoutez, primo, je vous le répète, c'est de notre argent qu'il s'agit. Personne d'autre que nous n'est lésé dans l'histoire, ça nous regarde. Secondo, quand on a appris que le rachat était bidon il s'était déjà écoulé plus de trois mois et les chances de récupérer le capital envolé était quasiment nulles. Tertio, comme vous l'avez très finement remarqué, cette énorme bourde dont Armand porte la responsabilité principale, puisque c'est lui qui a initié le rachat, permet aux Marzolff, enfin à mes enfants, moi je suis trop vieux je ne suis plus dans la course, d'envisager de reprendre le contrôle du groupe.

— Et quatro ?

— Il n'y a pas de quatro.

— Si forcément il y a un quatro. En ce moment, pour des raisons qui ne sont pas strictement professionnelles je m'intéresse beaucoup aux carrés.

— Bon, d'accord puisque vous insistez, quatrièmement, on n'a peut-être pas perdu autant d'argent que prévu. Vous êtes content ?

— Par quel miracle ?

— La banque serait prête à renoncer à une partie de notre dette.

— Ça par exemple et en quel honneur ?

— Nadine qui n'était pas chaude pour le rachat, c'est le moins qu'on puisse dire, savait aussi que le prêt accordé n'était pas réglo réglo. C'était une petite cuisine entre Hirn et Schneider-Schmidt qui étaient très bons amis. Et comme elle est plutôt près de ses sous, voyant comment tournaient les choses, elle s'est mise à arguer que puisque le prêt n'était pas officiellement établi, on pouvait légalement considérer que le Crédit Social était en réalité partenaire de l'opération, et par conséquent victime solidaire de l'escroquerie à la hauteur de son investissement. Ce qui signifiait en clair qu'on ne lui devait rien.

— Et comment a réagi Hirn ?

— Je ne sais pas, je n'ai pas assisté à cette confrontation. En revanche il y a été fait allusion au cours de notre CA de septembre et cela a mis Armand dans une fureur noire, hurlant qu'il était hors de question de ne pas respecter nos engagements. Je ne l'avais jamais vu dans cet état. C'est d'ailleurs à l'occasion de cette petite scène, au demeurant assez divertissante, que nous avons découvert le pot-aux-roses.

Au moment de raccompagner Pénélope, Marzolff alla farfouiller dans le somptueux bahut Ruhlman en ébène qui trônait dans le hall d'entrée et en sortit un petit livre broché qu'il lui tendit. « Alpenstock blues » par Antoine Marzolff aux éditions Yellow Now.

— Tenez, c'est un petit cadeau. Comme ça vous verrez à quoi mon demi-frère consacre ses journées. C'est de la poésie expérimentale. Moi j'avoue que ça me dépasse complètement mais vous qui êtes jeune, ça vous parlera peut-être.

Pénélope rejoignit Nelly, Bérengère et Bernard dans la voiture garée cent mètres plus loin.

— Alors comment vous l'avez trouvé ? demanda Pénélope.

— Plutôt franc du collier, pencha Bérengère.

— Oui, acquiesça Bernard, et même très causant. Bien élevé et sympa. Pas comme sa garce de nièce. Peut-être même un peu trop causant.

— Il faut dire, complimenta Nelly, que Yacine s'est drôlement bien débrouillé. Sympa, courtois tout en maintenant un peu de pression. Le registre parfait.

Pénélope piqua un fard.

— En tout cas, ça y est, dit-il, Nadine a un mobile. Son homme liquidé, plus rien ne l'empêche de se refaire sur le dos du banquier.

Bernard était plus sceptique.

— Hirn accuse Marzolff, Marzolff accuse Nadine. Et Nadine va probablement accuser Hirn... ou Antoine. Vous avez pas comme l'impression qu'on se fait balader ?

— Sans compter, dit Nelly, qu'il t'a quand même menti.

— Ah bon ?

— Oui, en disant qu'ils n'avaient découvert l'escroquerie qu'il y a deux mois. D'après Hirn ils étaient à la signature mais aussi au repas qui a suivi. À moins d'être complètement à l'ouest, ce qui n'a pas l'air d'être le cas, ils ont bien dû comprendre que quelque chose ne tournait pas rond.

— Mais Hirn ment peut-être.

— Va savoir. Je crois que le moment est venu de poser aussi quelques questions à madame Schneider-Schmidt.

— Dis Yacine, demanda Bérengère tandis qu'ils étaient coincés dans un des sempiternels embouteillages de la route du Rhin, tu nous lirais pas un poème d'Antoine ?

Pénélope ouvrit le livre au hasard.

— ça s'intitule « road movie ». C'est de circonstance. « Sur une autoroute ottomane, l'autoradio autoreverse d'un autocar autogéré s'autodétruit avec l'autoportrait et l'autographe authentifié d'un autocrate autochtone auto-déclaré. Autodafé automatique. Otto, l'automédon autobronzé de l'autobus, s'autoguide en s'autopalpant tandis que dans l'auto-couchette un otho-rhino autodidacte autopsie l'auto-stoppeur auto-intoxiqué à l'autolubrifiant que des autonomistes en autochenille ont auto-mitraillé d'autorité. Après une haute auto-critique, l'automédon et l'otho-rhino s'auto-mutilent au tomahawk ».

Verdict de Bernard :

— C'est complètement naze !

— Comme si t'y connaissais quelque chose en poésie contemporaine ! T'as lu un livre ce millénaire ? Je parle pas des notices de jeux vidéo.

— Madame va quand même pas la ramener sous prétexte que dans une vie antérieure elle a fait un misérable DEUG de lettres modernes.

— Il y a quand même un truc qui me chiffonne, dit Nelly. Le père Marzolff n'a pas l'air de bien se rendre compte de la gravité de l'escroquerie. Est-ce qu'il la minimise pour pas qu'on vienne mettre notre nez dans ses affaires, où parce qu'il y a quelque chose d'encore plus grave à cacher ? Après tout ce n'est pas un doux rêveur, un poète comme son frère. C'est un homme d'affaires avec les pieds sur terre.

Chapitre 13

Comme d'habitude, quand Pénélope entra dans le bureau pour la réunion du matin, Bérengère et Bernard étaient déjà en train de se chercher des noises.

— Tu dis « la photocopieuse » ? T'es vraiment une féministe grave.

— Pourquoi, tu dis comment toi ?

— Le photocopieur.

— Enfin on ne dit pas : « je vais faire une photocopie au photocopieur » ! Tout le monde dit : « je vais faire une photocopie à la photocopieuse ».

— À moins d'avoir à faire à quelqu'un de vraiment très con qui pourrait croire qu'on peut aussi en faire avec le four à micro-ondes, moi en général je dis juste : « je vais faire une photocopie ».

— Et toi Pénélope tu dis comment ? Le photocopieur ou la photocopieuse ?

Pénélope, attrapa le Petit Robert sur l'étagère.

— On peut dire les deux.

— Ah !

— Et on dit un horodateur ou une horodatrice ? demanda Bernard.

— Un horodateur ! affirma Bérengère, péremptoire.

— Évidemment ! quand c'est un truc pratique et sympa c'est féminin et quand c'est un truc chiant c'est masculin. Ça m'aurait étonné !

Pénélope vérifia dans le dictionnaire.

— On peut aussi dire les deux. Bon les berbères, on s'occupe du sexe d'autres machines ou on se met au boulot ?

Il déballa Carré Noir qui avait bien progressé. D'ici quelques jours, si tout allait bien, il pourrait s'attaquer au fond blanc.

— Nelly nous rejoindra plus tard après son brief à la financière. En attendant j'aimerais qu'on récapitule tous les éléments de l'enquête pour pouvoir faire un mémo à Victor et Maman. Ils le réclament. Bernard, où en sont tes recherches sur les comptes des Schneider-Schmidt ?

— J'ai pas une très bonne nouvelle. Pour l'enquête s'entend. À part le fait qu'avec ce que Nadine claque en fringues chaque mois on pourrait financer le TGV jusqu'à Varsovie, on n'a pas trouvé grand-chose. ASS, lui, n'était pas un type très dépensier. Une bouffe par-ci, un bouquin par là, deux trois bricoles en duty free. Il voyageait pas mal, essentiellement pour affaires. Mais un achat a retenu mon attention, le 2 novembre à Nautic Sports. Une ceinture de plongée avec lest pour 119 euros. Celle qu'il avait sur lui quand on l'a repêché. J'ai vérifié au magasin. Il est venu l'acheter en personne. Le vendeur s'en souvient très bien. Ce genre d'article se vend très peu en cette saison.

Pénélope accusa le coup, laissant même échapper son aiguillée « noir de pêche ».

— C'est sûr que là... ! ça remet quand même sérieusement en piste la thèse du suicide.

— Oui, dit Bérengère, il n'y aurait pas les doutes de Jo ce serait le scénario le plus vraisemblable. Celui qu'on retiendrait tous sans hésiter. ASS s'est fait arnaquer, il a fait plonger tous les actionnaires d'Alsafood y compris sa femme. Il a fini par ne plus pouvoir supporter la situation et il s'est dézingué. C'est même ce qu'il a écrit avant de passer à l'acte. Tout se tient. Pile poil.

— Ouais, je suis désolé, dit Bernard lugubre.

— T'as pas à être désolé. Je vais aller rediscuter avec Jo. Et à propos de Beckerick ?

— On a re-convoqué Gerber. Il nous a fait un portrait-robot qui colle assez bien avec celui de Hirn. On l'a fait diffuser par Internet mais on n'a aucune réponse des collègues, ni en France ni à l'étranger. Inconnu au bataillon. On a aussi essayé de retrouver la boîte de production qui a fait le film IGB, Melinda Prod. Mais rien, nulle part, même dans les annuaires professionnels.

— On est salement dans le brouillard !

Quand Nelly toute pimpante les rejoignit avec un sachet de *streussels* tout chauds, elle trouva une équipe Belkala passablement déprimée, avachie et silencieuse dans le boudoir de Pénélope. Même Bernard se taisait et feuilletait compulsivement Marie-Claire. Mais la boss de la brigade financière n'était pas femme à se laisser décourager aussi facilement.

— Allons, on ne va pas jeter l'éponge comme ça ! C'est sûr que cette histoire de ceinture de plomb est ennuyeuse mais par ailleurs Jo est un type circonspect et l'un des meilleurs médecins légistes du pays. On n'a aucune raison de mettre son diagnostic en doute. Et puis on a beaucoup avancé sur le volet économique et sur les relations troubles entre les membres du clan Marzolff. Il y a quand même suffisamment de trucs pas nets dans l'environnement direct de la victime. J'ai mis deux gars sur les traces d'Antoine, mais je crois que maintenant l'urgence c'est d'interroger Nadine. Tu ne crois pas Yacine ?

— Oui, tu as raison, lui répondit il, mais le problème c'est que mine de rien on a peu d'éléments tangibles pour le faire et elle est retorse et fuyante. Avec Bernard on en a déjà fait les frais à deux reprises et j'avoue que je ne sais plus très bien comment m'y prendre.

— On n'a qu'à essayer, Bérengère et moi.

Elles y étaient donc allées « entre filles » mais avaient trouvé porte close et avaient dû se contenter de glisser dans sa boîte aux lettres une convocation officielle à l'Hôtel de Police avec la mention « pour affaire vous concernant ».

Pénélope avait été considérablement requinqué par l'entrain de Nelly et surtout par une partie de badminton en double avec Bernard, gagnée haut la main contre deux jeunes collègues des mœurs un peu frimeurs. Il avait rapidement rédigé son mémo en omettant soigneusement quelques petits détails, dont la découverte de l'achat de la ceinture de plongée, et l'avait aussitôt e-mailé à Victor et Maman. Puis comme l'enquête était dans une phase de stand-by et qu'aucun autre acte criminel sérieux ne s'était commis entre-temps, il entreprit d'installer le nouveau téléphone-fax-répondeur du service qui traînait dans un carton sous son bureau depuis des mois. Un modèle Nokia prélevé sur une saisie de contrebande dont la notice en russe et finlandais était illustrée de schémas énigmatiques. Tout en étant parfaitement convaincu que c'était un boulot taillé sur mesure pour Bernard, il avait mis un point d'honneur à faire marcher tout seul cet appareil sophistiqué qui devint bientôt un « truc à la con » et pour finir un « putain de bordel de saloperie de merde » malencontreusement enregistré sur le répondeur. Pour se changer les idées il descendit chez Jo prendre le thé et lui faire part de ses doutes.

Un peu froissé, le vieux médecin légiste lui rétorqua qu'il ne voyait pas bien en quoi l'acquisition d'un accessoire de plongée pouvait remettre en cause une fracture de l'os occipital et l'hématome sous-dural aigu consécutif.

— Mais si tu veux, tu peux aller montrer les radios à un toubib qui te paraît plus fiable.

— Ne le prends pas comme ça Jo, tu sais bien que je te fais entièrement confiance mais comprends moi, s'il a acheté lui-même ce gilet c'est un élément important de la mise en scène du suicide qui tombe à l'eau. Si je puis m'exprimer ainsi.

— Sauf si l'assassin s'est arrangé pour le lui faire acheter.

— J'ai un peu de mal à imaginer la scène. Par exemple Nadine lui demandant « Ah tant que tu y es mon chéri, si tu sors tu pourrais pas me ramener une ceinture de plongée lestée à vingt kilos ? »

— Il y a des criminels un peu flemme.

— Au point de commettre ce genre d'erreur ?

— « Le meurtre est toujours une erreur, on ne devrait rien faire dont on ne puisse parler à la fin d'un dîner ». Oscar Wilde. T'inquiète pas, Pénélope, je suis sûr que tu vas trouver la solution de ce petit casse-tête. Si je puis m'exprimer ainsi.

Pénélope passa ensuite quelques coups de fil, dont un à Claire qui ne décrochait plus depuis la soirée *small is beautifull* et il savait, pour l'avoir vue faire quand ils vivaient ensemble, que la traîtresse laissait son répondeur marcher en permanence pour ne prendre que les appels qui l'agréaient. Le mouchoir ne tombait plus sur lui.

Avant de filer au Ciné-Palace pour se remonter le moral avec n'importe quel navet, il vérifia sa messagerie. Peut-être lui avait elle quand même fait un petit signe ? Mais non, rien, à part un spam de la SNCF « Exclusif : votre conjoint à – 50% » et un e-mail laconique de Victor : « passez me *vior* demain 9h15 ».

Chapitre 14

Victor qui pianotait sur son ordinateur ne leva même pas les yeux de l'écran lorsque Pénélope entra dans son bureau.

— Belkala, asseyez vous, j'ai des mauvaises nouvelles pour vous. La veuve Schneider-Schmidt s'est plainte de ce que vous et vos collègues la harceliez auprès de son ami le président du Conseil général. Celui-ci a téléphoné au préfet et au procureur, lesquels m'ont convoqué pour répondre de vos agissements. Je leur ai fait part de l'enquête en cours et de ses résultats. Ils les ont jugés beaucoup trop minces pour contester la thèse de la mort par suicide. Ils suggèrent donc avec fermeté que vous mettiez un terme à vos investigations.

— Enfin Victor c'est une plaisanterie ? Et les radios ? Et le coup à la tête ?

— Il est, c'est vrai, inexpliqué. Mais cela veut simplement dire que vous ne lui avez pas trouvé d'explication, pas forcément qu'il est d'origine criminelle. Ça restera un mystère, parmi d'autres. Vous savez Belkala, dans la vie on a aussi besoin d'un peu de mystère.

— Et les malversations financières ?

— Aucune plainte n'a été déposée.

Victor avait dit tout cela calmement, presque en marmonnant avec une froide irritation, sans interrompre son travail et sans jeter le moindre coup d'œil à Pénélope.

— Cette volonté de clore à tout prix l'enquête est extrêmement bizarre, vous ne trouvez pas ?

— Belkala, une demande pressante et conjointe du préfet et du procureur n'est par nature jamais bizarre.

— Mais vous, Victor, ça ne vous choque pas ?

— Écoutez Belkala, ceux qui ont pris cette décision se fichent pas mal de mes éventuels états d'âme. Et des vôtres aussi. L'affaire est classée. Point. Je ne vais pas vous faire un dessin ?

— Mais enfin Victor, vous êtes aussi un citoyen, on dépasse un petit peu le domaine du service, non ?

— Un citoyen embarqué dans un corps de l'État appelé "police". Comme vous. Et, comme vous, je suis soumis à des règles particulières et à une hiérarchie. Et cette hiérarchie m'a dit, nous a dit, de tout arrêter. Sans motiver cet ordre, c'est vrai. Mais elle n'a pas à le faire, ça aussi ça fait partie de ces règles particulières. Celles auxquelles vous et moi avons adhéré en signant. Pigé ?

— Bien. Dans ce cas je me demande si je ne vais pas partir en vacances, il me reste pas mal de jours à prendre, dit Pénélope, peut-être un peu plus sèchement que d'ordinaire.

— J'allais justement vous le proposer.

Et, se tournant pour la première fois vers lui en faisant pivoter son fauteuil, Victor ajouta d'un air enjoué :

— Et revenez nous en pleine forme. Et détendu ! Vous savez Belkala, je me trompe rarement sur les hommes. Vous êtes intelligent, vous avez une autorité naturelle, vous êtes un type bien élevé et vous êtes très bien noté. Je suis sûr qu'un jour vous serez à la tête d'un SRPJ. Vous aurez à vivre à coup sûr ce genre de petites mésaventures, alors autant vous y faire tout de suite. Ah, j'allais oublier, on m'a chargé de vous remettre ceci.

Victor tendit à Pénélope le carnet en cuir noir fermé par un cordon en tissu élastique qu'il avait égaré à la fête de Claire.

— Qui ?

— Le procureur. Belkala un conseil, ne laissez pas traîner vos affaires.

En sortant du bureau du patron, Pénélope était sonné. En dix ans de carrière on lui avait quelquefois retiré des enquêtes. Pour des raisons de service ou – plus rarement – sur un coup de tête d'un juge d'instruction. Jamais parce qu'un témoin, qui commençait en plus à virer sérieusement au suspect, avait eu le bras assez long pour faire cesser les recherches. Ça ne heurtait pas simplement son sens de l'honnêteté et de la justice, ça le dégoûtait de son boulot. En plus il allait falloir annoncer la nouvelle à Bernard et Bérengère. Mais il n'en eut pas le temps. Bernard tout excité se précipita vers lui.

— Salut Pénélope, c'est Noël. On doit nous livrer d'un instant à l'autre « le braqueur des supérettes ». Il est tombé en flag y'a moins d'une heure au Maxi Coop à Truchtersheim. Sa bagnole est restée en rade sur le parking au moment de se tirer. Les vis platinées.

Un petit homme mince d'une trentaine d'années barbu et chevelu, habillé d'un pantalon de treillis militaire, tee-shirt Che Guevarra, keffieh palestinien autour du cou, fut introduit dans le bureau par une dizaine d'inspecteurs et d'agents en uniformes. C'était un grand moment. Ça faisait des semaines que le SRPJ et la gendarmerie traquaient sans succès ce malfaiteur imprévisible qui écumait les supermarchés des banlieues de la ville.

— Putain Aldo, dis nous que c'est pas toi ! s'exclama Bernard en découvrant le gangster.

Pénélope et les berbères aimaient bien Aldo. Ils le connaissaient depuis longtemps. Dix ans dont presque six qu'il avait passés derrière les barreaux. C'était un voyou sympa et intelligent. Malgré une enfance chaotique dans un quartier difficile et une éducation plutôt rock n' roll, il avait trouvé le moyen de poursuivre une scolarité sans accroc qui l'avait mené jusqu'en fac de droit. Mais sa licence en poche, il n'avait pas pu s'empêcher de faire une ânerie. Un petit atelier de fabrication de billets de cent euros assez médiocrement reproduits à l'imprimante laser sur du papier kraft blanchi à l'eau de javel. Un job d'été lucratif et pas trop fatigant mais hélas trop vite interrompu par la brigade criminelle. Un an de prison, dont six mois ferme, qui lui fermait à jamais les portes du barreau. Suivit une collection de condamnations. Recel, escroqueries à la carte bancaire, cambriolages, trafic de faux Viagra... Des délits jusque-là sans violence, mais en attaquant neuf supérettes, même avec un pistolet factice, il risquait ce coup-ci bel et bien les assises. Un échec personnel pour Bernard et Bérengère qui avaient fait de sa réinsertion un challenge. Des heures à discuter avec lui pour lui indiquer le meilleur raccourci vers le droit chemin.

— Aldo, c'est quoi cette nouvelle lubie ? demanda Bérengère, furieuse.

— Je hais cette société de merde, je vous hais tous, c'est tout ce que j'ai à vous dire.

— Arrête, t'es pas à un meeting. Qu'est ce qui t'a pris ? T'es vraiment con ! Avec ce que t'as dans le ciboulot tu pourrais te bricoler une chouette petite vie sympa. Et au lieu de ça, monsieur la passe en taule.

— Putain, je vais au moins en prendre pour trois ans, alors je vais pas en plus me taper vos sermons à deux balles !

Bernard intervint sur un ton très patient presque paternel.

— Écoute Aldo, c'est pas des sermons. Prends ça plutôt comme des conseils d'amis, des tuyaux de spécialistes si tu préfères. Parce que nous, des braqueurs, on en voit défiler un paquet ici. T'inquiète, ils finissent toujours par tomber. Mais jamais parce que leur bagnole les a lâchés. Ça on n'avait encore jamais vu. C'est quand même un signe. Faut que tu te fasses une raison, t'es pas doué, t'es pas doué, c'est comme ça. Laisse tomber !

— Les pannes de bagnole ça arrive.

— Y'a que les mauvais ouvriers qu'ont de mauvais outils. Et puis regarde moi comment t'es sapé. Tu crois que c'est une tenue pour faire des braquages ? Pourquoi pas aussi laisser traîner des photos dédicacées tant que tu y es ? Non, comme truand t'es nul. Moi à ta place j'essayerais de reprendre des études et de me recaser.

— Pour devenir un larbin comme toi ? Faire un boulot à la con pour deux mille balles par mois, la retraite complémentaire et les congés payés. Merci patron !

— Et les RTT. T'oublies les RTT ! Non je te propose pas de devenir flic. Avec ton casier même les CRS te prendraient pas. Mais je sais pas moi pourquoi tu te trouverais pas un boulot réglo. Y a des tas de gens très bien qui font ça, tu sais.

— Bon, passons aux choses sérieuses, décida Bérangère. Qu'est ce que t'as fait de l'argent ?

— Quel argent ?

— Celui des casses, banane ! En tout, cinquante-sept mille euros d'après nos renseignements.

— Y'a vraiment que le pognon qui vous intéresse.

— Fais gaffe Aldo, la dernière fois t'a pris une baffe pour un truc comme ça. T'as un peu de mal à discerner quand tu peux plaisanter et quand il vaut mieux pas.

— Je l'ai refilé à des gens qui s'en sortent plus dans cette société de merde. Des perdants définitifs.

— Ah voilà ! Aldo des Bois. Et bien sûr tu vas pouvoir nous donner la liste des heureux bénéficiaires. Ah non, laisse moi deviner, t'as tout distribué comme ça, à des inconnus dans la rue.

Mais Aldo n'écoutait plus il observait depuis un moment Pénélope qui n'avait pas ouvert la bouche et lui demanda, sincèrement inquiet.

— Ça va pas monsieur le commissaire ?

— Non, ça va pas fort. Mais objectivement moins mal que pour vous. Mais c'est vrai que c'est pas une journée terrible terrible. Et vous voir replonger pour la n-ième fois ça me remonte pas vraiment le moral. D'ailleurs je vais aller faire un tour. Je vous le confie, lança-t-il à ses deux collègues un peu éberlués.

Comme chaque fois qu'il lui arrivait une tuile ou une grosse contrariété, et malgré un froid de canard, il enfourcha son vélo pour aller se balader au hasard. Après avoir pédalé comme un dératé jusqu'au parc de Pourtalès et sur les levées du Rhin dont les sous-bois marécageux et les blockhaus étaient envahis par le givre, il décida d'aller tout déballer à son copain Franck. Il passa le prendre au journal et l'emmena boire un café au bar Azur, au huitième étage du Printemps, par dessus le chaos des toits.

En sirotant à la paille son Orangina il se confia à son vieux copain qui réfléchit un bon moment avant de parler.

— Yacine, je comprends tout à fait ce que tu peux ressentir. Mais jamais on passera un truc pareil. C'est le procès assuré et perdu d'avance. Et puis le Crédit Social de l'Est est actionnaire du canard, alors t'imagines...

— Je suis prêt à témoigner.

— Et t'y gagneras quoi ? D'être viré. C'est tout. Et même, en imaginant que ce soit possible, si c'était publié ça n'aurait aucune valeur judiciaire. Depuis quand un article de journal est-il une preuve ?

— Mais ce serait une façon de lancer un pavé dans la marre. C'est quand même grave, non ?

Frank réfléchit un bon moment avant de répondre.

— Écoute Yacine, voilà ce que je te propose. Aujourd'hui t'es en colère et tu veux tout casser, c'est normal. Alors prends 24 heures pour réfléchir, on n'est plus à ça près. Tu me rappelles demain à la même heure et si tu veux toujours aller au feu, promis, je tâche de convaincre mon rédac' chef. Mais c'est pas gagné, je te promets rien.

En attendant il lui fallait parler à ses collègues. En bon chef d'équipe responsable, « courroie de transmission entre la direction et les hommes » comme aimait à le marteler Victor, il s'efforça de ne pas jeter trop d'huile sur le feu et leur fit un exposé le plus nuancé possible de la situation. Mais malgré tous ses efforts, l'accueil fut assez moyen. Bérengère était outrée et Bernard franchement en colère.

— C'est dégueulasse, y a rien d'autre à dire. On se croirait en Corée du Nord. On nous prend vraiment pour des cons. On nous fait des beaux discours sur l'égalité des citoyens face à la justice mais c'est du flan intégral. Prends par exemple un mec comme Johnny Haag ; c'est sûr, il est pas super diplomate,, mais lui, au moindre pet de travers il se retrouve au ballon tandis que ces salauds pétés de thunes peuvent tranquillement buter quelqu'un, hop, un petit coup de fil et tout est arrangé. Tout ça serait pas arrivé si on n'était pas dirigés par cette couille molle de Victor.

— Non, Bernard tu exagères, il a fait ce qu'il a pu mais qu'est-ce-que tu veux faire contre le préfet ? Et il faut reconnaître qu'il n'y avait pas beaucoup de grain à moudre. Trop de zones d'ombre. Et encore, il n'était même pas au courant pour la ceinture de plongée.

— C'est ça, défends le !

— Et maintenant Yacine qu'est ce qu'on fait ? demanda Bérengère légèrement agressive.

— Rien, qu'est ce que tu veux qu'on fasse ?

Et après une pause il annonça d'un air sinistre :

— Je vais partir en congé. J'ai besoin de prendre un peu de distance.

— Les rats quittent le navire !

— Eh Bernard, doucement ! Tu ne vas pas t'y mettre toi aussi ! explosa Pénélope.

Le ton monta entre les deux hommes qui entretenaient pourtant depuis des années des relations très amicales et même complices. Nelly qui n'avait encore rien dit s'interposa vivement pour calmer les esprits.

— Vous n'allez pas vous disputer c'est déjà assez pénible comme ça, évitons les dommages collatéraux. Ce serait une victoire supplémentaire pour toutes ces crapules. Moi qui suis aussi chef de service, je peux vous affirmer que Yacine ne peut strictement rien faire de plus. Dans ce système, nous ne sommes que des pions.

Un vent de révolte souffla sur l'aquarium où la nouvelle de la mise sous le boisseau de l'enquête Belkala s'était répandue comme une traînée de poudre. Les syndicats réfléchissaient à une riposte. Seul Victor semblait déjà avoir oublié « l'incident ».

La veille de son départ en congé, Pénélope avait organisé un petit pot pour remercier tous ses collègues de leur disponibilité et de l'aide apportée au cours de l'enquête. Il y avait Nelly, Bérengère, Jo, Bernard, quelques joueurs de badminton et Victor qui tentait d'apporter une note de gaieté à cette petite réunion lugubre en jouant les jeunes filles de la maison. Il adorait ça, faire passer le pain-surprise, les kougelopfs et les gobelets de crémant tiède en plaisantant et en complimentant les filles. Mais il commit l'imprudence de se fendre d'un petit *speech* sur le thème du devoir accompli et de la satisfaction y afférente. Pour Bernard, c'était la goutte d'eau qui faisait déborder le vase.

— Et ben nous, on vous remercie pas !

— Qu'est-ce que ça veut dire ?

— Vous vous êtes déloqué devant le préfet et maintenant vous nous donnez des leçons ?

Victor se tut, posa son plateau, mit les mains dans les poches de son pantalon et leur fit face. Il les toisa lentement, l'un après l'autre. Des visages tendus, plein de défiance, sur lesquels il lisait des pensées qui s'expriment en général avec des mots pas très jolis.

— Ah, je vois, on voudrait jouer les Sam Spade, les Nestor Burma, braver l'ordre établi pour la défense de la vérité avec un « V » majuscule. Ah c'est sûr, le privé ça fascine. Mais si c'est ça, faut pas hésiter, faut vous mettre à votre compte. Ne résistez pas à l'appel de l'aventure !

Il marqua une pause.

— Évidemment y aura aussi l'URSSAF, la caisse maladie, la caisse de retraite, la TVA. Ah, la TVA ça c'est compliqué ! Il y a la TVA qu'on collecte et qu'il faut ensuite reverser aux impôts et la TVA par contre qu'on récupère sur les fournitures et les investissements mais à des taux différents et selon des plans d'amortissements variables. Il faut faire des déclarations trimestrielles séparées. Dans le public y a pas tout ça, y a pas de TVA. Y a un salaire qui tombe régulièrement... la sécurité de l'emploi... le treizième mois... la cantine, le Noël pour les enfants et le Village Club de la Police Nationale à Mimizan. Cent cinquante euros la semaine, vous avouerez que c'est pas cher ! En contrepartie, c'est vrai, il faut quelquefois savoir fermer sa gueule. Mais je respecterai votre choix. Langlois si vous voulez nous quitter, je ne ferai pas la grève de la faim pour vous retenir.

— Je vais surtout aller prendre l'apéro ailleurs ! Bonsoir M'sieurs-dames !

Et il quitta la salle Violette Nozière en claquant la porte. Pénélope était livide, déprimé. Alors Jo leva son verre.

— Bon, on ne va pas gâcher le pot de départ de Pénélope, je propose qu'on trinque !

Mais le cœur n'y était plus. Réalisant l'ampleur de la fronde Victor, seigneur blessé, s'esquiva très vite à son tour, bientôt suivi par l'ensemble des collègues. Décidément Pénélope n'avait pas beaucoup de chance avec les fêtes ces derniers temps. Seule Maman, arrivée après la bagarre, était restée pour l'aider à ranger, essuyer les tables, balancer les gobelets.

— Et les bouteilles vides vous les mettez où ?

— Dans la corbeille à papier. Merci Jocelyne, mais laissez, je vais le faire.

— Vous ne faites pas de tri sélectif ?

— On a essayé mais il y a quelqu'un qui nous fauche systématiquement les sacs de la ville. On n'est plus en sécurité nulle part.

— Un agent écolosceptique ?

— À ce stade de l'enquête aucune hypothèse n'est écartée.

Pénélope essayait de faire bonne figure mais il n'échappa pas à la juge, que malgré la perspective de quelques jours de congé, il en avait vraiment gros sur la patate.

— Tu as quelque chose de prévu ce soir ?

— Non, je pensais qu'on finirait la soirée au restaurant à plusieurs, comme d'habitude…

— Alors c'est moi qui t'invite à dîner. En tête-à-tête ajouta-t-elle, goguenarde, en envoyant un petit coup de coude à son commissaire préféré. Et dans un bon resto par-dessus le marché ! On va pas se laisser abattre, comme on dit chez les Kennedy.

Elle l'avait emmené au « Schéhérazade », une petite adresse planquée dans un recoin de la place du Pont aux Chats, célèbre pour son tajine au poulet et au citron vert confit dont le subtil assaisonnement confinait au sublime.

— Alors Yacine, tu pars où en vacances ?

— Je ne sais pas encore. Je vais prendre un voyage dernière minute chez « Top Ailleurs ». Quinze jours en demi-pension, n'importe où au soleil.

— En tout cas, tu l'as bien mérité.

— Jocelyne, je sais qu'en vertu du devoir de réserve je ne devrais pas vous dire les choses comme ça, mais je suis d'accord avec Bernard. Victor est une lavette, c'est lui qui a plombé l'enquête, dès le début.

— Au diable le devoir de réserve, après le boulot c'est plus le boulot. Mais je vous trouve quand même un peu sévères avec lui. Dans ce cas, moi aussi je suis une lavette.

— Non Jocelyne, vous savez bien que ce n'est pas pareil !

— En quoi ? Moi aussi j'ai un supérieur qui m'a dit « on arrête » et j'ai arrêté.

— Comment vous a-t-il présenté les choses ?

— Par e-mail dans le style Journal Officiel, bourré de « nonobstant » et d'« attendu que ». Monsieur le procureur général avait décidé qu'il était de la dernière indécence d'importuner, comme vous le faisiez, la veuve éplorée d'un héros de la bourgeoisie locale tombé au champ d'honneur, victime du stress et du surmenage. Je l'ai appelé, on s'est engueulés, j'ai l'habitude je suis déléguée du Syndicat de la Magistrature, mais ça n'a servi à rien. Les consignes, cette fois-ci venaient de plus haut.

— Plus haut ?

— Tu sais le monde politique est finalement un tout petit monde.

— Je crois que je vais changer de métier.

— Vous êtes mignons jeunes gens, vous êtes complètement dépolitisés, chacun pour soi et après moi le déluge et dès que vous êtes confrontés à une situation comme ça vous prenez vapeur.

— Qu'est ce que vous voulez qu'on fasse ? On est des serviteurs de l'État. On n'arrête pas de nous le seriner. On doit être dociles, nous soumettre ou nous démettre.

— Syndique-toi, milite, essaye d'être le grain de sable dans la machine. Ce sera toujours ça de pris. Parce que si ça continue comme ça, crois-moi, le pire reste à venir. On régresse, on régresse... À propos tu sais comment le *Canard* appelle notre président à Paris ?

— Non.

— « Vichy Fraise » parce qu'il la ramène beaucoup. Mais bon c'est pas tout ça, on se néglige, voyons ce que ce petit Gerrouane a dans le ventre. Yacine, je lève mon verre à tes vacances. Tu m'enverras une petite carte j'espère. Avec une recette.

— Bien sûr Jocelyne, et merci infiniment pour votre soutien.

— Je t'en prie. Et puis tu sais, on nous force à la boucler, on la boucle, mais on peut pas nous obliger à oublier. Gardons le dossier sous le coude. On ne sait jamais.

Chapitre 15

Pénélope était parti broyer du noir au bord de la grande bleue au Cap Vert. Les événements s'étaient accordés avec ses états d'âme. Dès l'arrivée à l'aéroport de Sal, en pleine nuit, les choses avaient mal tourné. Sa valise n'était pas sur le tourniquet à bagages. Il mit une bonne demi-heure à le signaler en français espagnolisé et surtout par gestes au bureau des réclamations.

Pendant ce temps, la navette assurant le transfert de l'aéroport Amilcar Cabral jusqu'à Santa-Maria, à soixante kilomètres au sud, où se trouvait son hôtel, s'était fait la malle. C'est donc en taxi ordinaire, pour le prix d'un aller-retour en classe affaire pour Sydney, qu'il finit par atteindre, à trois heures du matin, ce palais néo-mauresque en béton signalé par une débauche de néons fluo, rose, bleu et jaune qui se reflétaient dans une piscine haricot cernée de palmiers en plastique. Les "Mille et une Nuits" version "Formule 1". Mais il n'était pas logé dans le corps principal de l'établissement. On lui avait affecté un des bungalows en bois du *beach village club* installés tout près de la mer. À vingt minutes de marche, mais très bien équipé avec même la télé et l'unique chaîne capverdienne, à cause d'une rupture du relais-satellite. Par contre l'insonorisation laissait à désirer. Ses plus proches voisins, un couple venu tenter une opération de la dernière chance sur une *love story* en phase terminale passait des nuits entières à en faire sauvagement le bilan. Malgré des bouchons d'oreille bricolés avec du papier toilette imbibé de shampooing, il avait du mal à dormir. Aussi rata-t-il souvent les activités sportives vantées par les prospectus de l'hôtel et programmées visiblement pour des boulangers en vacances ou des clubbers insomniaques en quête d'un *after* sain. Le quatrième jour, une accalmie conjugale lui permit tout de même de rejoindre aux aurores le groupe d'initiation au funboard sur la plage de Ponto Preta, « l'un des meilleurs *spots* du monde ». Mais la séance avait été annulée à cause d'un requin-tigre qui s'était aventuré l'avant-veille jusque dans les bas-fonds coralliens et en avait profité pour boulotter au passage un surfeur danois et un bout de sa planche. La baignade, elle aussi, était déconseillée. C'était la première fois, de mémoire d'autochtone, qu'un de ces tueurs d'hommes s'approchait si près du rivage. La première fois aussi que les personnels des compagnies maritimes et aériennes intérieures se lançaient solidairement dans une grève illimitée contraignant les touristes à demeurer sur les 216 kilomètres carrés de Sal, la plus désertique des îles du Cap Vert. Complètement dépourvue de sources, elle est alimentée en eau potable par trois petites usines de dessalement d'eau de mer qui étaient à ce moment-là toutes les trois en panne, mais surtout par d'importants stocks d'eau minérale acheminés par bateau depuis l'île principale de Santiago. Lesquels bateaux étaient cloués au port. Cette pénurie ne touchait pas seulement les boissons. Si les pêcheurs locaux rapportaient quotidiennement quantité de thons, morues, mérous et langoustes, en revanche les stocks de riz, de cuscus et de batatas fritas surgelées fondaient comme neige au soleil sous les coups de fourchettes des milliers de visiteurs en discount.

Les excursions prévues dans les îles voisines étant elles aussi tombées à l'eau, il n'y avait pas grand-chose à faire sur le plan culturel, à part flâner dans les ruelles de Santa-Maria aux belles maisons ocres et blanches dont les fenêtres grandes ouvertes déversaient tous les avatars du fado. Une musique à écouter avec modération quand on a le bourdon. Heureusement il y avait la mer. À Sal, l'océan offre toute la palette de teintes du vert jade laiteux à l'outremer foncé et ses plages de sable blanc ne sont pas, comme en Afrique voisine, bordées de ces immenses cocotiers qui font très bien sur les photos mais dont les grosses noix suspendues à plusieurs dizaines de mètres menacent à tout moment de se décrocher et tuer ceux qui imprudemment viennent y chercher de l'ombre. En revanche, c'est vrai, il n'y a quasiment pas d'ombre et le port du tee-shirt est chaudement recommandé. Justement Pénélope avait dans ses bagages, qui avaient fini par arriver au bout de trois jours, celui que lui avaient offert Bérengère et Bernard en cadeau de départ. Pour le punir d'avoir, à leurs yeux, jeté l'éponge trop vite dans l'affaire ASS ou en tout cas soutenu Victor, ils lui avaient choisi un modèle avec Droopy proclamant l'air battu, en lettres floquées « You know what ? I am the hero. »

À quelque chose malheur est bon, Pénélope avançait à un train d'enfer « Carré noir sur fond blanc » au bord de la piscine du Pacha Beach, sous les regards moqueurs de lolitas en string et de machos en herbe qui passaient leurs journées à se trémousser autour du bassin au son d'une techno déversée sans interruption du matin au soir par la sono de l'hôtel. Quand il ne supportait plus cette avalanche de BPM et l'écœurant cocktail de sueur et de crème solaire, il partait se balader avec son vélo pliant qu'il avait eu la bonne idée d'emmener avec lui, en bagage à main. Il lui permit de découvrir, en dehors de la ville, quelques merveilleuses gargotes de bord de route qui n'avaient pas encore été dévalisées par les touristes et où il s'initia à la gastronomie locale. C'est comme ça qu'il découvrit le déconcertant *pudim de queijo*, un flan à la vanille et au fromage de chèvre. Le tout accompagné de seven up et de coca-cola « perque el vino was all gone, sir, because of the strike ! la greva ! Der Streik ». Mais même ces inoubliables agapes partagées dans un esperanto à dominante gestuelle avec des capverdiens très hospitaliers ne parvenaient pas à le distraire de sa mélancolie. Une mélancolie qu'il cultivait pendant de longues heures sous un tamarinier face à l'horizon, assis en tailleur sur un délicieux petit lit de sable frais, même s'il fallait quand même faire gaffe aux scorpions. Il se repassait, au ralenti et sur le mode mélo, le film de ces dernières semaines. Claire qu'il ne reverrait plus et l'affaire Schneider-Schmidt qui le forcerait bientôt à quitter la police, première étape d'une descente aux enfers...

Le neuvième jour, en fin de matinée, alors qu'il revenait d'une de ces déprimantes méditations le réceptionniste de l'hôtel l'apostropha.

— Mister Belkala ?

— Euh, yes ?

— There was a phone call for you.

— For me ?

— Yes for you, he will call you back tonight at seven p.m.

Qui pouvait bien vouloir lui parler et surtout comment avait-on fait pour le retrouver ici ? Car Pénélope n'avait rien dit à personne de sa destination qu'il n'avait lui-même apprise que la veille du départ par un e-mail du voyagiste. Et les cartes postales jetées deux jours plus tôt dans la boîte aux lettres de l'hôtel avaient peu de chance d'être déjà parvenues à bon port. Ce mystère l'occupa tout l'après-midi. Pour tuer le temps il joua sur la plage à un jeu solitaire qu'il avait inventé quand il était ado. Un jeu d'adresse avec trois cailloux. Il consistait à envoyer un coup de pied dans un caillou de manière à le faire passer entre les deux autres sans les toucher. Puis recommencer l'opération avec le caillou le plus proche, et ainsi de suite. Une sorte de billard au pied rudimentaire.

À 18 h 30, installé dans le sofa défoncé de la réception, il guettait le coup de fil en observant le va et vient des touristes rouge brique en quête d'infos sur la suite du mouvement social des marins et du personnel navigant de Sal. À 19 heures tapantes le téléphone sonna.

— It's for you Sir !

C'était Victor.

— Yacine, excusez-moi, vous savez bien que je n'aime pas vous déranger en vacances. À propos ça se passe bien ?

— Oui, pas mal, je vous remercie.

— Bien, bien. Bon, je vais pas y aller par quatre chemins, vous vous souvenez de Fernand Meyer ?

— Oui, bien sûr, l'homme qui a repêché le corps de Schneider-Schmidt.

— Tout juste. Et bien figurez vous qu'on l'a retrouvé mort, ce matin, dans son jardin. Une balle dans la nuque. Je me suis dit que ça vous intéresserait.

— Merci de m'avoir prévenu Victor, je rentre par le premier avion.

— Appelez-moi pour me dire quand vous arriverez, j'irai vous prendre à l'aéroport.

— Mais ça risque d'être à Francfort !

— Pas de problème, j'en profiterai pour me réapprovisionner en *Jägermeister.*

Chapitre 16

Parmi la petite foule qui attendait en bas de l'interminable escalier roulant du hall d'arrivée du terminal 2 de l'aéroport de Francfort, Pénélope n'eut aucun mal à reconnaître Victor qui faisait les cent pas les mains dans les poches.

Quand même ! Se faire accueillir de retour de vacances à l'aéroport par son patron, c'était le bouquet ! D'ailleurs il aurait eu des fleurs à la main que ça ne lui aurait pas paru tellement plus saugrenu.

— Bonjour Yacine, vous avez fait bon voyage ?

— Excellent Victor, je vous remercie.

Le retour à Strasbourg par contre, fut assez mouvementé. Le patron conduisait résolument sur la voie de gauche, pied au plancher. Pénélope jetait des petits coups d'œil inquiets au compteur.

— Pardonnez-moi Victor mais ça ne vous dérangerait pas de rouler à cinquante ou soixante de moins ?

— Enfin Belkala, les autoroutes allemandes sont faites pour aller vite ! C'est même la seule chose de bien qu'on doive à Hitler. Il a écrit dans *Mein Kampf* un truc du genre « aucun paysage n'est trop beau pour les autoroutes du *Führer* ».

— Vous avez lu *Mein Kampf* ?

— Ben oui, pour voir ce que c'était. Histoire de pas mourir idiot.

— Et vous avez trouvé ça comment ?

— Je l'ai lu en allemand alors j'ai pas compris grand chose, mais ça m'a paru confus.

— Si c'est Hitler qui a fait cette autoroute on devrait la boycotter, ne pas dépasser le trente.

— Vous êtes malade ! Ici, à moins de cent quarante vos chances de survie sont à peu près nulles.

Pénélope commençait à flipper sérieusement.

— Vous avez des airbags ?

— Non, j'ai dû les démonter pour installer les baffles. Deux fois cent watts. En voiture j'aime écouter de la musique à fond. Si vous voulez j'ai l'Abba *Gold* dans la boîte à gants.

Pénélope se cramponna au siège en se jurant que s'il en réchappait il irait voir plus souvent ses parents. Arrivés à la hauteur de Karlsruhe ils se mirent à parler boulot.

Inutile de vous préciser que notre affaire s'appelle « l'affaire Meyer ».

— Oui, bien sûr officiellement.

— Vous êtes têtu Belkala. Oui, officiellement ! Mais si jamais elle devait recouper l'ex-enquête Schneider-Schmidt, je veux que vous me préveniez tout de suite avant d'interroger qui que ce soit. Je ne veux pas qu'on ait d'histoires comme la dernière fois.

— Si ça se présente, vous n'allez quand même pas demander l'autorisation au préfet et au procureur ?

— Alors comme ça vous aussi vous me prenez pour un con ! Winter m'a déjà foutu en boule avec ça hier. En me tendant le rapport d'autopsie de Meyer il m'a fait comme ça, avec son insupportable petit air narquois : « une balle dans la nuque Victor, encore un suicide ». Je veux juste qu'on prenne la décision ensemble. Avec Jocelyne. Collégialement pour dire les choses en langage plus branché. Qu'on décide tous ensemble qui interroger, quand et comment. À condition, bien sûr, que vous nous ayez fourni le "pourquoi". Avec les protections dont bénéficient ces gens, on est condamnés au *one shot*. Pour mettre les points sur les « i », si Nadine Schneider-Schmidt ou un de ses oncles ou le président du Crédit Social devait être conduit dans nos locaux, il faudrait qu'on soit sûr qu'ils en ressortent mis en examen. D'accord ?

— Oui Victor, j'ai compris. Qui a commencé l'enquête ?

— Comme je vous connais et que j'étais sûr que vous rentreriez illico j'ai mis Langlois et Hill sur le coup pour les premières vérifications et l'enquête de routine.

Pénélope était content de les retrouver et eux aussi visiblement. La mini-brouille d'avant son départ était dissipée. Il alla vite déposer dans son bureau sa valise à roulettes et son vélo, serra deux-trois louches dans les couloirs et essuya quelques sarcasmes : « Dis donc, il pleuvait ? Y avait du surbooking ? » Puis Bérengère et Bernard le conduisirent immédiatement sur les lieux du crime. Dans la voiture ils lui firent part des dernières nouvelles de la maison.

— Du coup Nelly ne travaille plus avec nous ? nota Pénélope avec une pointe de regret.

— Ben non, dit Bernard, affaire classée, tu sais bien. Mais t'inquiète pas, une de perdue dix de retrouvées. D'ailleurs on va avoir une petite stagiaire en janvier. Jennifer. Seize ans.

— La Mozart de la criminelle ?

— Non pas vraiment, c'est la filleule de Victor. Plutôt le genre « je vais faire un stage d'observation chez les keufs comme ça j'arriverai peut-être à leur chourrer un peu de shit sur les saisies. »

— T'exagères Bernard, protesta Bérengère. Tout ça parce qu'elle a un peu le look "*caillera*" mais tous les jeunes sont comme ça aujourd'hui. C'est la mode, les piercings et les tatouages. Et si c'était ce que tu dis, elle aurait demandé les stups.

— Werner a dû refuser. Il a déjà du mal à supporter ses clébards. Mais qu'est-ce qu'on va lui faire faire ?

— En tout cas, pas le café. Paraît que leurs profs leur ont dit d'être fermes là-dessus.

— On va quand même pas lui filer un flingue ?

— Non bien sûr, juste un brassard !

— On va avoir l'air fin à trimballer une punkette. On devrait au moins lui refiler un uniforme, histoire de lui cacher le nombril.

Pénélope était content. Il retrouvait ses Berbères comme il les avait quittés.

Rue de la Carpe-Haute, ils se garèrent sur le petit parking du lotissement de jardins familiaux, à côté de la benne à déchets verts, puis ils marchèrent jusqu'au jardin numéro 144. Bernard fit sauter les scellés apposés sur le portillon et sur la serrure de la vieille gloriette aux planches noircies par les couches successives de vernis et les rejets visqueux des installations Seveso voisines. L'intérieur était aménagé en pastiche involontaire de bar louche. Les murs étaient tapissés de papier alu et décorés de beautés nues et alanguies découpées dans des magazines pornos. Une bonne partie des neuf mètres carrés de la pièce était encombrée par un bar des années cinquante en bambou verni, garni de bouteilles d'apéritif avec doseurs-verseurs. Au plafond, une boule à miroirs « mille facettes » était suspendue à une lampe-tempête dont le verre cassé était éparpillé sur le sol. Il n'y avait qu'un seul siège, un rocking-chair laqué blanc, crasseux, qui semblait réchappé d'une décharge. À portée de main, une étagère sur laquelle avait été vissée, sans doute pour dissuader les voleurs, une mini-chaîne stéréo bon marché et un rack à cassettes à dominante *Schlager*, la variété allemande. En revanche pas le moindre outil de jardin, ce qui semblait un peu surprenant car même si la saison n'était pas très propice au jardinage, les parcelles parfaitement nivelées et les allées tirées au cordeau témoignaient du soin apporté au lopin 144 par son locataire.

— Voilà, conclut Bernard, c'était le petit boudoir à Fernand. On l'a retrouvé affalé dans son fauteuil, dans une marre de sang. Pardon on n'a pas eu le temps de nettoyer. C'est un de leurs voisins, alerté par sa femme, parce qu'il n'était pas rentré de la nuit, qui est venu jeter un coup d'œil ici hier matin et qui l'a découvert en regardant par la fenêtre. La porte était fermée de l'intérieur.

— Ah bon ?

— Oui, l'assassin est passé par derrière et a tiré entre deux planches disjointes, deux coups dont un qui l'a atteint en pleine nuque. On va faire le tour pour te montrer.

Il y avait en effet, dans la cloison de bois, à environ un mètre trente de hauteur, un trou au contour irrégulier bordé d'éclats de bois tout frais.

— D'après Jo, ça s'est passé à quelle heure ?

— D'après la rigidité du corps et sa température, entre dix-neuf et vingt et une heure. Ensuite, poursuivit Bernard, toujours du même endroit, à travers la paroi, il a tiré trois balles au plafond en direction de la lampe qui était allumée mais elle n'a pas pris feu. Une seule à atteint sa cible mais a juste cassé le verre. Et le choc à probablement soufflé la flamme.

— Il n'a donc pas vu arriver son meurtrier.

— Non, visiblement pas. On a relevé des traces de pas. Pas super nettes. On a fait quand même des moulages en silicone mais on ne sait pas s'ils seront exploitables. Par contre Meyer l'attendait de pied ferme et visiblement la confiance régnait pas, c'est le moins qu'on puisse dire. Il s'était bouclé de l'intérieur et il était armé.

— Quel type d'arme ?

— Un pistolet d'alarme, genre cadeau d'abonnement à *National Hebdo*, mais avec le barillet débridé à la perceuse et rempli de balles 22 long rifle. Un bricolage vraiment misérable.

— Et l'arme du crime ?

— Ah ça, c'est autre chose ! D'après les balistos c'est même un flingue rare, une curiosité soviétique fabriquée en petite série dans les années quatre-vingt, avec un silencieux. Attends, j'ai noté le nom sur mon paquet de clopes... Un Makarov XP 218 calibre 10.

— Des témoins ?

— Non, pas pour l'instant, dit Bérengère. On a fait la tournée des locataires mais ça n'a rien donné. Le président de l'association qui gère ce lotissement dit que peu de gens viennent dans les jardins à cette saison. Surtout en fin d'après-midi.

— Et sa femme ?

— Elle dit ne pas savoir qui aurait pu lui en vouloir à ce point, mais elle trouve que depuis quelques temps il avait de mauvaises fréquentations, précisa Bérengère.

— Oui, mais toutes les femmes dont le mari aime aller au bistrot disent ça. Catherine aussi quelquefois en parlant de vous.

— T'es gonflé, quand tu rentres murgé chez toi tu lui racontes que t'étais avec nous ?

— Pour se murger au Viandox faut vraiment en boire beaucoup. Mais c'est vrai que Fernand, dans le genre pilier de rade, il se posait là. Si on doit interroger toutes ses relations de comptoir on en a pour dix ans. Pour l'instant on n'a fait que le *Pont d'Anvers*, son QG.

— Sa femme dit aussi que depuis quelques semaines il avait des rentrées d'argent inhabituelles. Il avait même pris des réservations pour un voyage, ce qu'ils n'avaient pas fait depuis des années. Une semaine à Rimini. D'après elle c'étaient des sommes assez importantes. Plusieurs milliers d'euros qu'il disait avoir gagnés au jeu. Une passion récente semble t-il.

— Quel genre de jeu ?

— Elle l'ignore et on n'a rien trouvé non plus du côté des clandés, nos indics ne le connaissent pas. Pour l'instant, d'après les premiers témoignages, à part quelques "Rapido" entre pochetrons, il avait pas vraiment le profil Kid de Cincinnati.

— Des ennemis ?

— Pas d'après ses proches. Mais en recoupant tout ce que nous a dit sa femme, il en ressort qu'il n'était pas souvent à la maison. Juste pour mettre les pieds sous la table, regarder la téloche et dormir. En fait elle ne savait pas très bien à quoi il occupait ses journées ni avec qui. On a aussi longuement discuté avec un gars qui prétend être un de ses meilleurs potes : un certain Zahnbrecher, un retraité de la police. On pouvait plus l'arrêter. D'après lui, au contraire, il avait une vie assez bien réglée. Il jouait au skat tous les après-midis au *Pont d'Anvers* et le matin, soit il allait à la pêche, soit il allait au jardin. Le jour du crime il avait exceptionnellement séché le skat.

— C'est quoi le "skat" ? demanda Pénélope.

— Un jeu de cartes d'ici, expliqua Bernard. Un mélange de bridge et de tarot, une drogue dure. Quand tu commences t'en prends pour longtemps. Si tu veux mon avis, c'est même le roi des jeux de cartes.

— On joue de l'argent ?

— Non. C'est un pur jeu de réflexion et de gestion du hasard. D'ailleurs, Zahnbrecher n'avait pas remarqué que Fernand était particulièrement en fonds ces derniers temps. Il n'avait pas payé plus de tournées que d'habitude.

— À l'occasion tu m'apprendras à y jouer. Vous avez vérifié le passé judiciaire de Meyer ?

— Oui, un casier vierge de chez vierge.

Pénélope demanda à ses deux collègues de poursuivre leurs recherches en essayant de reconstituer l'emploi du temps de Fernand avant qu'il se rende au jardin pour la dernière fois, selon la méthode des dominos. En tâchant de remonter, par témoignages successifs, jusqu'à la dernière personne qui l'avait vu vivant.

— Je ne crois évidemment pas à cette histoire de jeu, précisa-t-il. Essayez de trouver la vraie provenance de l'argent. Vous avez épluché ses comptes et ses derniers coups de fil ?

— Non, pas encore, on attend la fadette.

— La quoi ?

— La facture détaillée. Mais tu les connais à France Télécom, ça va prendre du temps !

Bérengère profita de l'occasion pour asticoter Bernard.

— Tu vois les privatisations où ça nous mène.

— C'est les 35 heures qui nous foutent dedans.

— Bon, essayez de les booster un peu, les interrompit Pénélope. Et pour les comptes ?

— Rien. Tu sais, c'était un vieux. Pas de carte de crédit, un chèque de temps en temps. Les prélèvements automatiques de base : loyer, gaz, électricité. Et un retrait de cent euros tous les samedis matin. Réglé comme du papier à musique.

Pénélope étudia les lieux en silence, évalua les distances. Autour de la gloriette. De la gloriette à la porte du jardin. Il enjamba aussi la clôture du jardin voisin qui était à moins d'un mètre de l'arrière de la gloriette et mima le geste d'un tireur. Il pouvait atteindre les planches sans même tendre le bras.

— On a le résultat de la récolte d'indices ?

— Non, pas encore, répondit Bérengère.

— Vous êtes venus ici hier soir ?

— Non, on a terminé vers trois heures.

— On y retournera ce soir. À peu près à l'heure du crime, vers dix-neuf, vingt heures. J'aimerais sentir l'ambiance des lieux de nuit.

Bérengère râla un peu.

— Si je rentre tous les soirs après neuf heures mon jules va finir par retourner chez sa mère.

— J'irai avec Bernard.

— Moi aussi, Catherine trouve que je passe trop de temps au boulot. Mais on n'est pas obligés d'y rester des plombes, si ?

— Un petit quart d'heure, pas plus, promit Pénélope.

De retour au bureau il inspecta le contenu des poches du cadavre qu'on avait rassemblé dans un petit bac en plastique jaune. Un trousseau de clés accroché à un porte-clés publicitaire d'une marque d'huile de vidange, le fameux pistolet d'alarme customisé. Bernard n'avait pas exagéré : c'était vraiment du travail d'amateur pas du tout éclairé. Un portefeuille en cuir marron patiné par le temps et bombé par la masse de papiers qu'il contenait. Fernand n'avait pas l'air d'être un type très ordonné. Outre les documents officiels – carte d'identité, permis de conduire, carte Vitale, carte d'ancien combattant, carte de retraité de la CUS, carte Vermeil... –, il y avait, glissés à la va-vite dans les différents compartiments au rhodoïd en lambeaux, deux billets de vingt euros, des cartes de visite, un prospectus touristique sur la Costa Brava, quantité de facturettes, plusieurs bouts de papier de formats différents portant des listes de courses et une photo en couleur d'une fillette de trois ou quatre ans posant sur un tricycle. Pénélope prit quelques notes sur son carnet et replaça les affaires de Meyer dans le bac.

Il se rendit ensuite au tribunal pour voir Maman, qui le reçut avec chaleur dans son grand bureau, sous le portrait du président de la république (dont elle avait un peu atténué la solennité en le faisant encadrer par deux nymphettes anorexiques et floues de David Hamilton). Cette petite intervention décorative et une profusion de plantes vertes donnaient au bureau du juge Grandjean des allures de permanence du planning familial dans les années 70.

— Alors comme ça, Victor t'a fait écourter tes vacances. Il est incorrigible.

— C'est bien. De toute façon je me morfondais là-bas tout seul...

— Mon pauvre chaton !

— J'ai des soucis personnels en ce moment et je n'ai pas un moral d'acier.

— Pardonne-moi, je ne savais pas. Tu veux qu'on en parle ?

— Merci beaucoup Jocelyne, mais je n'arrive pas à en parler.

— Comme tu voudras. Alors comment se présente ta nouvelle enquête ?

— C'est un peu compliqué. Victor refuse catégoriquement qu'on lie les deux affaires.

— C'est vrai que, théoriquement, il se peut quand même qu'elles n'aient pas de lien. En tout cas ici, à part moi, personne n'a fait le rapprochement. Le proc' est bien trop occupé pour lire les dossiers dans le détail, ça devrait vous donner un peu de latitude. Comment vois-tu les choses ?

— Je ne sais pas encore, j'arrive tout juste. Je crois que je vais commencer par organiser une petite cellule de crise clandestine.

— Tiens-moi au courant mais prends toutes les initiatives que tu jugeras utiles. Je te fais entièrement confiance et si tu as un souci n'hésite pas à appeler.

— Merci Jocelyne.

Chapitre 17

Bernard, Bérengère et Jo arrivèrent les premiers, les bras chargés de bouteilles.

— Big Brother s'excuse mais il a pas pu venir, annonça Bernard. Il a son premier rencard "live" avec une meuf, enfin il croit, qu'il a draguée sur Internet.

— Tu parles, il doit nous espionner ! s'écria Bérengère. Yacine ton appart' doit être truffé de micros et de caméras. C'est quoi ces trucs au mur ?

C'était la première fois que Pénélope invitait ses collègues chez lui.

— Des cartes postales de villes la nuit, je les collectionne. London by Night, Luxembourg la Nuit, Roma la Notte, Düsseldorf bei Nacht... Vous pouvez m'en envoyer si vous en trouvez.

— Dis Jo, ça porte un nom cette maladie ? demanda Bernard.

— Je pense qu'on peut parler de mélanomanie, du grec « mélanos », noir. Une névrose bénigne.

Nouveau coup de sonnette. C'est Bernard qui alla ouvrir.

— Ah Nelly, c'est chouette que tu sois venue, tu peux pas savoir à quel point tu manques à Pénélope ! Cet après-midi on l'a emmené sur les lieux du crime mais il n'a posé de questions que sur toi.

Bérengère fit une moue excédée en direction de Bernard. Nelly, tourbillon de fraîcheur, tout sourire, entra dans la pièce. Elle embrassa sur les joues un Pénélope cramoisi qui en bafouillait encore lorsqu'il leur expliqua le sens de cette petite réunion "off".

— Je suis désolé de vous faire faire des heures sup' mais voilà, j'avais envie d'avoir votre avis et vos impressions sur la, ou plutôt *les* enquêtes en cours, loin du regard et des oreilles de Victor…

Bernard était soulagé.

— Ah ça va, c'est un apéro de boulot ! J'avais eu les jetons que ce soit une soirée diapos !

Ils s'assirent tous comme ils purent dans l'appartement très sobrement meublé de Pénélope. Jo et Nelly dans les deux fauteuils clubs défoncés, les autres en tailleur sur la moquette crème autour de la table basse : une vieille luge en bois recouverte d'une plaque de verre.

— Évidemment, la première question qui se pose c'est de savoir si l'assassinat de Meyer a un lien avec celui d'ASS ou s'il n'en a pas. J'aimerais qu'on commence par recenser tout ce qui plaide en faveur de chacune de ces deux hypothèses. Je ne sais pas comment je vais faire pour noter.

— T'as pas de paperboard Yacine ? Tu vois le bureau ça a quand même du bon ! Si tu veux je fais la secrétaire.

— Merci Bérengère.

— "Contre", dit Nelly, il y a évidemment le fait que ce n'est pas du tout la même signature. Pour ASS on a une mise en scène élaborée, un meurtre maquillé en suicide, vraisemblablement en relation avec une escroquerie elle aussi très sophistiquée. Alors qu'avec Meyer on a affaire à un crime vite fait, sans imagination et avec l'arme la plus banale qui soit, une arme à feu.

— Oui, mais un flingue tendance, objecta Bernard.

— Les victimes n'appartiennent pas au même monde, fit observer de son côté Bérengère. D'un côté un adjoint au maire doublé d'un capitaine d'industrie et de l'autre un petit retraité de la CUS...

— Et, ajouta Jo, il ne faut pas oublier que Meyer est un témoin tout à fait secondaire dans l'enquête Schneider-Schmidt. C'est juste l'homme qui a trouvé le corps.

— Oui mais, fit remarquer Pénélope, ici on a en moyenne trois à quatre homicides par an. Là on en a deux coup sur coup et la victime du second figure quand même dans le dossier du premier. C'est une coïncidence bizarre, non ? Vous imaginez, un homme repêche un cadavre et un mois plus tard il est assassiné à son tour...

— Ouais, ça va décourager les gens de repêcher les cadavres.

Pénélope servit des apéros à tout le monde et leva son verre.

— Santé ! Tout à l'heure j'ai relu le dossier ASS. Il reste aussi l'inconnue de la doublure. Les plongeurs n'ont finalement rien trouvé ?

— Non, répondit Jo, mais parmi les similitudes, dans les deux meurtres il y a aussi évidemment la préméditation. Et puis je ne sais pas s'il faut y attacher de l'importance mais ils ont tous les deux eu lieu dans un périmètre très resserré. Il y a trois cents mètres à vol d'oiseau à tout casser entre le pont de la Robertsau et le jardin de Meyer.

— Qu'est-ce que tu en penses ? demanda Pénélope à Bernard qui sirotait en silence un petit verre du *Pimm's* qu'avait apporté Jo.

— Ça a un drôle de goût, un mix entre le porto et l'Hextril.

— Non, je te parle des crimes.

— Ce que je trouve curieux c'est que tout dans les modes opératoires laisse à penser qu'on a affaire à deux tueurs différents, et donc aussi deux affaires différentes. Et pourtant, on est tous intimement persuadés du contraire, non ? Il serait possible qu'on ait affaire à deux exécutants différents mais agissant pour le compte de la même personne.

— Tu as raison de parler d'exécutants, poursuivit Jo, car il y a une autre similitude entre les deux meurtres c'est qu'il s'agit bien d'exécutions. Il n'y a pas eu de corps à corps, les victimes sont mortes sans se défendre, par surprise. À part le coup fatal à la tête, le corps d'ASS ne portait aucune autre blessure, pas la moindre ecchymose. Et ça aussi c'est assez exceptionnel. La plupart des homicides surviennent à l'issue d'une dispute, d'une rixe, au minimum d'une petite tentative de défense qui laisse toujours de menues traces décelables à l'examen clinique.

— Si les deux affaires ont un lien, dit Bérengère pensive, si le ou les assassins ont réussi un crime quasi parfait avec ASS, pourquoi en refaire un second nettement plus brouillon qui risquerait de tout flanquer par terre. J'imagine qu'ils en avaient conscience. Il fallait qu'ils y soient obligés, et dans ce cas, quel risque représentait pour eux Meyer ?

— Oui bravo, bonne question ! la complimenta Pénélope. C'est une équation à pas mal d'inconnues et pour la résoudre il y a une donnée essentielle à trouver c'est le lien personnel qui pouvait exister entre Fernand et ASS, ou entre Fernand et l'assassin d'ASS. Il n'y a plus qu'à fouiller le passé des deux victimes et trouver les traces d'une éventuelle relation entre eux. On irait peut-être plus vite en enquêtant directement sur les suspects du meurtre d'ASS, mais ça on ne peut pas. Tant qu'ils sont couverts par le préfet et le procureur ils sont intouchables.

— On peut toujours les mettre sous écoute et vidéosurveillance, risqua Bernard.

— C'est le proc' qui signe les autorisations.

— C'est pas les autorisations du proc' qui servent à faire tourner les bécanes !

— Non, Bernard je t'ai déjà dit que je voulais pas qu'on entre dans ce genre de trucs.

— Alors on pourrait recruter une taupe, suggéra Nelly, quelqu'un de proche des Marzolff qui pourrait nous tenir au courant de leurs faits et gestes. Je verrais bien Gerber, le directeur financier d'Alsafood, nous rendre ce petit service.

— Non, dit fermement Pénélope, ce serait aussi lui faire courir d'énormes risques.

— Je ne crois pas. Pour lui c'est même une opération gagnant-gagnant. S'il n'y a rien d'anormal, le dossier passera aux oubliettes et personne ne saura jamais rien de notre petite collaboration. Par contre si les Marzolff ont des choses à se reprocher il sera blanchi d'office d'une éventuelle accusation de complicité. Mais si tu préfères on peut aussi le rémunérer comme informateur. Bon, avec les restrictions budgétaires ça n'ira pas bien loin...

— Pénélope, vis avec ton époque ! insista Bernard. Notre arme c'est le renseignement. Ces méthodes sont illégales parce que la loi est naze. Elles n'emmerdent que ceux qui commettent des délits. Les autres, qu'est ce que ça peut bien leur foutre qu'on les filme ou qu'on les écoute ? Ils le savent même pas.

— Bernard, tu dérailles. Avec des arguments pareils on pourrait aussi décider par exemple que ça n'a aucune importance de truquer des matches de foot en versant des pots de vin aux joueurs. Après tout, ça non plus ça ne fait de tort à personne tant que personne ne le sait.

— Sans compter, dit Bérengère, qu'après les vidéos faut se les fader. On va pas se mettre à faire les trois-huit devant la téloche.

— Oui, conclut Jo, la solution la plus séduisante c'est effectivement la taupe. C'est un bon compromis et puis ça garde une dimension humaine. Les machines enregistrent froidement des faits ou des échanges de propos alors qu'un être humain perçoit des choses beaucoup plus subtiles, des climats, des changements de ton et d'attitudes, des impressions...

— Ce serait précieux de savoir quelle est l'ambiance à Alsafood en ce moment, tu ne crois pas ? insista Nelly. Si tu veux, je peux m'occuper de Gerber.

Malgré l'enthousiasme et la subtile insistance de Nelly, Pénélope renâclait.

— Je ne sais pas, je ne suis pas très chaud.

— Allez Pénélope, sois pas casse-couilles, tu sais très bien que tu finiras par dire oui. On n'a pas d'autre solution, tu l'as dit toi-même.

— Bon, puisque vous êtes tous contre moi, va pour la taupe. Mais à une condition : que Gerber accepte spontanément de coopérer, sans pressions ni menaces. En attendant est-ce qu'à partir des éléments dont on dispose sur les modes opératoires on peut dans les deux cas dresser un profil du tueur ?

Pour Bernard en tout cas ça ne faisait aucun doute :

— Dans les deux cas, un coup par derrière c'est typiquement un truc de nana.

Bérengère explosa.

— Non mais écoutez-moi ce Jacky !

— C'est pas la peine de faire ta Chienne de garde, c'est prouvé scientifiquement. Les femmes abattent leur victime dans le dos. Dans quatre-vingt-dix pour cent des cas.

— D'abord tuer c'est un truc de mec ! Ça demande des Niagara de testostérone. Sur cent criminels y'a que trois femmes. Par contre sur cent victimes y en a plus de soixante-dix.

— La seule chose qu'on puisse dire avec certitude, dit Jo, c'est qu'on à affaire à quelqu'un qui tue de sang froid.

— Et ce qui semble aussi certain, dit Nelly, c'est que Meyer avait rendez-vous avec son assassin. Donc ils se connaissaient. Mais vu la façon dont ça a tourné ils ne devaient pas être vraiment très amis.

— Oui, approuva Pénélope, ça ressemble un peu à un règlement de compte ou une affaire de chantage foireuse. Mais vous voyez Meyer en maître-chanteur ?

— Oui s'il avait assisté au meurtre de Schneider-Schmidt, voire s'il en avait été complice, hasarda Jo.

Mais Pénélope était sceptique.

— Et il aurait repêché le corps cinq jours plus tard ? Non, ça ne tient pas. En plus, on est presque sûrs que le meurtre a eu lieu de nuit, et on sait par sa femme qu'il avait tendance à s'endormir devant la télé. Qu'est ce qu'il aurait été faire au bord du canal à une heure pareille ?

Bernard s'agitait en tirant nerveusement sur sa cigarette.

— Il y a un truc qui ne colle pas, dit-il. Si Meyer a été assassiné par une nana, voire un mec, qu'il faisait chanter, elle ou il aurait eu intérêt à récupérer ou détruire la preuve de ce qui faisait l'objet du chantage. Et Fernand aurait eu, selon toute vraisemblance avec lui cette preuve en contrepartie de l'argent. En général dans ce genre d'histoire, on tue pour éviter de banquer. Là, le tueur a juste essayé de flanquer le feu à la cabane en tirant sur la lampe à pétrole, mais sans vraiment insister.

— Il a peut-être été dérangé.

— Si c'est ça, on devrait trouver un témoin.

— Ou bien il n'y avait tout simplement pas de preuve matérielle du chantage. Juste ce que savait Meyer, avança Nelly.

— Faire chanter quelqu'un quand on a rien d'autre à offrir que son silence c'est une forme de suicide, observa Bernard.

— Mais Fernand était un amateur, il suffit de voir son arme.

— Je suis d'accord avec Bernard, dit Bérengère. La tentative de mettre le feu à la gloriette pose quand même question. Faire brûler le corps ça n'avait aucun intérêt, ça n'aurait pas empêché qu'on l'identifie ni qu'on détermine les causes de la mort. Ça ne pouvait pas servir non plus à faire disparaître les traces du passage du tueur puisqu'il n'est pas entré dans la cabane. C'est donc qu'il pensait qu'il y avait à l'intérieur quelque chose qui méritait d'être détruit. Pourtant on a tout fouillé minutieusement et on n'a rien trouvé.

— Oui c'est étrange je vous l'accorde. Mais le temps passe, le temps passe et vous devez mourir de faim. Vous voulez que je vous fasse des pâtes ?

Une demi-heure plus tard ils se battaient tous avec une assiette débordante de spaghettis sauce tomate sur les genoux, une fourchette, une cuiller, un morceau de baguette, une serviette en papier et un verre de Minervois. Comme l'avait fait remarquer Bernard : « si on passe avec succès cette épreuve, pour le dessert on peut tenter une île flottante. »

— Il y a un truc qui me chiffonne dans tout ça, dit Bérengère entre deux bouchées, c'est pourquoi Victor a rappelé Yacine. Il a tout de suite fait le lien entre le meurtre de Meyer et l'affaire ASS qui lui a valu tant d'ennuis. S'il voulait vraiment avoir la paix il aurait bien mieux valu te laisser barboter et confier l'enquête à une autre équipe pas au courant ou très peu de la première. C'est bizarre. Non ?

— Je crois plutôt que c'est de la duplicité, dit Jo. Quand le préfet l'a convoqué pour exiger qu'il étouffe l'affaire ASS, comme à son habitude il l'a traité, pardonnez-moi l'expression, comme une merde. Victor m'a un peu raconté comment ça s'était passé. Et si Victor a un très grand sens de la hiérarchie c'est aussi un type comme les autres qui n'aime pas être humilié. Le meurtre de Fernand lui offre peut-être une occasion de se venger. S'il y a bien, comme on en est tous convaincus, un lien entre les deux affaires on recommencera à s'intéresser au clan Marzolff. Et si on se ré-intéresse à eux, les Marzolff vont redemander des soutiens en haut lieu. Et ça va retomber sur le préfet dont une seconde intervention risque d'être embarrassante et apparaître comme un excès de protection. En mettant Pénélope sur le coup, il se donne les moyens de parvenir à ses fins. Si ça se trouve il serait même ravi de nous savoir réunis ce soir. Sous ses dehors de dandy frivole Victor est aussi un sacré stratège.

— Et toi Yacine quel est ton plan de bataille ? demanda Nelly.

— Pour l'instant se concentrer sur la personnalité et le passé de Meyer. Continuer à interroger ses proches, ses anciens collègues et tenter de percer le Fernand intime. Pour ça, on va perquisitionner chez lui.

— Sans commission rogatoire ?

— J'en ai une.

— Ah je vois, persifla Bernard, t'as encore été faire des choses pas racontables avec Maman. Et on fait ça quand ?

— Demain matin. C'est pas un grand appartement, si ?

— Un F3, précisa Bernard, on doit pouvoir le faire tranquille dans la journée.

Les détails de l'opération mis au point, ils échangèrent en riant des potins sur l'aquarium en vidant petit à petit le modeste bar de Pénélope. Puis ils se mirent à parler art. C'est Nelly qui avait introduit le sujet en complimentant Pénélope sur *Carré Noir*.

— Au début je le trouvais un peu austère mais plus il avance plus je le trouve chouette.

Bernard était beaucoup plus réticent.

— Tu vas quand même pas te mettre à faire que des trucs abstraits. Maintenant que t'as vu ce que c'était, c'est bon. Moi je préférais ceux d'avant. Celui-de… comment s'appelle le mec qu'a fait le bain turc ?

— Ingres.

— Ouais, le bain turc, ça c'était top.

Bérengère leva les yeux au ciel.

— Avec Bernard c'est pas compliqué, il suffit qu'il y ait des nanas à poil.

— C'est pas vrai, j'aimais bien aussi la Montagne Sainte Victoire.

Jo leur faussa compagnie le premier vers une heure du matin. En partant il remercia chaleureusement Pénélope.

— J'ai beaucoup aimé cette petite conspiration. On devrait faire ça plus souvent.

— Oui, la prochaine fois c'est chez moi, proposa Bernard, on fera une braserade.

Chapitre 18

Les Meyer habitaient promenade du Luxembourg, à la Cité Rotterdam. Le premier grand ensemble construit en Europe selon des techniques de bâtiment industrielles au début des années 50. Plusieurs stars de l'architecture avaient participé à ce programme audacieux destiné à loger en urgence huit cents familles de fonctionnaires, du colonel au violoniste, recrutés pour la plupart en France « de l'intérieur » pour ramener dans le giron national une ville où il n'était pas encore jugé assez « chic de parler français ». Un demi-siècle plus tard les blocs en béton brut incrustés de galets du Rhin que des locataires "Facteur Cheval" avaient par endroits peints un à un de toutes les couleurs, s'étaient très peu dégradés. La cité Rotterdam faisait même une entrée discrète dans les manuels d'histoire de l'architecture. Encore un demi-siècle et on l'inscrirait au Patrimoine, puis on y promènerait des touristes ébaubis venus du monde entier. Pour l'heure c'était à l'équipe Belkala d'explorer de fond en comble un de ces appartements type. Un petit chef-d'œuvre de fonctionnalisme avec passe-plats et parois coulissantes en contreplaqué, cloisons accordéon, plancher chauffant en Dalami myrtille, baignoire-douche carrée et pièces aux proportions définies selon la Section d'Or. Les Meyer lui avaient apporté une touche Sam Suffit en le meublant en faux rustique espagnol et en le décorant de petits napperons sur la télé, coupes en Limoges remplies de fruits en plastiques et tableaux en fils. Il y régnait une odeur de vieux ménage. Un mélange de naphtaline, d'eau de Cologne, d'huile de friture froide et d'encaustique.

Madame Meyer était un petit bout de femme que l'âge n'avait pas fait renoncer à se pomponner. Elle était tirée à quatre épingles dans un petit ensemble noir : jupe, chemisier et cardigan fermé par une broche en argent. Elle faisait peine à voir. Elle pleurait toutes les larmes de son corps feu son Fernand, l'être le plus merveilleux que la terre ait porté. Même si ce n'était pas tout à fait ce qui ressortait de l'enquête de voisinage. Tous les témoins s'étaient accordés sur le fait qu'il était à peu près fréquentable quand il était à jeun mais que ces derniers temps c'était de plus en plus rare. Pénélope était dans ses petits souliers.

— Madame, je vous présente toutes nos condoléances. Je sais que c'est cruel de vous importuner, surtout aujourd'hui, mais nous devons absolument inspecter votre appartement. Nous sommes à la recherche d'un indice. Quelque chose que votre mari a peut-être dissimulé ici et qui pourrait nous aider à identifier son meurtrier. Il va falloir que nous procédions à une fouille méticuleuse qui risque de prendre un peu de temps. Mais nous mettrons des gants blancs et tout sera parfaitement remis dans le même ordre. Vous ne remarquerez même pas notre passage. C'est promis.

Elle tordit son mouchoir dans ses mains, implorante.

— Mais il n'avait rien à cacher !

Malgré les précautions prises par Pénélope, elle était au comble du désespoir. C'en était trop. Non seulement elle venait de perdre son mari dans des conditions extrêmement inquiétantes, elle était sur le point de l'enterrer et voilà que maintenant des policiers voulaient mettre leur nez dans ses affaires. Une voisine alertée par ses sanglots vint la prendre sous son aile et l'accueillit chez elle le temps de la perquisition. C'est donc son fils François, venu de Paris pour les obsèques, qui y assista comme le prévoyait la loi. Mais avant de partir, sa mère fit entre deux sanglots une dernière recommandation tout à fait péremptoire.

— Vous prendrez les patins !

Ils obtempérèrent. Une pile de patins en feutre les attendait dans le vestibule sous un petit rayonnage rempli de livres aux titres en caractères cyrilliques.

— Mon père lisait et parlait couramment le russe, leur indiqua le fils Meyer. Il a eu le temps d'apprendre, c'était un ancien de Tambov. Il y a passé six ans.

— Six ans ?

— Oui, il n'a pas fait partie de la première grosse vague de libérations en 45. Ensuite la guerre froide a éclaté et les choses ont traîné. Mon père est finalement rentré en mars 51. Et moi je suis né en décembre.

Si François Meyer était sans aucun doute possible le fils de sa mère dont il avait hérité la rondeur et les traits du visage, il semblait venir d'un tout autre monde. Il parlait le français sans une once d'accent alsacien et avec cette aisance qu'ont ceux qui ont suivi des études supérieures. Il était prof d'informatique dans un lycée de Pontoise, marié, trois enfants. Comme il l'avoua honteux et triste, il n'avait pas beaucoup pris soin de ses vieux parents ces derniers temps, se contentant d'une visite annuelle, un week-end en fin d'année – « ça faisait aussi plaisir aux enfants qui adorent le marché de Noël » – et un petit coup de fil par mois. Le service minimum.

— Je m'attendais bien sûr à ce que mon père meure un jour, mais pas comme ça.

— Vous n'avez pas une petite idée sur la question ?

— Non, je suis abasourdi. Pour moi c'était un vieil homme blessé, taciturne et solitaire. Capable peut-être, quand il avait trop bu, d'un petit accès de violence mais pas au point qu'on s'en fasse un ennemi. Je n'arrive pas à y croire. Et vous, vous avez une piste ?

— Non, pas encore, c'est pour ça qu'on est là.

— Qu'est-ce que vous espérez trouver ici ?

— En analysant la manière dont a été commis le crime, nous sommes certains qu'il a été prémédité. L'assassin a tué intentionnellement votre père. Cela signifie qu'à moins d'être un fou, il avait un mobile pour le faire. Il existait donc, d'une manière ou d'une autre, un lien entre eux et même un lien conflictuel. Il doit bien y avoir quelque part, et ici plus probablement qu'ailleurs, quelque chose, un indice, que détenait votre père en relation avec cet individu. En réalité nous ne savons pas ce que nous cherchons mais nous savons ce que nous voulons trouver.

Après ce petit exposé pédagogique de Pénélope, ils se mirent à perquisitionner méticuleusement, pièce par pièce, sous le regard de François qui ne savait pas très bien où se mettre ni quoi dire. De temps en temps il répondait à une question ou une interrogation muette. C'était la première fois qu'il assistait à une perquisition. Même si les patins leur donnait une démarche de pingouin assez cocasse, un petit côté Blues Brothers, il était impressionné par la virtuosité et la précision de leurs gestes. Ils remettaient au fur et à mesure chaque objet déplacé exactement à l'endroit et dans la position où ils l'avait pris. Comme ce porte-photos, dans la chambre à coucher, sur la table de chevet, pour examiner de plus près la photo en noir et blanc du jeune homme au regard vide qui portait maladroitement dans ses bras un bébé interloqué sur fond de cité Rotterdam en chantier. « Avril 1953 » précisait une inscription au stylo à bille dans la marge. Deux ans après son retour d'URSS il était encore d'une maigreur cadavérique. Bernard profita d'une courte absence de François pour s'approcher tout près de Pénélope et le questionner à voix basse.

— Dis, c'est quoi au juste un « ancien de Tambov » ?

— Tu sais pas ça, depuis le temps que tu vis ici ? C'est un Malgré-Nous.

— Ah ?

— Enfin un Malgré-Nous tu sais quand même ce que c'est ?

— Non.

— Alors là tu m'étonnes ! Ce sont les Alsaciens qui ont été enrôlés de force par les Allemands à la fin de la guerre pour combattre sur le front russe. Ceux qui n'ont pas été tués ont été faits prisonniers par l'Armée rouge et envoyés dans des camps de travail.

— Et Tambov, c'est quoi ?

— C'est justement un de ces camps, le plus dur, paraît-il.

Bérengère qui s'était attaquée à la bibliothèque poussa un cri. Pénélope et Bernard se précipitèrent en patinant dans le vestibule. Ils la trouvèrent en train de secouer le Docteur

Jivago dont s'échappait une pluie de billets verts. Des coupures de cent dollars. Cinquante-six au total.

— Des dollars ? Dis donc ça fait longtemps que j'en avais pas vus.

— Oui, et ceux-là ont l'air tout neufs.

— Vous pensez qu'ils sont faux ? s'inquiéta le fils Meyer.

Bernard inspecta un des billets en transparence devant la fenêtre du salon.

— Non, pas sûr, mais ils ont quand même une drôle de touche.

Ils les firent aussitôt envoyer par coursier à la scientifique après avoir noté leur découverte dans le procès-verbal et signé un reçu au témoin. Puis ils se jetèrent tous les trois frénétiquement sur les rayons espérant qu'un autre livre leur livrerait d'autres secrets. Mais ils ne trouvèrent qu'un edelweiss séché, un ticket de loto et un bulletin de vote « oui » jauni pour le référendum de 1969.

Vers seize heures ils avaient terminé leurs recherches. Ils avaient travaillé sans relâche, sans même faire de pause à midi, ils s'étaient fait livrer des pizzas. Pas un recoin, un dessous d'étagère, un envers de tableau ou une poche de vêtement qui n'ait été inspecté. Ils avaient aussi minutieusement compulsé toute la paperasserie d'une vie soigneusement rangée et classée dans six boîtes à chaussures empilées derrière le piano. Ils avaient photocopié les documents qui leur avaient paru les plus intéressants avec la photocopieuse portable du service. À 16 h 47 ils quittaient les lieux comme l'attestait le procès-verbal paraphé et co-signé par le fils de la victime.

Pendant ce temps Nelly avait contacté Gerber, en prenant un luxe de précautions. Elle avait déposé elle-même, chez lui, dans sa boîte aux lettres, un petit mot lui demandant de la rappeler au bureau mais depuis une cabine située dans un autre quartier. Ce qu'il avait fait. Ils avaient convenu de se retrouver discrètement en fin d'après-midi au musée d'art moderne. Ils s'étaient donné rendez-vous dans la salle consacrée à l'Aubette où étaient exposées les maquettes, esquisses et photos de ce complexe de loisirs – restaurant, ciné-bal, bar américain – réalisé place Kléber dans les années 20 par Hans Arp, Sophie Taeuber et Theo Van Doesburg et malheureusement détruit presque aussitôt sous la pression d'une clientèle heurtée par tant d'audace artistique. De cette œuvre mythique considérée par certains experts comme la « Chapelle Sixtine de l'art moderne », il ne restait que ces quelques témoignages sous vitrines. Malgré cela, c'était l'une des salles les moins fréquentées du musée, l'une des plus reculées aussi, l'endroit idéal pour une rencontre discrète. Gerber avait immédiatement compris ce que l'on attendait de lui et il était sincèrement désolé de ne pas pouvoir rendre service à Nelly.

— Je suis viré.

— Viré ?

— Pas encore officiellement mais ça va venir et en attendant je suis mis au placard.

— Depuis quand ?

— Une semaine exactement. C'était mardi dernier. Quand je suis venu travailler à six heures et demie comme tous les matins, mon badge ne fonctionnait pas, ça arrive de temps en temps. Le gardien qui me connaît, bien sûr, m'a ouvert. Mais quand j'ai voulu allumer mon ordinateur, mon code d'accès au réseau ne fonctionnait plus non plus. Alors j'ai attendu ma secrétaire et quand elle est arrivée je lui ai demandé de régler le problème de toute urgence avec le service informatique et c'est elle qui m'a annoncé que j'étais viré. Vous vous rendez compte ? Il n'y a que moi qui n'étais pas au courant. J'étais hors de moi et j'ai foncé dans le bureau du nouveau président, sans frapper, pour lui demander des explications...

Nelly l'interrompit.

— Il y a un nouveau président à Alsafood ? Mais depuis quand ?

— Oui, Antoine Marzolff, depuis trois semaines.

Nelly fit un rapide calcul de tête, trois semaines c'était à peu près la date du classement de l'affaire Schneider-Schmidt.

— Mais je croyais que c'était un fêtard complètement rétif au business et aux questions économiques.

— C'est ce que je pensais aussi mais il faut croire que la fonction fait l'homme. Depuis qu'il est aux commandes c'est l'enfer. Quel salaud ! Il insinue que je suis complice de l'escroquerie parce que je n'aurais alerté personne sur le côté louche du rachat d'IGB. Il me fait porter le chapeau sur quasiment tout et menace de porter plainte. C'est moi qui aurait dû le faire à l'époque.

— Ça je vous l'avais bien dit. Mais vous avez tout de même pas mal d'éléments pour vous défendre. Il a fait partie de ceux qui ont signé l'acte du rachat, pas vous.

— Oui, mais les Marzolff prétendent que je leur ai caché des tas de choses. J'ai beau leur répéter que j'avais été écarté de l'affaire, comme Schneider-Schmidt n'est plus là pour témoigner c'est ma parole contre la leur et il en profitent pour me charger. Et il n'y vont pas avec le dos de la cuiller, ils prétendent que Schneider-Schmidt était lui-même mêlé à l'escroquerie mais qu'il aurait flanché parce qu'il se serait fait doubler par ses complices. Des complices dont bien entendu je fais partie.

— Mais quel est l'intérêt de vous renvoyer au moment où vous avez à mener les délicates négociations de la dette avec la banque ?

— Ils s'en foutent, ils m'ont déjà remplacé. Par une autre crapule : Fabien Marzolff, le fils de Jean-Paul et le neveu du nouveau patron. Quelle famille ! C'est lui qui s'occupe désormais du dossier IGB. Moi je n'ai même plus le droit de mettre les pieds dans la boîte. Ils continuent à me verser mon salaire mais je n'ai absolument plus rien à faire.

— Et quel est le motif du licenciement ?

— Incompétence. Vous vous rendez compte ! Après toutes ces années à leur service. Ils me reprochent de ne pas arriver à des résultats assez rapides avec Hirn.

— Vous étiez arrivés à quoi ?

— La moitié de la dette échelonnée sur vingt ans.

— C'est déjà pas mal !

— C'est ce que je me suis tué à leur expliquer. Mais ils veulent tout. Ils ont eu la boîte, mais ils ne s'arrêteront pas là, ils auront notre peau à tous.

— Et comment compte se débrouiller Hirn pour escamoter en douce la moitié de la dette ?

— En la noyant, je suppose, dans une ligne capital-risque du Crédit Social de l'Est. C'est un peu gros, mais il est quand même le président de la banque. Et puis en ce moment, avec tous ces actifs toxiques...

— Qu'ils travaillent Hirn au corps ça je peux le comprendre mais pourquoi voulez-vous qu'ils s'acharnent contre vous ?

— Ils jouent sur les deux tableaux. Trouver un coupable ça leur permet aussi d'officialiser l'escroquerie et par conséquent aussi de faire inscrire les cent millions en perte sur le compte de résultat de cette année. Fiscalement ils peuvent de cette façon tout récupérer ou presque sur les prochains exercices en reportant le déficit d'année en année jusqu'à ce qu'il soit absorbé. Une façon de faire payer les pots cassés par les contribuables. Mais pour ça il faut que l'escroquerie soit avérée sur le plan judiciaire, et par conséquent il leur faut un coupable. Je suis le bouc émissaire tout désigné. Je n'en peux plus. Je ne dors plus. Même le Prozac ne me fait pas d'effet.

Il avait effectivement les traits tirés et un je-ne-sais-quoi de négligé dans sa tenue vestimentaire qui ne cadrait pas bien avec l'image de manager distingué qu'il avait donné de lui jusqu'ici.

— Et Nadine Schneider-Schmidt, comment réagit-elle ?

— Je ne sais pas, je ne l'ai pas revue, il paraît qu'elle a disparu.

— Disparu ?

— Elle n'était pas au dernier CA. Personne n'a de nouvelle d'elle depuis l'élection de ce fumier. Même Hirn commence à s'en inquiéter.

— Et personne ne sait où elle est ?

— Moi pas en tout cas.

Un couple de visiteurs étaient entrés dans la salle. Nelly entraîna Gerber vers la sortie et prit congé de lui.

— Bien entendu, faites moi signe si entre-temps vous avez des nouvelles de madame Schneider-Schmidt. Mais n'utilisez jamais vos téléphones fixes, ni votre portable et pas d'e-mail depuis vos ordinateurs personnels.

Et elle ajouta, avec un bon sourire encourageant mais dans le fond sans y croire tout à fait :

— Détendez vous, vous êtes sous notre protection, il ne peut rien vous arriver.

Dès qu'il fut parti Nelly appela Pénélope pour lui demander de la rejoindre à la cafétéria du musée. Il arriva dix minutes plus tard à vélo et elle lui fit le compte-rendu de l'entrevue avec Gerber qu'il écouta attentivement en touillant son chocolat.

— Assieds-toi au bord de la rivière et regarde passer le cadavre de ton ennemi, conclut il.

— Oui, c'est tout à fait ça. Les Marzolff sont des gens déterminés et patients.

— Ils savent aussi être très réactifs quand il le faut. En tout cas je trouve que leur hypothèse n'est pas mal du tout. ASS était impliqué dans l'escroquerie, il en était peut-être même le cerveau, et c'est un de ses complices qui l'a liquidé. J'aimerais bien savoir sur quoi ils se fondent pour l'accuser. Et s'ils ont une preuve, je ne comprends pas, maintenant qu'ils ont les pleins pouvoirs, pourquoi ils ne se précipitent pas chez nous pour porter plainte.

— Probablement parce qu'ils savent qu'ils tiennent le banquier. Hirn est beaucoup plus intéressant pour eux s'ils arrivent à le faire casquer tout de suite. Alors que le résultat d'une action judiciaire a toujours quelque chose d'aléatoire. Sans parler du temps que ça prend. Mais qu'ASS soit dans le coup de l'escroquerie ça me paraît un peu gros. Ça ne correspond pas au témoignage de Hirn.

— C'était son copain et si on raisonne uniquement sur la question du mobile, c'est tout à fait plausible. Un drame de partage de butin. Classique. Et si au lieu d'un règlement de compte familial, voire conjugal, on a affaire à la trahison ou la vengeance d'un complice, le pool des suspects s'élargit un peu. À Gerber par exemple.

— Si c'était le cas il n'aurait pas moufté. Le fait qu'il soit venu nous parler spontanément le blanchit d'office.

— Il arrive que ce soit le coupable qui prévienne les flics.

— Pas dans une affaire aussi énorme et aussi bien planifiée. Ce serait un risque tout à fait superflu.

— En tout cas on a perdu notre taupe. Qu'est ce que ça peut signifier qu'on l'ait viré aussi brutalement mais pas officiellement ? Qu'ils auraient effectivement des preuves contre lui ?

— Ça peut aussi tout simplement être du harcèlement moral, pour éviter de lui verser des indemnités de licenciement. Lui faire croire qu'ils vont arriver à le faire expédier en tôle, et puis finalement, quand il sera au bord du suicide, lui échanger leur silence contre sa démission. Il n'y a pas de petites économies.

Chapitre 19

La moisson de la perquisition était maigre. L'épluchage des cent trente-sept photocopies des archives personnelles de Fernand Meyer ne révéla pas grand-chose d'intéressant. L'essentiel de sa correspondance provenait de la Fédération des Incorporés de Force d'Alsace et de Moselle. Elle était constituée de rappels de cotisations, de rapports d'assemblées générales et d'invitations à des réunions dont un luxueux cocktail-dînatoire en lettres cursives dorées « sous le haut patronage de Valery Giscard d'Estaing, Président de la République », à l'occasion du trentième anniversaire de la libération de Strasbourg.

En bonne documentaliste de l'équipe, Bérengère se rendit au siège de l'association pour y poursuivre ses recherches et interroger d'autres membres qui auraient peut-être connu Meyer. Les deux Malgré-Nous de service, deux petits vieux rougeauds en costume-cravate, rosette à la boutonnière, ne se souvenaient pas de lui. Ils consultèrent un gros registre – "Le mémorial Tambov" – qui contenait les noms, communes d'origine et années de naissance de tous les anciens du camp, illustrés le plus souvent d'une photo d'identité. « Meyer Fernand, Schiltigheim, 1928 » y figurait bien. Un visage juvénile, inquiet, sous une casquette de SS qui paraissait bien trop grande pour lui. En 44 il avait seize ans, réalisa horrifiée Bérengère.

— On pouvait être incorporé de force dans les SS ? demanda –t-elle.

— Naturellement, lui rétorqua t-on sur un ton un peu excédé. Vous vous imaginez peut-être qu'on pouvait choisir notre corps d'armée ? C'était la guerre et on était annexés, nous, contrairement au reste de la France qui n'était qu'occupée.

Mais Bérengère ne se laissa pas démonter par cette mise au point.

— Je croyais pourtant qu'il fallait être volontaire pour entrer dans les SS.

— C'est un mensonge. C'est les gaullistes et les cocos qui ont essayé de faire croire ça, mais on y enrôlait aussi de force les Alsaciens. Et comme les nazis les considéraient, à juste titre, comme moins fiables on les mettait même souvent en première ligne.

Elle demanda l'autorisation d'examiner elle-même l'ouvrage, ce qui fut accepté avec un peu de réticence, vite dissipée par la présentation de sa carte tricolore. On l'installa alors à une petite table où elle put à loisir parcourir cette sinistre galerie de portraits de prisonniers sous le faible halo d'une lampe de bureau. À la lettre M elle tomba sur un jeune Adonis gominé en uniforme de la Wehrmarcht posant crânement avec un petit sourire insolent. « Marzolff Jean-Paul, Strasbourg, 1927 ». Elle sortit un appareil photo numérique de son sac à dos et reproduisit en macro le portrait du jeune soldat qu'elle s'empressa d'aller montrer à Pénélope.

— Oui c'est bien lui. C'est dingue, à part les rides et les cheveux blancs, il a très peu changé en soixante ans.

— D'après les renseignements que j'ai pu obtenir, ils étaient dans le même baraquement du camp 188 d'octobre 44 à la mi-45. Ils étaient une cinquantaine. Forcément ils se sont croisés.

Comme on pouvait s'y attendre, Victor n'était pas emballé par le projet de Pénélope de retourner interroger Jean-Paul Marzolff sur son passé militaire et ses relations de goulag.

— Belkala, c'est un peu léger comme motif, vous ne trouvez pas ? Le fait qu'ils aient été ensemble à Tambov ça n'en fait pas pour autant un assassin en puissance. Je pense que c'est tout à fait prématuré.

— Je crois que j'ai vraiment un bon contact avec lui. Je sais le mettre en confiance. Il me parle facilement.

— Je préfère que vous ayez d'abord quelques nouveaux biscuits. Plus consistants.

— Mais enfin Victor comment voulez-vous que je les trouve si je ne peux interroger personne ?

— Il y a des techniques modernes très au point pour obtenir discrètement des renseignements sur les gens. Il faut vivre avec son temps Belkala, mais vous, vous êtes un poète !

— Vous pensez à quoi ?

— La sonorisation, la vidéo, la prise en main à distance d'ordinateurs...

— Mais pour ça il faut des autorisations du parquet.

— Pas quand c'est juste pour tester du nouveau matériel.

— On a du nouveau matériel à tester ?

— Belkala vous comprenez vite mais il faut vous expliquer longtemps ! Si jamais il y a un problème, on aura eu du matériel à tester.

Pénélope était estomaqué. Le patron avait disjoncté.

— Enfin Victor, vous ne pensez pas sérieusement ce que vous dites ?

— Écoutez Belkala, moi j'essaye de vous aider, maintenant si vous préférez bricoler, c'est vous qui voyez.

— Je suis... extrêmement surpris.

— J'ai changé d'avis, ça arrive, non ? J'ai réfléchi à tout ça et il y a un truc qui me travaille. Je n'arrive pas à m'enlever de la tête que Meyer est mort quelques jours après qu'on ait arrêté l'enquête et que si on l'avait continuée il serait peut-être encore en vie aujourd'hui. C'est pas sûr, mais qui sait ?

— Oui, c'est vrai et à ce propos on a aussi quelques inquiétudes au sujet de la veuve Schneider-Schmidt dont on est sans nouvelles depuis quinze jours.

— Ah bon ? Je croyais pourtant vous avoir interdit de vous occuper d'elle.

— C'est ce qu'on a fait mais on a eu entre temps un témoignage spontané. Enfin, presque.

— Et vous êtes sûr de votre témoin spontané enfin presque ?

— Oui, tout à fait. Il a toutes les raisons d'être parfaitement discret.

Pénélope expliqua le rôle de Gerber et les raisons pour lesquelles ils n'avaient rien à craindre de lui. Victor était perplexe. Il jouait nerveusement avec le bouton clic-clic de son stylo à bille en regardant dans le vague.

— Il manquerait plus qu'on se retrouve avec un troisième cadavre sur les bras. Vous imaginez ! En même temps, un adulte qui quitte le circuit pendant quelques semaines, après le décès de son conjoint, c'est pas forcément alarmant.

Mais vous pourriez quand même essayer de voir s'il y a des mouvements sur ses comptes.

— C'est en cours.

— Évidemment entre Tambov et les changements à la tête d'Alsafood, ce Marzolff devient un type tout à fait intéressant, je vous l'accorde. Seulement voilà, on a interdiction de s'y intéresser. C'est malheureux, mais c'est comme ça.

Victor les mains dans les poches arpenta en long et en large son immense bureau signe chez lui d'un état de préoccupation et de réflexion intense.

— Vous ne voulez pas en rediscuter avec le préfet ? lui suggéra Pénélope.

— C'est vous qui me dites ça, Yacine ? Au fond de vous-même, vous pensez vraiment que c'est une bonne idée ?

— Non, bien sûr, dut admettre Pénélope, mais même techniquement ce que vous proposez n'est pas très facile à réaliser. Marzollf est un homme très mobile. Est-ce qu'une bonne vieille filature ne serait pas plus appropriée ?

— Ça bouffe trop de temps. En plus avec les trente-cinq heures...

L'équipe Belkala s'était donné rendez-vous pour boire un pot après le boulot place du Marché Gayot chez *Rambo-Limonade* ainsi surnommé à cause des manières para-commando d'un ancien patron de l'établissement qui n'hésitait pas à molester les clients avinés ou ceux qui tout simplement ne lui revenaient pas. C'est sans doute l'une de ses victimes qui s'était vengée une nuit en inscrivant à la peinture rouge, sur toute la longueur de la façade de son bistrot : « Rambo-Limonade ». Le mot-valise qui tue.

Un facétieux sobriquet immédiatement adopté par toute la clientèle. L'autorité du taulier en fut définitivement ruinée et peu de temps après il vendit son fonds pour aller boire sa honte ailleurs. Malgré plusieurs changements de direction, le bar-café *Le Gayot* était resté pour ses habitués, chez *Rambo-Limonade*.

— Victor est quand même un type imprévisible ! s'étonna Bérengère après que Pénélope eut résumé leur entretien.

— Sur ce coup là, il a 100 % raison, déclara Bernard. En refusant d'utiliser tous les moyens à notre disposition on se rend peut-être responsables d'autres meurtres.

— Comment tu verrais les choses, pratiquement ? lui demanda Pénélope sans enthousiasme.

— Pour Alsafood ça dépend de ce que tu veux, des images ou juste du son ?

— Du son, ça suffira.

— Alors c'est fastoche, on a juste besoin d'un petit coup de main de Gerber. Pour lui, planquer des micros miniatures dans la salle de réunion du conseil d'administration ou le bureau du président, ça doit être un jeu d'enfant, si on les lui prépare bien. On a un truc grandiose, un micro miniature qualité hifi enrobé dans un granulé de substrat à planquer dans une plante. Y en a toujours dans les bureaux.

— Gerber est hors du coup, on a perdu notre taupe.

— Ah ça c'est emmerdant, il faut absolument qu'on trouve quelqu'un d'autre pour entrer dans la boîte et faire le plombier. Ton pote journaliste, le guitariste, il pourrait pas y aller sous prétexte d'interviewer le nouveau boss ?

— Enfin, Bernard c'est pas son boulot ! protesta Pénélope. Et puis il est bassiste. Le guitariste c'est moi.

— Ça peut juste être un échange de petits services. J'ai lu que le troc c'était de nouveau tendance. Il a pas d'autobloquants à poser dans sa baraque ? Je suis devenu le *king* du pavé autobloquant. Je fais mes trois mètres carrés à l'heure, pause bibine incluse.

— Tu as vraiment une drôle d'image des journalistes ! Non mais tu me vois lui demander ça ? En plus j'imagine qu'une boîte de cette taille est équipée de détecteurs et de brouilleurs.

— T'inquiète pas pour ça on a du bon matos.

— Et pour les surveillances plus ciblées ?

— Monsieur, nous avons des solutions individualisées parfaitement adaptées à tous vos besoins, je m'en occupe personnellement.

— Ça c'est pas un truc de nature à nous rassurer, lui lança Bérengère.

— Hé poupée, tu me lâches ! Moi je t'ai pas pourri tes plans drague avec les anciens de Tambov !

— Moi aussi je me sens un peu "malgré-moi" sur ce coup-là, dit un peu tristement Pénélope.

— Arrête ! T'as qu'à faire un don anonyme à la CNIL si t'as mauvaise conscience mais franchement, vu les circonstances, tu devrais pas.

Bernard était aux anges, Pénélope commençait à capituler et on allait enfin pouvoir passer aux choses sérieuses. Il savourait en silence son Viandox et sa victoire sur ses collègues technosceptiques quand Jo fit irruption dans le bistrot et se faufila l'écharpe au vent entre les tables pour les rejoindre.

— J'ai du nouveau jeunes gens !

Jo n'était pas aussi fan de bistrots qu'eux et il était extrêmement rare qu'il accepte de les accompagner pour l'apéro. Aussi sa venue était-elle le signe qu'il avait des choses vraiment importantes à leur dire et ils étaient tous les trois suspendus à ses lèvres. Il profita de l'effet produit et le fit durer en négociant longuement sa consommation avec Fred, le garçon, une boule de nerf chevelue échappée d'un groupe de heavy-metal qui avait du mal à admettre qu'un homme puisse boire autre chose que de la bière.

— Vous avez de l'Earl Grey ?

— C'est quoi ?

— Bon, je suppose que vous n'en avez pas. Qu'est ce que vous avez comme thé ?

— Verveine-menthe, tilleul...

— Non, ça c'est de la tisane.

— C'est tout ce qu'on a.

— Bon, je vais réfléchir.

Bernard craqua le premier.

— Tu sais Jo, pour le truc que t'as à nous dire c'est quand tu veux. Demain ou après-demain ça ira aussi.

— Les dollars ! leur lança t-il mystérieux.

— Quoi, les dollars ?

— Ils sont bons, pas de problème de ce côté-là. Je ne sais pas pourquoi, ça doit être un souvenir d'enfance, mais le coup de la cachette dans les pages d'un bouquin, moi ça m'a fait immédiatement penser à un herbier. Pas vous ? Une méthode de séchage. Alors j'ai commencé par tester la teneur hygrométrique des billets et comme je l'avais soupçonné, elle est très élevée. Les fibres du papier contiennent encore dans les couches profondes une bonne quantité d'eau. Et cette eau provient sans aucun doute du canal. Les analyses comparatives des molécules sont formelles.

— Ça veut dire quoi ? demanda Bérengère.

— Que Fernand avait un super coin, ironisa Bernard. Un jour il repêche le cadavre du roi de la bouffe pour clebs et le lendemain six mille dollars en liquide...

— Il est plus probable qu'il ait trouvé les deux en même temps. La doublure, Jo, la doublure ! s'emballa Pénélope.

— Quoi la doublure ?

— La déchirure dans la doublure de sa veste ! Quand vous êtes arrivés sur les lieux, le corps d'ASS était où ? Sur le bord ou dans l'eau ?

— Dans l'eau tout près du bord.

Pénélope était d'un seul coup très excité.

— Imaginez ! Fernand remonte le cadavre d'ASS à la surface avec sa ligne. Il a sa veste ouverte gorgée d'eau et il remarque un truc qui fait saillie sous la doublure. Il se dit que si le gars a planqué quelque chose dans sa doublure c'est que ça doit avoir de la valeur. Alors il ramasse un cutter dans sa boîte à pêche, c'est le genre d'objet qu'on doit trouver dans un attirail de pêcheur, il y a toujours un truc à couper. Il prend donc son cutter, donne un coup dans la doublure, récupère l'argent ni vu ni connu, re-flanque le corps à l'eau et nous appelle.

Jo était un peu dubitatif.

— C'est un comportement un peu atypique quand on trouve un cadavre que de commencer par le détrousser.

— Il avait l'haleine chargée, souviens-toi. L'alcool est un désinhibiteur.

— Et puis c'était quand même un ancien de Tambov, ajouta Bérengère.

Jo abandonna sa gentleman-attitude pour endosser le rôle de l'Alsacien outragé.

— Ma chère, ce n'est pas très politiquement correct, surtout en ce moment, d'insinuer que les Malgré-Nous sont des détrousseurs de cadavres.

— Mais on sait que pour survivre dans les camps ils ont dû quelquefois dépouiller leurs camarades morts. Je voulais juste dire que c'est un tabou qui pour beaucoup d'entre eux est tombé à ce moment-là.

— Moi, dit Bernard, je suis comme Jo, malgré Tambov je trouve ça quand même un peu tordu. Cinquante ans après, un petit vieux, même un peu pompette, qui tombe sur un cadavre, son premier réflexe c'est pas de lui faire les poches. D'ailleurs il ne lui a même pas fait les poches, sinon il aurait aussi pris le larfeuille.

— Ça confirme donc que l'argent n'était pas dans les poches. Et s'il n'était pas dans les poches, c'est qu'il était ailleurs.

— Oui, concéda Bernard, c'est vrai, ça se tient. Mais qu'est-ce qu'ASS aurait bien pu faire de six mille dollars planqués sous la doublure de sa veste ? C'est pas très commode comme moyen de paiement. En plus il avait une American Gold.

— Jo, je repense à un truc. Quand tu m'as présenté Meyer, le jour de l'identification, tu te souviens il s'est approché de nous et toi tu étais en train de m'expliquer que le coup de la noyade ne tenait pas. Tu crois qu'il a pu entendre ce qu'on disait ?

— Ça dépend de la finesse de son ouïe. C'est vrai qu'on ne faisait pas très attention à lui.

— Parce que c'est peut-être ça qui lui a mis la puce à l'oreille. Et sur le corps outre les dollars, il a trouvé quelque chose, un indice qui l'a renseigné sur l'identité de l'assassin.

Il l'a contacté, l'a fait chanter, lui a donné rendez-vous dans son jardin pour se faire remettre encore plus d'argent et l'autre l'a liquidé.

— Classique en effet. Mais quelle pourrait être la nature de cet indice ? se demanda Jo à voix haute. La seule indication qu'on peut prendre en compte c'est que c'était un objet qui pouvait être dissimulé sous la doublure.

— Une carte de visite ?

— Une lettre ?

— Un autre portefeuille avec des documents ?

— Ça peut être un tas de trucs ! C'est le *schmilblik*, dit Bérengère un peu découragée.

— Et puis on a fouillé sa gloriette, perquisitionné chez lui et on n'a rien trouvé, ajouta Pénélope.

— En même temps c'est pas étonnant, fit remarquer Bernard, la mère Meyer est une vraie maniaque du plumeau, vous avez vu c'est nickel, elle a l'œil partout. Elle doit passer ses journées à ranger et faire le ménage. Je vois pas bien où il aurait pu planquer quelque chose dans l'appart', à part dans ses bouquins en russe, le seul truc qu'elle devait jamais regarder.

— Mais si c'est pas dans l'appart', ni dans la cave, ni dans la gloriette, c'est où ? soupira Bérengère.

Pénélope se leva et paya les consommations.

— C'est exactement à ça qu'il faut qu'on réfléchisse.

— En attendant Pénélope, demanda Bernard, qu'est ce que je fais pour les grandes oreilles ?

— Et ben vas-y, lui répondit-il à regret.

Chapitre 20

La ligne fixe de Jean-Paul Marzolff avait été mise sous écoute selon la méthode classique. Un sucre émetteur branché sur une bretelle dans le boîtier de répartition de France Telecom. Mais pour pouvoir surveiller en douce ses conversations sur son portable, Bernard avait adopté la technique du Cheval de Troie. Il avait fait bidouiller par Big Brother un *Vertu V.I.P.* en série limitée : boîtier inox poli et céramique gainé de cuir Havane, écran en cristal de saphir et touches en nacre. Le Stradivarius de la téléphonie mobile. Il l'avait ensuite soigneusement replacé dans son coffret d'origine puis adressé accompagné d'une lettre à l'en-tête d'un grand opérateur qui félicitait M. J.-P. Marzolff, « l'heureux gagnant par tirage au sort de ce téléphone portable d'une valeur de cinq mille euros – le même exactement que celui de Madonna et de David Beckham – et d'un forfait illimité ». Son nouveau numéro était indiqué sous une case à gratter.

C'était un coup un peu cher et assez risqué mais ça avait marché. Même le riche homme d'affaires avait mordu à l'hameçon, cédé au charme du petit cadeau tombé du ciel. Deux jours après il étrennait son nouveau jouet.

Grâce à la puce piratée et au micro-espion installé dans l'appareil, on pouvait connaître instantanément les coordonnées de ses interlocuteurs, lire ses SMS et écouter toutes les conversations qui étaient à la fois re-dirigées en temps réel sur le portable de Bernard et enregistrées sur un ordinateur à l'aquarium. Bien évidemment les enquêteurs ne pourraient se prévaloir de renseignements obtenus dans de telles conditions. Mais enfin, ils se renseignaient...

Après une semaine, les écoutes n'avaient cependant fourni aucun début d'indice sur une éventuelle implication de l'aîné des Marzolff dans l'assassinat de Fernand Meyer, dont le nom ne fut même jamais prononcé. En revanche elles révélèrent que c'était bien lui désormais, le véritable patron d'Alsafood. Il dirigeait la boîte à distance et par procuration, donnant tout à fait explicitement des ordres à son demi-frère Antoine, le nouveau PDG en titre.

Mais Antoine faisait de la résistance. Il n'était pas le dilettante que tout le monde croyait. Il avait un bagage économique et commercial bien plus élevé que ce que ne laissait supposer ses années de frasques sub-tropicales et sa production poétique. En plus, il avait visiblement potassé ses dossiers. À la faveur des conversations téléphoniques entre les deux hommes, les enquêteurs acquirent la certitude qu'il y avait bien longtemps que les frères Marzolff s'étaient préparés à cette succession à la tête d'Alsafood et distribué les rôles. Bien avant même la mort d'ASS. Mais ils n'avaient pas les mêmes idées sur la gestion de l'entreprise. Antoine qui s'exprimait toujours avec beaucoup de calme était un pragmatique. Il souhaitait se couler dans le moule managérial mis au point par Schneider-Schmidt qui avait fait ses preuves. Pour cela il préconisait de continuer à s'appuyer sur les collaborateurs les plus proches d'ASS, comme Gerber. Or Jean-Paul ne voyait pas les choses de cette façon. Il tenait à marquer son nouveau territoire, acquis de haute lutte, par quelques changements radicaux à la tête du groupe. Et puis il avait trois enfants à caser. À commencer par l'aîné, Fabien, justement à la place de Gerber dont le licenciement était dans les tuyaux. Il apparut cependant, dans les coups de fil de Jean-Paul à son fils, que ledit Fabien n'était pas seulement là pour faire office de directeur financier mais aussi pour surveiller en douce son oncle président.

La seule chose sur laquelle tout le monde tombait d'accord, c'était le sort réservé à Hirn, le banquier du groupe qui avait le toupet de s'en prétendre aussi le créancier. Le temps n'était plus à la négociation. Les nouveaux maîtres d'Alsafood ne reconnaissaient tout simplement plus la dette. Mieux, ils sommaient le président du Crédit Social de l'Est de leur restituer avant la clôture de l'exercice comptable, le 31 décembre, leurs trente millions de fonds propres perdus dans le faux rachat d'IGB, faute de quoi ils le dénonceraient. Une menace qui semblait beaucoup inquiéter Hirn. Les Marzolff avaient d'ailleurs parfaitement perçu son désarroi. Quelques minutes seulement après lui avoir signifié l'ultimatum, Jean-Paul appela Antoine pour se féliciter de l'avantage de leur situation et il lâcha une petite remarque sibylline. « Armand a bien balisé le terrain, dommage qu'il n'ait pas su en profiter. »

Les enquêteurs écoutèrent et réécoutèrent cette petite phrase une bonne centaine de fois. Mais ils étaient incapables de dire si le ton de ces propos pour le moins ambigus tenait de l'ironie macabre ou du sarcasme teinté de regrets éternels.

— Peut-être qu'ASS et les frères Marzolff étaient complices de l'escroquerie, proposa Bérengère.

Une perspective que n'excluait pas Nelly.

— Trois semaines pour maîtriser la direction d'une boîte aussi grosse ça tient du prodige, dit elle. Il faut qu'ils s'y soient sérieusement préparés. Et à quoi pouvait bien servir de se préparer à une succession qui n'était pas ouverte si ce n'est justement parce qu'ils avaient envisagé d'en créer les conditions ? Supprimer l'homme qui était aux commandes...

Bernard n'avait pas d'avis, mais il se régalait de la vague d'excitation qu'avait déjà provoquée son installation. Par contre Pénélope qui trouvait ces spéculations gratuites et infructueuses en profitait pour repartir à la charge et émettre des doutes sur la méthode.

— C'est tout le problème des écoutes. On récupère des infos qui paraissent intéressantes mais qu'on est incapables d'interpréter hors contexte.

En attendant Hirn n'avait plus que trois petites semaines pour s'exécuter et faire re-basculer en douce trente millions d'euros sur le compte d'Alsafood. Ces informations qu'ils n'étaient pas censés connaître mettaient les enquêteurs dans l'embarras car ils savaient que le seul moyen dont disposait désormais le banquier pour céder aux exigences des Marzolff était une malversation au détriment de sa banque. Devaient-ils intervenir pour l'empêcher ?

— Mais comment peut-il envisager de faire émigrer une telle somme en si peu de temps et sans que ça se voit ? Demanda Pénélope à Nelly.

— Oh tu sais le Crédit Social de l'Est a un *turn-over* d'environ six milliards d'euros par an. Il y a bien des façons d'y noyer trente petits millions. Ça peut aller d'une ligne bidon de capital-risque jusqu'à la création de frais de tenue de compte fictifs répartis sur l'ensemble des comptes. Quelques centimes d'euros par-ci par-là, ni vu ni connu. Ça finit par faire des grosses sommes.

— C'est risqué, non ? il suffit d'un client pointilleux.

— Tu connais beaucoup de gens qui épluchent à ce point leurs extraits de compte et surtout qui comprennent la logique de facturation des services de leur banque ? C'est une pratique beaucoup plus courante que tu ne le penses.

Ils décidèrent à l'unanimité qu'il fallait d'urgence aller reparler à Hirn. Sans passer par la case Victor. Nelly s'en chargea discrètement. Elle l'appela au siège du Crédit Social de l'Est et lui proposa un rendez-vous « dans un endroit tranquille où nous pourrons causer ».

Cette réunion au sommet, c'est le cas de le dire, eut lieu le soir même au stade de la Meinau, en haut de la tribune debout. Les derniers gradins étaient déserts malgré une belle affiche : le Racing recevait le Paris Saint-Germain, leader de la division 1. Mais le froid avait découragé une bonne partie du public et seuls quelques milliers d'irréductibles supporteurs s'étaient entassés au plus près de la pelouse. Dans des effluves de café-rhum, ils braillaient des « allez, allez les bleus » sur l'air de « Venez danser Milord ». Au premier rang une poignée de néo-nazis en treillis hurlaient des slogans racistes.

— Vous laissez faire ces salopards ? s'insurgea Hirn.

Plus habitué aux loges chauffées du carré Business Class de la tribune d'en face, il battait la semelle, emmitouflé dans une parka fourrée avec autour du cou l'écharpe bleue du club.

— Ne vous inquiétez pas, nous les surveillons de près. Il y a deux de nos gars parmi eux. Ils travaillent sur la filière des profanateurs de cimetières juifs et musulmans. Monsieur Hirn, figurez-vous que si j'ai eu envie de vous rencontrer, c'est pour prendre de vos nouvelles.

Hirn déconcerté par cette curieuse entrée en matière observa longuement Nelly avant de répondre.

— Je vais bien, merci.

— Comment s'arrangent vos affaires avec Alsafood ?

— Écoutez, Madame, je suis désolé mais j'estime que cela ne vous concerne pas.

— Détrompez-vous, cela nous inquiète même beaucoup. Pour vous surtout. Nous savons que vous avez perdu la partie et nous craignons que vous ne commettiez une bêtise dans les semaines à venir.

— Je ne vois pas ce qui vous permet d'imaginer cela.

— Deux chiffres. Qui se suivent. Trente et trente et un. Trente millions et trente et un décembre.

Le banquier était battu. Et abattu.

— En effet, vous êtes bien renseignée.

— Encore mieux que vous ne le pensez, et mieux sans doute que vous ne l'êtes vous-même. Nous avons d'excellents informateurs. Comment comptez-vous vous en sortir ?

Nelly avait posé cette question avec une sympathie qui invitait à la confidence et elle ajouta :

— Cette petite discussion est, vous vous en doutez bien, tout à fait informelle.

Hirn, en négociateur avisé, saisit la perche qu'elle lui tendait.

— Si c'est ça permettez-moi de vous demander ce que vous me conseillez, vous, de faire ?

— Bonne question, Monsieur Hirn, et qui va nous faire gagner pas mal de temps. Et bien je vous propose simplement de porter un regard neuf sur votre situation personnelle dans le cadre de toute cette histoire. De bien dissocier les choses. Considérer qu'il y a dans ce dossier, deux aspects, deux volets. D'une part incontestablement une négligence de votre part, une faute professionnelle qui risque de vous valoir une sanction. Mais une sanction professionnelle uniquement. D'autre part une escroquerie, un délit pénal, dont votre banque est désormais la seule victime si l'on s'en tient au scénario que veulent imposer les Marzolff.

— Les Marzolff ?

— Ne jouez pas les naïfs s'il vous plaît. Vous êtes donc parfaitement fondé à porter plainte au nom du Crédit Social de l'Est. Vous le devez même, en principe.

— Porter plainte ? Mais contre qui ?

— Contre X. À moins que vous n'ayez une meilleure idée.

— Non.

— X ça ne vous engage pas à grand-chose et nous ça nous suffit pour ouvrir une enquête.

Hirn était sonné. Il venait de réaliser qu'il était coincé de tous les côtés. Il tirait nerveusement sur un cigare et regardait mollement le terrain avec des yeux où la détresse le disputait à la lassitude.

— De toute façon je suis foutu.

— Non, vous avez encore deux choix possibles. Au pire le chômage, si votre conseil d'administration manque d'indulgence. La prison à coup sûr si vous cédez au chantage des Marzolff.

— Mais qui me dit que ce ne sera pas les deux ?

— Moi. Croyez-moi dans le genre de duel qui vous oppose aux Marzolff, c'est toujours celui qui tire le premier, celui qui rompt le silence, qui s'en sort le mieux. Et puis il y a notre petit marché, souvenez vous. Nous sommes tout prêts à vous aider. Sauf, bien entendu, si vous nous avez menti et que l'enquête révèle que vous êtes vraiment lié à l'escroquerie.

— Non, bien sûr. Mais pourquoi vous faites tout ça ?

— Par pure conscience professionnelle. Ça s'appelle de la prévention. Ça fait aussi partie de nos missions d'éviter, quand c'est possible, que de nouveaux délits soient commis.

Même si le banquier n'était pas complètement convaincu par cette explication qui frisait le catéchisme, il se laissa peu à peu fléchir.

— Concrètement qu'est ce que vous me demandez de faire ?

— Je vous suggère de convoquer le plus vite possible votre conseil d'administration, de tout leur raconter et de venir ensuite me trouver officiellement. C'est un mauvais moment à passer, j'en suis parfaitement consciente, mais ensuite vous serez libéré, croyez-moi.

Hirn semblait pourtant hésiter.

— Qu'est ce qui pose problème ? Toujours madame Schneider-Schmidt ?

— Je n'ai aucune nouvelle d'elle depuis bientôt un mois.

— Pas de nouvelle, bonne nouvelle.

— Je ne sais pas.

— Réfléchissez bien, monsieur Hirn, votre prévenance et votre galanterie vous honorent mais êtes vous sûr de la connaître si bien que ça ? En tout cas devant le tribunal vous serez tout seul.

Ce coup-ci, Nelly le sentait, elle avait porté l'estocade. Semé le doute chez le banquier. Les hommes en bleu aussi vivaient un martyre sur la pelouse à laquelle les puissants projecteurs halogènes donnaient une belle couleur vert fluo.

— On dirait que les Parisiens se baladent, fit remarquer Nelly.

Ils ne se contentaient pas de se balader, ils campaient carrément dans la surface de réparation du Racing et menaient déjà par trois à zéro au coup de sifflet de la mi-temps.

— Bon c'est d'accord, vous avez gagné. Je serai dans votre bureau demain.

Chapitre 21

— Allo Victor ? c'est Belkala. Je vous appelle parce que j'aurais besoin qu'on fasse un petit point avec Maman sur nos enquêtes en cours.

— Oui, très bien, quand vous voulez. À propos est ce que vous avez des nouvelles de la veuve Schneider-Schmidt ?

— Oui, toutes fraîches. Hier elle a fait pour environ 87 euros de shopping au Casino de Valence. Elle séjourne dans la Drôme, près de Crest, dans une maison qu'ils venaient d'acheter.

— Vous l'avez mise sous surveillance ?

— Non, à part ses comptes, rien. Vous me connaissez. L'affaire ASS est classée.

— Je suis content de vous l'entendre dire.

— Ceci dit, on risque quand même de devoir y retourner. Hirn vient de porter plainte contre les Marzolff sur des faits assez graves, me semble-t-il.

Le sang de Victor ne fit qu'un tour.

— Quels genres de faits ?

— Escroquerie et tentative de chantage.

Dans l'heure qui avait suivi, un conseil de guerre avait été improvisé dans le bureau de Victor pour décider de la suite à donner à ce rebondissement. Il y avait deux options en débat. Maman, comme d'habitude, n'y allait pas par quatre chemins. Elle voulait qu'on ne perde pas de temps, qu'on fonce à Alsafood pour interroger son nouveau président. Victor avait une approche beaucoup plus prudente.

— On n'est pas obligé de se précipiter. Tout le monde sait que la justice est lente et que la police manque de moyens. On a quelques jours devant nous pour réfléchir.

— Enfin, Victor de quoi vous avez peur ? lui demanda Maman.

— Je ne sens pas ces gens-là. Je les crois encore capables d'un coup tordu.

— Mais-là on a enfin une plainte déposée par l'un d'entre eux et pas des moindres. Le président du Crédit Social de l'Est en personne. Une brèche est ouverte, et de toute façon il est de notre devoir d'instruire cette plainte.

Victor gagnait du temps, argumentait.

— Les frères Marzolff nous ont menti sur toute la ligne. Ils ont prétendu être tous les deux complètement hors du coup, or ils connaissent l'entreprise sur le bout des doigts. Ils la dirigent même désormais ensemble. Et vous savez comme moi que l'aîné, Jean-Paul, a de très chers amis jusqu'au sommet de l'État.

Maman qui n'était pas tombée de la dernière pluie demanda avec pas mal d'insistance comment il se faisait qu'ils disposent de renseignements aussi précis sur la nouvelle direction d'Alsafood. Victor décocha à Pénélope un regard qui valait un coup de pied sous la table. Message reçu cinq sur cinq.

— En fait ce ne sont que d'intimes convictions, précisa Victor. Mais elles découlent d'une analyse de la situation qui nous semble logique à partir des éléments dont on dispose.

La juge n'était visiblement pas tout à fait convaincue par cette explication mais elle baissa la garde sans demander de précisions. De son côté Victor se livra à une ultime tentative de retraite.

— Je pense qu'il faut bien réfléchir avant d'entreprendre des interrogatoires à Alsafood. Je ne suis pas certain que le préfet approuve cette initiative.

— D'abord, personnellement, je me fous de l'avis du préfet. Ensuite le plaignant est quand même le président de la principale banque de la région. Un acteur économique de tout premier plan. Ça change tout de même un peu la donne, non ? Pour nos supérieurs aussi, vous ne croyez pas ? Et toi Yacine, qu'est-ce que tu en penses ?

— J'ai une position un peu intermédiaire. Je crains, comme Victor, leur carnet d'adresses mais je pense aussi comme vous qu'il faut absolument donner une suite rapide à la plainte. Peut-être qu'on pourrait trouver un compromis. Une approche light et indirecte pour commencer.

Maman était intriguée.

— Tu penses à quoi ?

— On pourrait aller interroger Antoine Marzolff mais sans trop l'inquiéter, en évitant de laisser filtrer l'ampleur de nos soupçons. Dans un premier temps lui faire le numéro du flic inoffensif pas très futé.

— Tu te sens capable de faire ça ? demanda Maman.

— Oui mais je ne peux pas, j'ai déjà rencontré l'un des Marzolff. Même s'il n'est pas sur place, il risque de se souvenir de moi si on lui dit mon nom ce qu'on ne manquera pas de faire. Mais on pourrait envoyer Bernard.

Bernard adorait ce genre d'opération spéciale. Il avait adopté pour la circonstance sa tenue « Pied Nickelé ». Santiags, chemise et cravate fantaisie, et par-dessus une doudoune de ski qui laissait entrevoir le holster de son arme de service. Il observait goguenard, à travers les vitres du hall d'entrée, le va-et-vient des camions Alsafood sur l'immense parking de l'usine. Une armada de semi-remorques frigorifiques chargés jusqu'à la gueule de croquettes pour chien. Ils partaient ou revenaient de Dublin, Helsinki, Vladivostok, Athènes, Rome, Arcachon... La standardiste interrompit sa rêverie.

— Le Président vous attend. Vous prenez l'escalier à droite, vous montez deux étages, son bureau est au fond du couloir. La dernière porte à gauche.

Histoire de se mettre en condition et de tester son personnage, Bernard lui fit répéter trois fois ses explications avant de lui lancer un clin d'œil appuyé et le « vous terminez à quelle heure ? » assorti, auxquels elle répondit par un haussement d'épaules.

C'est Antoine Marzolff en personne qui lui ouvrit la porte de son bureau et qui l'accueillit avec une courtoisie toute commerciale à laquelle semblait quand même se mêler un peu de surprise et de contrariété.

C'était un play-boy vieillissant au visage bronzé et marqué par toutes sortes d'abus. Il avait des cheveux longs poivre et sel noués en catogan et portait une tenue très Goa. Longue veste indienne à col mao boutonnée jusqu'au cou, jean's écru et baskets de luxe en cuir violet. Ce petit côté carnavalesque évoquait davantage le photographe de mode ou le gourou de secte New-Age que le leader mondial du fast-food canin. Pourtant dans cette élégante et spacieuse pièce lambrissée d'acajou et moquettée en laine caramel tout rappelait l'activité de la maison. Sur le bureau présidentiel trônait fièrement un os stylisé plaqué or monté sur un socle en marbre, une distinction professionnelle. Les murs étaient couverts de posters publicitaires pour le produit phare d'Alsafood, les Doggets, « les croquettes des vedettes ». On y voyait des épagneuls, dobermans, dogues, boxers et setters Irlandais en train de se goberger sous le regard attendri de stars de la chanson, du sport ou de la politique et même une gloire du X dans le plus simple appareil. Bernard, les mains dans le dos, comme un visiteur de musée inspiré, alla la contempler de plus près.

— C'est pour le marché italien, lui précisa le maître des lieux.

— Canon ! Si jamais elle vient passer la nuit chez moi, elle dormira pas dans la baignoire. Inspecteur Langlois du SRPJ.

— Antoine Marzolff, que me vaut cette visite ?

— Rien de grave, rassurez-vous. C'est comme qui dirait une petite enquête de routine.

Le PDG le pria de s'asseoir. Bernard sorti de sa poche intérieure un petit bloc-notes crasseux et chiffonné qu'il se mit à feuilleter frénétiquement.

— Voyons, voyons... ouais en fait, faut que je vous explique. Normalement c'était pas à moi de m'occuper de ça, c'est un autre collègue qu'aurait du venir. Mais bon, il est délégué syndical, vous voyez ce que je veux dire ! Il en branle pas une. Et qui c'est qui s'y colle ? Bibi. On me refile deux-trois notes, une photocopie de la main courante et vas-y démerde-toi avec ça. Donc voilà, si j'ai bien compris, un individu s'est présenté hier spontanément chez nous, un certain Hirn Roland, employé de banque...

Bernard vit un sourire s'esquisser sur le visage jusqu'ici renfrogné du PDG.

— Il est venu se plaindre d'une escroquerie dont il aurait été la victime. Il nous a raconté un tas de salades et on aimerait bien essayer de débrouiller un peu tout ça parce qu'il nous a paru un peu chtarbé. Vous le connaissez ?

— Oui, il a été longtemps le banquier du groupe.

— Ah ! Et il ne l'est plus ?

— Non, nous avons dû nous en séparer.

— Parce qu'il est givré ?

— Disons qu'il était devenu envahissant.

— Ah !

— Oui, nous avons eu un petit différend en affaires. Il faisait le siège pour tenter de nous imposer un crédit dont nous n'avions pas besoin.

— Ça vous avez bien raison de pas vous laisser avoir. Moi je me suis fait fourguer comme ça y a cinq ans un prêt revolving. J'avais rien demandé. Je me suis payé deux-trois conneries avec. Un canapé, une télé à écran plat, quinze jours aux Canaries dans un hôtel bourré d'Allemands, et ben je rembourse encore.

Calé dans son fauteuil présidentiel, Antoine était un peu ahuri. Il trouvait qu'on faisait un bien mauvais usage des impôts en recrutant des flics pareils. Il fit des efforts surhumains pour tenter de se mettre à son niveau.

— Là, ce n'est pas tout à fait la même chose. À vrai dire c'est même un peu plus compliqué. Monsieur Hirn prétendait nous faire contracter cet emprunt pour rembourser à sa banque, le Crédit Social de l'Est, une importante somme qu'il prétendait avoir prêtée à notre groupe du temps de mon prédécesseur. Je ne sais pas si vous me suivez.

— Si, si, vous faites pas de bile.

— Le problème est que mon prédécesseur est décédé il y a un peu plus d'un mois et que personne n'est au courant de cette opération. Par ailleurs il n'existe aucune trace comptable de cette somme, ni aucun acte écrit relatif au prêt. Par conséquent je me considère comme légitimement fondé à douter de sa réalité et pour répondre à votre question, oui, je me demande parfois si Monsieur Hirn n'est pas, en fait, un peu, disons... perturbé.

Bernard prit des notes hésitantes, avec force grattements de tête, en réfléchissant à voix haute.

— Vous diriez quoi ? qu'il est mythomane ?

— Je ne sais pas, je ne suis pas psychiatre.

— Ouais. Je vais quand même mettre mythomane et si après on trouve mieux je changerai.

— En tout cas ce que je peux dire c'est qu'il se livrait à une forme de harcèlement extrêmement désagréable à notre encontre.

— Votre encontre ?

— Oui, enfin à l'encontre de notre société.

— Bon je vais noter ça aussi. Oh vous avez un yucca ! J'adore les yuccas. J'en ai un aussi mais pas aussi beau que celui-là. Je peux voir ?

Et sans attendre la réponse, Bernard se leva et se dirigea vers la plante qui montait la garde à côté de l'immense baie vitrée. Puis il s'accroupit devant son bac en plastique blanc dont il se mit à trifouiller le contenu.

— Vous mettez des granulés ? Et ça marche ? Ah mais non je suis con il est en plastique. Mais il est vachement bien imité. Bon, où on en était ? Ah, oui vous me parliez de votre prédécesseur. Vous me disiez qu'il s'appelait… ?

— Armand Schneider-Schmidt.

— Ah oui, c'est ça et il a été assassiné je crois ?

Dans la voiture où Pénélope, Bérengère et Nelly écoutaient l'entretien à distance en faisant circuler un thermos de chocolat chaud et des biscuits de Noël. Bérengère explosa.

— Quel crétin ! Il peut pas s'empêcher de faire de la provoc !

Mais Bernard surfa sur la demie-seconde d'effarement d'Antoine et fit aussitôt mine de compulser son carnet.

— Ah, non, merde, je me suis gouré d'affaire. Autant pour moi. Qu'est ce qui lui est arrivé ?

— Il s'est suicidé.

— Ah ! Une bonne femme ?

— Écoutez, je n'en sais rien !

Antoine commençait à trouver que ce flic mal élevé dépassait les bornes, mais le rôle préféré de Bernard était justement celui du flic mal élevé qui dépasse les bornes.

— Alors c'est sûrement une bonne femme. Vous savez dans mon métier, des mecs qui se suicident j'en vois un paquet. Et ben je vais vous dire, neuf fois sur dix c'est une histoire de nana. Elles nous rendent dingues. Vous êtes marié ?

Ce coup-ci Antoine ne répondit même pas.

— Vous avez bien raison. Moi, c'est la pire connerie que j'ai faite dans la vie. Ça et entrer chez les flics. Mais bon, qu'est-ce que vous voulez, j'étais jeune.

À ce moment-là, son portable sonna. C'était Pénélope qui voulait lui donner des consignes pour la suite de l'interrogatoire.

— Bravo ! Pour l'instant ton numéro est parfait mais ne perds pas de vue les trente briques. Essaye d'en savoir plus...

Bernard répondit comme s'il s'agissait d'un appel de sa femme.

— Écoute Chou, je t'ai déjà dit cent fois de pas m'appeler au boulot.

— Tâche maintenant de l'entraîner sur le côté comptable.

— Mais oui, prends des brassés natures.

— Ce serait bien que t'essayes aussi de le brancher sur Nadine mais vas-y doucement. Si tu le sens pas, ne prends pas de risques inutiles. On est avec toi.

— Ben si y'a que des bifidus, tu prends des bifidus et basta, mais là faut que je raccroche, j'ai un suspect sur le feu. Tchao !

Bernard rangea tranquillement son téléphone.

— Quand on parle du loup ! Elle arrête pas de m'appeler pour un oui ou pour un non. Là, Madame est au Prisu devant le rayon fraîcheur et ne sait pas quoi acheter. Dire qu'elle a que ça à foutre !

— Vous me considérez comme un suspect ?

Antoine était cette fois visiblement un peu paniqué mais Bernard, artiste dans l'art de la douche écossaise, le rassura sur le champ.

— Naaan, vous inquiétez pas. Je lui ai juste raconté des salades pour qu'elle me foute la paix. Sinon ça pouvait durer des plombes, vous savez. Toute la gondole y serait passée.

— Excusez-moi, ce n'est pas pour vous brusquer mais pour vous recevoir j'ai du retarder quelques rendez-vous urgents...

— Ouais, vous avez raison on n'a pas que ça à foutre. Voyons, voyons... Ah oui, le plaignant nous a aussi parlé d'un truc à propos d'une importante somme d'argent, trente millions, il parle d'une histoire de chantage...

— Je ne vois pas.

— Lui si. Paraît même que ça le met dans tous ses états.

— Écoutez, je ne sais pas ce que vous a raconté Monsieur Hirn et je ne comprends pas du tout ce à quoi il fait allusion, mais s'il nous a diffamé nous porterons plainte.

— Vous énervez pas, on vérifie c'est tout, mais on n'a pas pris tout ce qu'il a dit pour argent comptant rassurez vous. Si vous saviez le nombre de dingues qu'on voit défiler tous les jours. Donc, vous, ces trente millions ça vous dit rien ?

— Absolument rien.

— Bon, je note. Ce Schneider-Schlinck il avait quelqu'un, une femme ou des gosses qui pourraient savoir quelque chose ?

— Une épouse mais elle est encore sous le choc du décès et elle est partie se reposer, à l'étranger je crois.

— Vous savez pas comment on peut la joindre ?

— Non, je suis désolé, je n'en ai pas la moindre idée.

— Bon, tant pis. En même temps on va pas s'emmerder. Je vous remercie M'sieur Marzolff. Je vais taper votre déposition et je vous l'envoie par e-mail, comme ça vous pourrez changer si y a un truc qui colle pas. Je vous demanderai juste de me la renvoyer signée. Et si vous avez un pépin hésitez pas à venir me trouver. Sauf les PV, ça on fait plus. Même pour la famille.

Bernard était encore dans l'escalier quand le vibreur de son portable l'avertit d'une conversation captée sur celui de Jean-Paul Marzolff. Un appel d'Antoine.

— Figure toi qu'Hirn est allé chez les bourres ! Y'en a un qui sort tout juste de mon bureau. Un connard fini.

— Qu'est ce qu'il t'a demandé ?

— C'était bizarre, il a fait allusion à l'argent et parlé de chantage mais je pense qu'ils n'ont rien compris. De toute façon il n'y a aucune preuve.

— J'aime quand même pas ça. Imagine qu'ils remontent jusqu'à Gerber.

— T'inquiète pas ! Vu le niveau du gars qu'ils ont envoyé, c'est qu'ils ne prennent vraiment pas Hirn au sérieux, ça m'étonnerait qu'ils aillent chercher plus loin.

Bernard était radieux. En sortant il gratifia la standardiste d'un « salut beauté ! » et rejoignit d'une démarche chaloupée ses collègues dans la voiture.

— Ça y est, leur annonça t-il triomphal, le yucca a des grandes oreilles !

Chapitre 22

Mais le yucca n'était pas très loquace. Si l'extrême sensibilité du micro-granulé permettait d'enregistrer jusqu'aux bâillements du nouveau président, les conversations avec son bras droit de neveu, sa secrétaire de direction, le DRH ou le responsable des ventes, les écoutes ne fournissaient aucun élément nouveau.

Les investigations se focalisaient d'ailleurs trop, selon Pénélope, sur le volet économique de l'affaire. En revanche les recherches sur les deux meurtres stagnaient. Comme s'il y avait une étanchéité parfaite entre tous ces éléments. Mais étaient-ils aussi liés qu'ils l'avaient pensé jusque-là ? Le doute commençait à le gagner quand un fait nouveau relança l'enquête Meyer. Le témoignage d'un habitant d'une petite résidence située à proximité des jardins ouvriers de la Robertsau. Le meurtre alimentait bien sûr les conversations dans le voisinage et un des habitants, Ettore Bandini, citoyen italien, juriste à la cour européenne des droits de l'homme, se demandait s'il n'avait pas croisé l'assassin. Après quelques semaines d'hésitation, il s'était décidé à contacter la police. Le soir du crime, en cherchant une place pour se garer, il avait vu une femme s'engager dans une des allées latérales du lotissement de jardins. Celle qui, précisément, menait au lieu d'où avaient été tirés les coups de feu.

Il lui était impossible de la décrire avec précision, n'ayant pu la distinguer qu'un court instant alors qu'elle passait rapidement en bordure du halo d'un réverbère. Mais il avait été intrigué par sa présence dans cet endroit habituellement désert.

— Je me souviens que, sur le coup, j'avais trouvé bizarre qu'une jeune femme plutôt bien habillée, m'a t-il semblé, emprunte cette allée en cul de sac, mais ça m'est très vite sorti de l'esprit.

— Quand vous dites qu'elle était bien habillée, elle était comment ? Vous pourriez me la décrire ? demanda Pénélope.

— Elle avait l'air jeune, des jambes fines, je dirais avec des collants je crois, un manteau plutôt court il me semble et une espèce de chapeau cloche enfoncé sur les cheveux.

— Quelle couleur ?

— Le chapeau ?

— Non, les cheveux.

— Je ne sais pas, je ne l'ai pas assez bien vue pour être plus précis.

— Et son visage ?

— Non, elle est passée très vite, à quelques mètres seulement de la voiture, mais quand j'ai réalisé sa présence elle était déjà de dos.

— Est-ce qu'elle portait quelque chose ? Un objet ? Un sac à main ?

— Non, plutôt un petit sac à dos, mais je ne le jurerais pas.

— Et elle, elle vous a vu ?

— Non, je ne crois pas. En fait je ne garais pas ma voiture. Elle était déjà stationnée depuis un moment. Depuis que j'étais rentré du travail, vers 19 heures. J'étais sorti de chez moi pour téléphoner discrètement à une amie. Je ne voulais pas que ma femme entende. C'était un coup de fil un peu stressant et comme il faisait froid, je m'étais assis dans la voiture, mais toutes les lumières étaient éteintes et le moteur arrêté.

— Il était quelle heure ?

— 19 h 30 environ.

— Et vous l'avez vue repartir ?

— Non, j'ai raccroché environ cinq minutes après et je suis remonté chez moi.

Pénélope, accompagné par un inspecteur stagiaire, alla vérifier le lendemain si, du jardin où avait été commis le meurtre, on pouvait entendre le claquement de la portière d'une voiture à l'endroit où le témoin avait garé la sienne. Même en plein jour, avec le bruit au loin de la circulation, il était parfaitement audible. Il aurait très bien pu surprendre l'assassin.

Rien ne prouvait que cette femme le fut, mais sa présence insolite sur les lieux à un horaire qui correspondait à celui de la mort de Meyer selon les estimations de Jo en faisait une suspecte ou en tout cas un témoin de tout premier plan. Mais qui était-elle et comment la retrouver ?

Pénélope avait donc décidé que le lundi suivant serait une « journée sabbatique ». C'est comme ça qu'il appelait la journée qu'il s'octroyait quelquefois, quand une enquête piétinait, pour relire tranquillement chez lui les pièces du dossier et tenter de trouver un nouvel angle de recherche. Parfois la stratification des informations, très denses, surtout au début, noyait un petit détail qui était passé inaperçu et qui pouvait par la suite s'avérer capital.

Malgré le sentiment général qui prévalait d'avoir recueilli très peu d'éléments, le dossier Meyer faisait déjà bien une trentaine de centimètres de hauteur. Environ deux mille feuilles A4 regroupées dans une dizaine de chemises. Photos, rapports du labo, expertise balistique, retranscriptions des interrogatoires... sans compter les notes sur son petit carnet. De quoi largement occuper une journée. Même si ce n'était pas la meilleure période et les meilleures conditions pour aborder ce genre d'examen qui nécessitait du silence et du calme. Pénélope habitait au premier étage d'un très bel immeuble XVIIIe dans la rue d'Austerlitz, le passage obligé des touristes entre le parking des autocars et le tentaculaire marché de Noël qui battait son plein autour de la cathédrale. Une incessante marrée humaine coiffée de bonnets de père Noël clignotants, à l'haleine chargée de vin chaud, défilait sous ses fenêtres. Et ce n'était pas tout. Ses voisins de palier, une bande d'étudiants en colocation, préparaient fiévreusement leur *free-party* de Noël. À grands coups de marteaux et de perceuse ils transformaient un sèche-linge d'occasion en diffuseur de mousse tiède aromatisée à l'eucalyptus qui devait envahir toute la rue le dernier dimanche de l'Avent à 17 heures. L'heure exacte à laquelle ils brancheraient aussi sur la sono de la ville, à la place du « Douce nuit, Sainte nuit » en boucle, les samples originaux du « DJ Mr Zfybov », « le tsar de la jungle », qui devait installer ses platines dans la cuisine. Jusqu'à ce que les flics interviennent...

Ils savaient que leur voisin « pas chiant même quand ils faisaient des chouilles jusqu'à pas d'heure » était justement flic et ils l'avaient consulté pour savoir ce qu'ils risquaient. Car bien entendu, cette *rave* de Noël était une opération sauvage même si des milliers de flyers circulaient déjà depuis une semaine dans toute la ville. Pénélope avait promis de se renseigner. Il avait appelé Maman qui avait trouvé l'idée « épatante ». Comme de nombreux Strasbourgeois, elle était excédée par le grand Disneyland du Noël alsacien. Elle avait suggéré de les laisser faire « à condition qu'ils ne fassent pas les idiots avec les branchements électriques et qu'ils ne prennent pas de jus ».

Du coup ils s'en donnaient à cœur joie, perçaient, sciaient, meulaient et Pénélope décida de renoncer au confort douillet de son petit appartement et de migrer dans un endroit tranquille à l'extérieur de la ville. Son QG perso et secret. *Au coin du Tigre*, un vieux bistrot de banlieue, niché sous la rocade de l'autoroute, en face du cimetière Nord et dont une partie de la terrasse servait d'ailleurs de lieu d'exposition au marbrier voisin. En été on venait siroter son amer-bière, au pied du pilier de la rocade et à côté d'une petite sélection de sépultures témoins flambant neuves. En hiver, en dehors de quelques vieux alcoolos taiseux, il n'y avait quasiment jamais personne et Pénélope s'installa en plein milieu de la salle, près du poêle ronronnant. Il commanda un café et s'attaqua aux documents.

Pendant des heures, il relut soigneusement, une à une, les pièces relatives à « l'enquête sur la mort par homicide de F. Meyer / Strasbourg 26/11 ». Cette lecture, souvent fastidieuse à cause du style factuel, froid, voire franchement technocratique dans lequel elles avaient été rédigées, lui permit cependant de faire plus ample connaissance avec Fernand, d'explorer sa vie, d'entrer dans son intimité. Un rapprochement souvent plus difficile à opérer dans le feu de l'action ou dans l'ambiance un peu caserne de l'aquarium. Au fil des pages, à la place de la victime anonyme, du sujet d'enquête, du cas, du dossier, apparut le portrait d'un homme sans histoire ou presque dont l'existence, depuis sa captivité, avait été dominée par un mal-être sourd, une dépression chronique qu'il avait, pour survivre, délayée dans l'alcool.

Pénélope finissait par éprouver une forme de réelle sympathie pour cet homme. Mais qui pouvait bien lui vouloir tant de mal et pour quelles raisons ?

Même en explorant les strates les plus intimes de son existence, grâce en particulier aux témoignages de sa femme, de son fils ou de ses plus proches amis, rien ne laissait supposer qu'il pût avoir une vie à double-fond. Fernand semblait au contraire être un personnage parfaitement lisse et transparent. Ses liens troublants avec Jean-Paul Marzolff, quelques mois de co-détention à Tambov, apparaissaient même désormais comme une pure coïncidence. Après tout des milliers d'Alsaciens étaient passé par ce camp. Évidemment il y avait le mystère des dollars...

La nuit commençait à tomber et sa concentration à fléchir. Pénélope se fit servir un chocolat chaud qu'il but en parcourant distraitement la pièce AP 218, "contenu du portefeuille de la victime". « Carte d'identité – carte Vermeil – carte Vitale – attestation d'assurance d'un véhicule motorisé à deux roues d'une cylindrée de 49 cc de marque Motobécane... ». La mobylette ! Il faillit en laisser tomber sa tasse. Toute une scène refit surface : Fernand s'éloignant en zigzagant sur sa mobylette le long du canal, le jour du repêchage du corps d'ASS. Mais oui, bien sûr, la mobylette ! Où était-elle passée ? Elle n'était mentionnée nulle part. Ni dans le procès-verbal de la découverte du corps, ni dans le compte-rendu de la police scientifique qui avait longuement ratissé le jardin le lendemain. Et ils ne l'avaient pas vue non plus dans la cave des Meyer le jour de la perquisition. Pourtant le soir du meurtre, Fernand ne s'était sûrement pas rendu à son jardin en taxi et le bus, le 15, passait beaucoup trop loin. Évidemment quelqu'un aurait, à la rigueur, pu l'accompagner en voiture. Mais qui ? L'assassin, sûrement pas, ça ne collait pas avec le déroulement du meurtre. Et si c'était un tiers, un ami, une connaissance, quelqu'un de suffisamment proche en tout cas pour lui rendre ce genre de service, il se serait sûrement fait connaître.

Pénélope se jeta sur son téléphone et appela Madame Meyer.

Toujours inconsolable elle lui répondit en pleurant d'une pauvre petite voix. Elle n'avait aucune idée de l'endroit où pouvait bien se trouver l'engin et elle s'en fichait comme de l'an quarante. La mobylette de Fernand sans son Fernand, vous pensez !

— Pardonnez-moi d'insister Madame, mais c'est vraiment très important pour nous. Ça pourrait faire progresser l'enquête considérablement.

— Je ne sais pas, je n'y avais pas pensé. Mais c'est vrai qu'elle n'est pas ici et je ne vois pas où elle a bien pu passer.

— Il l'utilisait souvent ?

— Tout le temps, même pour aller à la poste ou à la boulangerie alors qu'à pied c'est vraiment pas loin et ça lui aurait fait faire de l'exercice. J'arrêtais pas de lui dire.

Chapitre 23

Bernard était furieux.

— Si on m'avait dit qu'en entrant à la criminelle j'aurais à tracer des mobs volées j'aurais choisi les stups ou les mœurs.

— Rêve pas Bernard, persifla Bérengère, ils t'auraient pas pris, y a une enquête interne préalable.

— Pénélope, je comprends pas que t'attaches autant d'importance à cette meule.

— Le fait qu'elle ait disparu lui donne précisément de l'importance.

— On va quand même pas fouiller toutes les caves de la Robertsau et faire draguer l'Ill…

— S'il le faut on le fera !

— On pouvait pas confier ça à des stagiaires ?

Il ne décolérait pas. On se remettait à peigner la girafe. On boudait son dispositif de surveillance high-tech « pour aller jouer les Sherlock à la con ». Mais c'était Pénélope le boss de l'équipe.

Ils avaient commencé par éplucher le fichier central de la préfecture pour voir si par hasard on n'avait pas signalé la découverte d'un cyclomoteur type Motobecane, bleu, équipé de sacoches et portant sur le garde-boue arrière un autocollant Radio Dreyeckland, conformément à la description fournie par les clients du *Pont d'Anvers*. Mais rien. Ils étaient aussi retournés à la cité Rotterdam pour jeter un coup d'œil dans la cave de Fernand par acquit de conscience. Rien. Ils avaient ensuite filé au jardin ouvrier. Car le rapport des inspecteurs de la scientifique qui l'avaient passé au peigne fin le jour de la découverte du cadavre mentionnait, entre autres, la présence dans l'herbe de plusieurs gouttes d'une « substance grasse, noire, visqueuse et insoluble dans l'eau qui pouvait évoquer une huile de moteur sale, distantes d'environ trois à quatre mètres selon un tracé qui conduisait du côté gauche de la gloriette jusqu'à la sortie du jardin ». Ce qui n'était pas précisé c'était la taille des taches, pas plus grosses qu'un grain de caviar.

Heureusement, ils avaient emprunté par précaution le « magniroll » de la scientifique, une grande loupe éclairante carrée de près d'un mètre de côté, grossissement 12 X, montée sur un châssis surbaissé muni de roues à pneus. Ils le firent rouler très lentement dans les allées, avançant tous les trois accroupis tout autour, comme des canards. Malgré la puissante lumière frisante qui baignait la zone agrandie il leur fallut une bonne heure pour trouver la première tache, puis la deuxième, la troisième…

— Ça doit être le joint de culasse ! dit doctement Bernard. Pour avoir des gouttes si rapprochées, le moteur ne devait pas être allumé ou sinon c'est qu'il était sur le point de clapoter.

On pouvait facilement comprendre qu'on n'ait pas mis l'engin en marche avant d'avoir franchi le portillon. Les plates-bandes formaient un réseau de chicanes difficiles à négocier. Mais le jeu de piste se poursuivait dehors en tournant à gauche dans l'allée principale du lotissement avec la même régularité dans l'espacement des gouttes.

— On dirait qu'on a continué à la pousser sans la faire démarrer, fit remarquer Bérengère.

— Si c'est ça on n'a pas dû l'emmener très loin, conclut Bernard.

Les traces les conduisirent en effet jusqu'à un autre jardinet, quelques centaines de mètres plus loin. Ils enjambèrent la clôture et marchèrent jusqu'à son incroyable guitoune, une sorte de yourte en patchwork de tôles de récupération, portes de frigo, plaques publicitaires rouillées, barrières de chantier… Un hybride entre le bidonville et la cabane de hippy. Ils scrutèrent l'intérieur à travers le pare-brise d'autocar qui servait de fenêtre. Une véritable caverne d'Ali Baba et ses quarante vélos. Un amoncellement de VTT, VTC, courses, demi-course, jusqu'aux bi-cross de gamin.

— Tiens, un dingue de vélo comme toi Pénélope.

— On dirait plutôt un commerçant indépendant.

— En tout cas il n'a pas l'air de faire dans le cycle à moteur, ça doit être un fourgue écolo.

Pas tout à fait. À l'arrière de la baraque c'était bien un deux-roues motorisé qui était camouflé sous une bâche en plastique grise coincée au sol par des cailloux. Ils la soulevèrent. Bernard tomba en pâmoison.

— Putain une AV 88 ! Je sens que je vais pleurer. Mon vieux avait la même. J'en ai trimballé des nanas avec !

Le numéro du moteur correspondait bien à celui de la déclaration d'assurance de Fernand et au registre de la préfecture.

Mais les vieilles sacoches en carton bouilli rapiécées à grands coups de ruban adhésif noir ne recelaient qu'une écharpe en laine vert pomme maculée de cambouis, deux canettes de bière vides et un énorme antivol.

— Elle n'était pas cadenassée, fit remarquer Pénélope. Mais si elle a été volée dans le jardin, il a quand même fallu passer la clôture.

— Il suffisait de la soulever à deux, c'est pas si lourd que ça. Soupèse.

— Oui c'est vrai. Il va falloir retrouver le locataire du jardin, j'ai une ou deux questions à lui poser.

Bernard s'accroupit devant sa relique et se mit à la tripoter en connaisseur. Le compresseur, le delco, le volant magnétique, le gicleur du carbu...

— C'est là que ça coule. À l'époque c'est un truc qu'on réparait en colmatant juste avec un chewing-gum et ça tenait des mois.

Puis il tourna le bouton en plastique blanc qui ouvrait la trappe triangulaire de la boîte à outil sous la selle. À l'intérieur se trouvait une pochette en plastique transparent de la taille d'une enveloppe ordinaire fermée par un bouton pression. Il l'extirpa et la tendit à Pénélope.

Elle contenait plusieurs feuillets pliés en quatre dont n'apparaissait que le verso sur lequel était inscrit au stylo à bille un numéro de téléphone portable qui commençait par 06. Les chiffres aux contours flous et les auréoles sur le papier témoignaient d'un séjour en milieu humide. Pénélope déplia les pages. Il y avait un texte en russe, dont une partie qui semblait être un formulaire, d'ailleurs rempli à la main et signé. Il était imprimé sur un papier à l'en-tête de Melinda Prod.

— Champagne ! s'écria Bérengère.

Elle regarda par-dessus l'épaule de Pénélope et ajouta :

— Mais le numéro c'est pas l'écriture de Fernand.

— T'es sûre ?

— Certaine, il avait une petite écriture hésitante presque enfantine. Et puis cette manière de faire les zéros avec une toute petite cédille renversée en haut c'est pas un truc de chez nous.

— Pourtant c'est un numéro français, dit Bernard.

Pénélope sortit de sa poche son téléphone portable et le composa. Il n'était plus attribué.

— Dis Bernard, on peut retrouver le nom d'un ancien abonné sans passer par l'opérateur ?

— Ah, Pénélope tu fais des progrès ! Techniquement c'est possible mais *ça* c'est vachement risqué. Les opérateurs ont des systèmes de pistage incroyablement sophistiqués qui repèrent les moindres incursions sur le réseau. Ils remonteraient facilement jusqu'à nous et feraient du foin. C'est d'ailleurs pour ça qu'ils peuvent facturer si cher ces opérations au ministère de la justice.

Pénélope appela donc Maman pour obtenir l'autorisation en bonne et due forme de saisir le service de recherche de l'opérateur. Puis France Telecom pour exiger l'envoi immédiat, par e-mail, de la fameuse fadette de Fernand demandée huit jours plus tôt. Ils rentrèrent à l'aquarium pour l'éplucher. Le mystérieux numéro avait été appelé à trois reprises en quinze jours et la dernière fois le matin même du crime.

— On avance, on avance, dit Pénélope très excité en attrapant Carré Noir et son aiguillée de laine blanche dans le tiroir de son bureau.

•

Tatiana, une jeune traductrice russe du Conseil de l'Europe réquisitionnée par le Parquet vint leur traduire le document.

Il s'agissait d'un contrat d'engagement pour le tournage d'un film, entre la société de production Melinda Prod de Paris et le soussigné Anton Zinoviev demeurant à Minsk qui devait y tenir l'un des rôles principaux, celui d'un escroc international. En contrepartie un cachet de soixante mille dollars devait lui être versé en trois fois, dont quinze mille à la signature.

Bernard fut le premier à réagir.

— Si tu veux, je vais voir avec Big Brother s'il n'y a pas moyen de pénétrer les bases de données ukrainiennes ça nous éviterait de mettre en branle les Affaires étrangères.

— Minsk n'est pas en Ukraine, c'est en Biélorussie, rectifia Pénélope.

— On pourrait peut-être commencer par consulter l'annuaire de Minsk suggéra Bérengère, Anton Zinoviev a peut-être le téléphone.

Il l'avait. En tout cas un Anton Zinoviev habitant 57 rue Prymorsky l'avait. C'est une voix de femme qui répondit. Tatiana, pilotée par Pénélope fit l'interprète.

— Dites lui s'il vous plaît qu'on aimerait parler à Anton Zinoviev.

—...

— C'est sa femme. Elle dit qu'il n'est pas là et elle demande ce que vous lui voulez.

— Dites lui que c'est la société Melinda Prod. On aurait besoin d'une photo de son mari pour le dossier de presse. N'importe quelle photo même un cliché amateur ou un portrait d'identité.

—...

— Elle est sans nouvelle de lui depuis deux mois et elle s'inquiète. Elle demande ce qui se passe.

Pénélope, pris au dépourvu improvisa tant bien que mal une explication.

— Dites lui que tout va bien mais que pour éviter que les acteurs se déconcentrent on leur demande de n'avoir aucun contact avec l'extérieur pendant le tournage.

— Vous espérez vraiment qu'elle va gober ça ? demanda Tatiana.

— Non, vous avez raison, admit Pénélope. Dites lui qu'on est juste le service de presse de la société et qu'on n'est pas au courant mais qu'on va se renseigner. Elle est sans nouvelle du tout ?

— Non, elle a juste eu un coup de fil il y a quinze jours de quelqu'un d'autre de la société de cinéma. Il parlait très bien le russe mais elle n'a pas compris ce qu'il voulait.

— C'était un homme ou une femme ?

— ...

— Un homme.

— Est-ce qu'elle a une photo de son mari et un moyen de nous la transmettre par Internet ?

— ...

— Non mais à son boulot elle a un fax.

— Va pour le fax.

— ...

— Elle dit qu'elle l'enverra en fin d'après-midi.

En fin d'après-midi l'équipe Belkala, Nelly, Jo et Victor, tous fous d'impatience, jouaient les derviches-tourneurs dans le bureau de Pénélope autour du téléphone-fax-répondeur que, bien entendu, Bernard avait installé en deux temps, trois mouvements. Il avait aussi effacé les grossièretés de Pénélope et enregistré à la place un message provisoire car son « Bonjour, vous êtes bien au service régional de police judiciaire et nous avons les moyens de vous faire parler après le signal sonore » ne faisait pas l'unanimité. Quand le téléphone sonna enfin à dix-neuf heures passées, ils étaient tous au bord de la crise de tétanie. Mais leurs nerfs allaient encore être mis à rude épreuve. Car si le fax se déclencha bien après la quatrième sonnerie, le crépitement d'une lenteur extrême, s'essouffla presque aussitôt pour s'arrêter complètement quelques secondes plus tard. La communication s'interrompit ainsi à cinq reprises. Bernard n'en pouvait plus.

— Putain de saloperie de bécane soviétique !

Mais au sixième appel le papier progressa vaillamment, quart de millimètre par quart de millimètre, et bientôt le haut d'un visage apparut.

Chapitre 24

— Madame Schneider-Schmidt, nous avons une bonne nouvelle à vous annoncer et deux mauvaises. Par laquelle voulez-vous que je commence ?

Nadine ne répondit pas, opposant ce petit air butté que Pénélope lui connaissait si bien.

— Bon, je vais commencer par la bonne.

Pause. Lourde. Comme à son habitude Nadine, bien que menottée et n'en menant pas large, n'exprimait toujours rien. Il faut dire que la scène ne ressemblait pas à ce qu'elle s'était imaginée, à ce qu'elle connaissait par les films et romans policiers. L'interrogatoire se passait dans le « boudoir ». Elle était assise dans un fauteuil à côté de Bérengère qui tapait la déposition sur un ordinateur portable posé sur ses genoux. Pénélope, très décontracté, le buste rejeté en arrière, un bras délicatement posé sur l'accoudoir et les jambes croisées, leur faisait face de l'autre côté de la table basse. Mais cette conversation aux allures conviviales se déroulait quand même sous le regard vigilant de deux agents armés.

— La vie est bizarre, Madame. La dernière fois que je vous ai vue c'était pour vous annoncer que votre mari était mort et aujourd'hui, je vous retrouve pour vous informer qu'il est toujours en vie. C'est plutôt une bonne nouvelle, non ?

Silence.

— Évidemment, poursuivit Pénélope, la première mauvaise nouvelle c'est que l'homme que vous avez identifié comme étant votre mari est du coup quelqu'un d'autre.

Il lui montra le fax.

— Anton Zinoviev, 48 ans, citoyen biélorusse. Il ressemblait beaucoup à votre mari, c'est vrai, et après une petite intervention de chirurgie esthétique c'est encore plus frappant.

Pénélope extirpa d'une chemise en carton posée sur la table basse une photo en couleur du même format A4.

— Ça c'était après l'opération. C'est le portrait de Zinoviev mort, par notre photographe légiste. Beau boulot ! Je ne parle pas de la photo mais de la chirurgie esthétique.

Il lui présenta un troisième document.

— Et ça c'est votre mari Armand Schneider-Schmidt, le vrai. Le médaillon agrandi du trombinoscope municipal. Pas de doute, la ressemblance est stupéfiante. Mais il a quand même suffi d'un examen anthropométrique sommaire à notre médecin légiste pour constater toute une série de détails qui ne collaient pas. L'écartement entre les yeux, la taille du nez, la largeur de la bouche... Mais c'était bien joué, bravo. Même nous, on n'y a vu que du feu. Il faut dire qu'on n'avait d'yeux que pour sa bosse à l'arrière de la tête et on nous avait tellement annoncé qu'Armand Schneider-Schmidt avait disparu avec l'intention de se tuer qu'on a retrouvé Armand Schneider-Schmidt mort.

— Je ne comprends pas.

— J'ai au contraire le sentiment que vous comprenez très bien. Vous qui avez vécu trente ans avec lui vous vous seriez trompée d'homme au moment de l'identification ? Allons donc !

Pénélope lui montra alors le fax.

— La personne dont ceci est le portrait a disparu à la fin du mois d'octobre. Une société de production vidéo française, et fantôme, du nom de Melinda Prod a passé il y a deux mois une annonce dans plusieurs journaux biélorusses. Soit dit en passant la Biélorussie c'était une bonne idée, la coopération policière internationale y est encore un concept tout à fait inconnu. Bref, il s'agissait de recruter pour un casting un homme correspondant au portrait dessiné de votre mari qui était d'ailleurs reproduit dans l'annonce. Le genre de portrait qu'exécutent les caricaturistes de la cathédrale. D'ailleurs on n'a pas eu de mal à retrouver l'artiste. Faire appel à un dessinateur de rue d'ici, ça par contre c'était imprudent. Il a formellement reconnu votre mari mais aussi la personne qui l'accompagnait. Une jolie femme mince et rousse, nous a-t-il dit. C'est une des raisons pour lesquelles vous êtes ici.

Pénélope s'était interrompu pour voir l'effet produit. Nadine était visiblement sonnée mais continuait à se taire.

— Les six semaines de tournage à l'étranger étaient payées 60 000 dollars. Une grosse somme dans un pays où le SMIC mensuel est à moins de cent euros. Les candidatures devaient être adressées à une boîte postale à Paris. C'est un habitant de Minsk qui a envoyé la photo la plus convaincante. Anton Zinoviev, un peintre en bâtiment, marié, trois enfants. La directrice du casting a fait le voyage jusqu'à Minsk pour le rencontrer. Une certaine madame Dumoulin. Une jolie femme d'après les témoins. Mince... et rousse. Ça c'est la seconde raison pour laquelle vous êtes ici.

— Je n'ai rien à voir avec tout ça ! hurla t-elle.

Pénélope, très calme, poursuivit son exposé.

— Ce n'est pas notre avis et j'en arrive justement à la seconde mauvaise nouvelle. Étant donné que vous avez reconnu Monsieur Zinoviev comme étant votre mari, que vous vous êtes empressée de récupérer le corps et de le faire incinérer, sans parler de l'énergie que vous avez déployée pour obtenir l'arrêt de l'enquête, vous figurez désormais parmi les deux principaux suspects de son assassinat. Car il s'agit bien d'un assassinat. Nous avons un peu de mal à envisager que monsieur Zinoniev ait fait tout ce long voyage pour venir se suicider depuis le pont de la Robertsau. L'autre suspect bien entendu est votre mari.

— Où est-il ?

— Sept minutes ! s'exclama Bérengère. Sept minutes ! Vous en avez mis du temps pour poser cette question ! On vous annonce que votre mari, que vous croyiez mort, est en réalité toujours en vie et il vous faut sept minutes pour nous demander où il est.

— Pour des raisons que je ne connais pas encore, enchaîna Pénélope, mais que je ne désespère pas de connaître, vous avez tous les deux monté l'escroquerie du faux rachat d'IGB et organisé la disparition de votre mari. Et pour parvenir à vos fins vous avez acheté la vie de monsieur Zinoviev pour quinze mille dollars. Puisque vous n'envisagez pas, je suppose, de verser à sa veuve le solde du cachet.

Pénélope se leva pour chercher une calculette dans un tiroir du bureau.

— Voyons, quinze mille dollars sur cent millions d'euros ça nous fait à peine du 0,01 %. Le cadavre est l'un des accessoires les moins chers de cette sinistre arnaque. Ça, en cour d'assises ça m'étonnerait que ça impressionne favorablement les jurés. Ça devrait aller chercher autour de la perpétuité.

— C'est pas moi !

Nadine hurla comme une folle. Des hurlements sauvages, désespérés, entrecoupés de sanglots.

— Ce n'est pas moi ! Je vous le jure ! Par pitié, croyez-moi !

Elle se rua par terre à quatre pattes, suppliante, et se mit à vomir. Bérengère se précipita pour lui essuyer la bouche et lui tamponner les yeux avec des mouchoirs en papier. Mais malgré ce geste délicat les larmes avaient tracé des sillons dans son maquillage et son rouge à lèvres avait débordé. Cette femme qui visiblement prenait grand soin de son apparence était maintenant toute chiffonnée mais cela n'avait plus aucune importance, on ne se pomponne pas dans les naufrages. Elle ne faisait pas de cinéma, Pénélope, le sentait, elle était vraiment mal. Mais pendant les sanglots, surtout pendant les sanglots, l'interrogatoire continue. C'est le B.A.BA du métier.

— Je ne sais rien, je vous le jure. Je n'y suis pour rien.

Pénélope sentait qu'elle était en train de craquer et qu'il devait continuer à la harceler et même à lancer toute la sauce.

— Ensuite vous avez habillé Zinoviev à la manière Schneider-Schmidt. À Moscou, au Goum, nous avons pu remonter jusqu'à la boutique grâce aux chaussures. Des Lobb, elles sont toutes numérotées. Sous la languette. Notre médecin légiste qui est fan de chaussures anglaises n'a pas manqué de le relever. Puis Zinoviev est retourné à Minsk puisqu'il a eu le temps de faire coudre par sa femme, sous la doublure de sa veste toute neuve, une pochette contenant plusieurs milliers de dollars, environ la moitié de votre versement. Un petit matelas de sécurité pour ce Biélorusse modeste qui n'était jamais allé à l'étranger.

Pénélope commenta ce dernier point sur un ton légèrement didactique.

— Lui laisser emporter les vêtements chez lui, ça, si je puis me permettre, c'était l'erreur fatale. Parce qu'on aurait forcément retrouvé cette pochette. Même dans un an, même dans dix et on serait remontés jusqu'à vous. Mais c'est quelqu'un d'autre qui est tombé dessus. Le pêcheur qui a découvert le corps. Et il l'a embarquée. Il s'est probablement dit que le pauvre gars n'en avait plus besoin. Dedans, en plus des billets verts, il y avait aussi un document en russe. Et pas de chance pour vous, cet homme comprenait le russe. C'était le contrat d'engagement de Zinoviev.

— Pourquoi l'avait-il caché dans sa doublure avec ses économies ? poursuivit Pénélope. Sans doute parce qu'il y avait les coordonnées de la maison de production et puis on ne sait jamais, s'il lui arrivait un pépin en France, c'était un document officiel pour justifier sa présence en cas de contrôle de police. Les Biélorusses ont un rapport un peu particulier aux contrôles de police. En découvrant ce document, le pêcheur s'est demandé pourquoi l'adjoint au maire, il l'avait reconnu, avait planqué sous sa veste, des dollars et le contrat d'engagement d'un acteur biélorusse. Il y avait aussi un numéro manuscrit au verso qui ressemblait à un numéro de portable. Comme, en plus, c'était un habitué de ce bout de canal, c'était son coin de pêche favori, il a dû assister, dans les jours qui ont suivi le repêchage du corps, à plusieurs interventions techniques de nos services scientifiques. Une activité un peu surprenante pour un simple suicide. Alors au bout de quelques jours il lui est venu une idée. Il a dû se dire qu'il tenait là peut-être le moyen de gagner beaucoup d'argent, encore plus que ce qu'il avait trouvé dans la veste. De quoi améliorer sa pension de 957 euros par mois. Une aubaine qui ne se représenterait probablement pas de sitôt. Il a appelé le numéro et quand on a décroché de l'autre côté, j'imagine qu'il a dit quelque chose comme « Allo, Melinda Prod ? ». ça a du vous flanquer un coup !

— Je ne comprends rien à ce que vous me dites ! cria Nadine.

— Bon, admettons que ce ne soit pas vous qui ait décroché mais votre mari. Ça a dû le surprendre. La conversation a été très brève. Quarante-six secondes d'après la facture détaillée. Mais quarante-six secondes suffisamment édifiantes pour que Fernand Meyer fasse ce que nous avons nous aussi fait hier, rechercher les coordonnées de Zinoviev à Minsk et appeler. Comme nous, il est tombé sur sa femme. Là encore un appel aux renseignements internationaux et un autre de plus de vingt minutes en Biélorussie l'attestent. La facture détaillée c'est vraiment un grand truc ! Ensuite Meyer vous a rappelé, une fois, deux fois... et puis le malheureux n'a pas eu de chance. Le soir du troisième coup de fil une balle de calibre 10 mm a mis un terme à ses projets. Je ne sais pas exactement comment ça s'est passé, mais je compte sur vous pour nous le dire.

— C'est horrible mais ce n'est pas moi, je vous le promets, je ne sais rien. Je n'ai jamais tenu une arme à feu de ma vie.

Nadine était blême, accablée, implorante. Elle était l'expression même de la souffrance. Ou elle disait la vérité ou c'était vraiment une comédienne hors pair. Pénélope baissa le ton à la limite du chuchotement et lui demanda avec beaucoup de douceur.

— Mais alors c'est qui ?

— Je ne sais pas, dit-elle désespérée en se remettant à genoux.

— S'il vous plaît, rasseyez-vous Madame. Vous savez que quelqu'un a tué cet homme. Qu'il n'est pas votre mari. Vous l'avez tout de suite vu dans le bloc quand on a soulevé le champ. Pourquoi n'avez-vous rien dit. Pourquoi ?

Pénélope dégaina Carré Noir, ses aiguilles et sa laine.

— Essayez de vous souvenir avec précision. Qu'avez-vous pensé en découvrant que ce n'était pas le corps de votre mari ? Il faut absolument que vous nous donniez une réponse convaincante à cette question sinon vous aller passer des années et des années en prison. Les minutes qui viennent sont des minutes cruciales pour vous et pour le restant de votre vie. Est-ce que vous réalisez bien ça, Madame ?

— Je ne sais pas de quoi vous parlez, risqua-t-elle dans un hoquet.

Pénélope, lui répondit très calmement, en brodant avec application.

— Ce n'est pas ce que j'appelle une réponse convaincante.

Il se passa plusieurs minutes dans un silence pesant. On n'entendait que le léger bourdonnement des ordinateurs et les reniflements de Nadine qui s'essuyait de temps en temps le visage du revers de ses mains menottées.

— Madame, voulez-vous une cigarette ?

— Non merci, je ne fume pas.

— Vous en avez pourtant demandé une à notre médecin légiste au moment de l'identification. C'était pour vous donner une contenance ou pour masquer votre surprise ? Réfléchissez bien avant de répondre.

Nadine se mit à pleurer, de façon plus tranquille mais aussi plus persistante. Bérengère posa délicatement sur ses genoux la boîte de mouchoirs.

— Je sais que je ne l'ai pas montré mais j'étais bouleversée. À la fois horrifiée à la vue de ce cadavre que je ne connaissais pas, mais aussi rassurée parce que ce n'était pas Armand. Je ne comprenais pas. Mais il était habillé comme Armand et vous m'aviez annoncé que c'était lui.

— Pourquoi n'avez vous rien dit ?

— Je ne sais pas, j'étais sonnée. Tout ça était cinglé ! Mettez-vous à ma place. C'était le premier mort que je voyais. Et puis il était quand même un peu déformé par la noyade, je n'étais plus sûre de rien.

— Bon admettons. Mais après quand vous avez peu à peu réalisé, le lendemain par exemple. Vous auriez pu venir nous dire que ce n'était pas lui. Au lieu de ça vous l'avez fait disparaître.

— Je voulais le voir, toute seule, chez-moi tranquillement. Pour essayer de comprendre.

— Madame Schneider-Schmidt vous me vexez. Vous me prenez pour un crétin et en plus vous faites fausse route. Vous vous trompez sur mon compte. Je ne cherche pas à vous enfoncer, si vous pouviez me prouver que vous êtes innocente j'en serais le premier heureux. Mais là vous comprenez bien qu'il y a beaucoup d'éléments contre vous. Alors reprenons depuis le début, pourquoi avez-vous empêché cette autopsie ?

— Parce que c'est peut-être un salaud et Dieu sait s'il m'en a fait baver mais je l'aime. Vous pouvez comprendre ça ?

Elle avait dit ça d'une voix forte, comme si elle s'était mise toute entière dans cette déclaration.

— Oui, je crois que je peux comprendre. Mais ça veut clairement dire que vous aviez deviné tout de suite la supercherie. Vous saviez que l'homme mort que vous aviez sous les yeux n'était pas Armand Schneider-Schmidt. Vous nous avez menti. Sciemment.

— J'ai quand même un peu hésité à le trahir, pour la première fois depuis que je le connais. Après tout il a fait ça avant tout pour me tromper, moi.

— Qu'est ce qui vous fait dire ça ?

— Il avait une maîtresse et il avait sans doute décidé d'aller vivre avec elle.

— Qui est-ce ?

— Je ne sais pas.

— Comment ça vous ne savez pas ? demanda Bérengère.

— Avec Armand, c'était impossible de savoir. Il était fuyant. Notre vie commune s'était pas mal réduite ces dernières années et surtout ces derniers mois. Il m'échappait.

— Mais alors, poursuivit Bérengère, qu'est ce qui vous permet d'affirmer qu'il avait une maîtresse ?

— Il y a des choses qui ne trompent pas. Des odeurs inconnues sur la peau, de nouveaux centres d'intérêt...

— Par exemple ?

— Par exemple, lui qui n'avait jamais fait de sport ou d'exercice physique en dehors des vacances, il s'était mis à la plongée sous-marine. Malgré son emploi du temps de ministre, il trouvait le moyen d'en faire deux soirs par semaine. En piscine en hiver et en été à la gravière de la Wantzenau. Soi disant.

— Il avait acheté du matériel ?

— Oui, une combinaison, des bouteilles et tout le bazar.

— Alors il s'était inscrit dans un club.

— Oui.

— Quel club ?

— Je crois que ça s'appelle le Subaquatique Club ou quelque chose comme ça, il me semble avoir vu passer des courriers à ce nom.

Pénélope lança un coup d'œil subliminal à Bérengère qui quitta la pièce pour vérifier l'existence du club et voir si ASS en était bien membre. Puis il reprit *Carré noir sur fond blanc* et broda en silence.

Au bout de quelques longues minutes, les pleurs de Nadine furent calmés. Elle se remit à parler, d'elle-même, doucement, d'une petite voix monocorde et pleine d'amertume avec un regard lointain.

— Il a même trouvé le temps en février de faire un stage d'une semaine en Israël, au bord de la Mer rouge auquel je n'ai, bien sûr, pas été invitée.

— Madame, vous avez vécu trente ans ensemble. Quand vous avez réalisé que votre mari vous trompait, vous avez dû en parler avec lui. Lui faire part de vos soupçons...

— Vous savez depuis son élection je ne le voyais plus beaucoup. On passait ensemble un demi-dimanche de temps en temps. On étaient devenus une sorte de colocataires. On ne partageait plus grand-chose. On ne se parlait plus que de nos boulots et des aspects pratiques de notre vie domestique.

— Revenons en au cadavre, s'il vous plaît. J'ai une question très simple à vous poser qui appelle une réponse simple. Pourquoi, quand vous avez découvert que ce n'était pas votre mari, avez-vous tenu à faire disparaître le corps ?

— Parce que je l'avais identifié officiellement et je savais que c'était grave mais que je ne pouvais plus revenir en arrière.

Bérengère, de retour dans la pièce intervint sur le pas de la porte.

— Est-ce que vous avez pris cette décision seule ou vous avez été conseillée par quelqu'un ?

Cette question visiblement déstabilisa Nadine qui répondit en tremblant que non elle avait agi seule mais elle éclata aussitôt en sanglots.

Pénélope changea de ton et devint plus cassant.

— Vous saviez avant de venir nous voir que ce n'était pas le corps de votre mari qui avait été repêché. Vous le saviez déjà quand nous sommes venus vous l'annoncer. Qui d'autre était dans le coup ?

— Non je ne savais pas, je vous le jure.

— Où se trouve votre mari ?

— Je ne sais pas, je vous promets. Je vous en supplie croyez moi !

Malgré un sentiment de pitié qui commençait à le gagner face à la détresse de cette femme, Pénélope fut cinglant.

— Non madame, nous ne vous croyons pas.

À ce moment-là le téléphone sonna. C'était Maman. Elle venait de recevoir le résultat des recherches sur le numéro noté au dos du contrat et elle lui communiquait le nom et l'adresse de l'ancien abonné.

— Merci beaucoup Jocelyne. On y fonce.

Il reposa le téléphone et se leva.

— Madame, nous allons devoir nous absenter un moment. Vous allez nous attendre en cellule, mais dès notre retour nous poursuivrons l'interrogatoire. Messieurs, s'il vous plaît, veuillez accompagner madame.

Nadine était livide, à bout de force. En moins de deux heures, elle avait vieilli de dix ans. Dès qu'elle eut franchi la porte, solidement encadrée par les agents, Pénélope se tourna vers Bérengère qui le regardait stupéfaite.

— Il nous faut sur le champ une dizaine de gars pour une intervention hyper-urgente. Toi Bérengère, s'il te plaît, trouve nous un serrurier.

Un quart d'heure plus tard tout le monde était rassemblé dans le patio de l'aquarium. Pénélope passa en revue ses troupes.

— Je veux tous vous voir avec un gilet pare-balles.

— Ça va nous gêner, protesta un jeune inspecteur.

— C'est un ordre. Le type qu'on va interpeller a peut-être déjà tué deux fois de sang froid. On va intervenir dans une tour de l'Esplanade, au douzième étage. En deux équipes, une par l'entrée principale et l'ascenseur, l'autre par l'escalier de service. Est-ce qu'il y a des grimpeurs parmi vous ?

Deux mains se levèrent.

— Parfait. Alors s'il vous plaît équipez-vous de cordes, baudriers et descendeurs au cas où il faudrait passer par le toit. N'oubliez pas non plus les lampes frontales. Il est dix-sept heures trente-huit. Départ d'ici dans vingt minutes. Merci.

Dans la voiture Bérengère se plaignit à Pénélope de ce que Bernard, comme d'habitude, avait choisi cette journée particulièrement chaude pour prendre des RTT.

— Dis donc tu ne peux plus te passer de lui.

— T'es con Yacine ! Mais je trouve quand même qu'il aurait pu les prendre à un autre moment. C'est toujours comme ça, dès qu'il y a une charrette, Monsieur se met au vert.

— Enfin Bérengère il a bien le droit de prendre ses RTT. Les RTT c'est un acquis social, alors total respect !

En un clin d'œil toutes les issues de l'immeuble avaient été contrôlées. Même le regard de la gaine d'aération à l'entresol.

Au douzième étage surgirent de l'ascenseur Bérengère, Pénélope, et deux inspecteurs, pistolet à la main. Ils escortaient le serrurier en tenue de travail « haut risque » : casque blindé et tablier en plaques de mousse pare-balles. Malgré cet inconfortable harnachement de Black Bibendum et une tension ambiante maximum, il ne lui fallut pas plus de trente secondes pour déverrouiller la porte « R. Muckensturm », après trois coups de sonnette restés sans réponse et les sommations d'usage. Les policiers s'y engouffrèrent arme au poing et bras tendu, en position de tir et en braquant leurs lampes torches. L'appartement était vide. Complètement vide. Ils rangèrent les flingues et arpentèrent le petit trois-pièces impeccable dont les murs avaient même été lessivés. Bérengère n'en revenait pas.

— Dis donc, j'espère qu'il a récupéré sa caution !

Les voisins alertés par le bruit des enquêteurs étaient sortis sur le palier. Ils leurs apprirent que « le jeune homme poli et très sympathique mais un peu bruyant parfois » avait déménagé l'avant-veille.

Chapitre 25

Le week-end s'annonçait chargé, et pour le démarrer en douceur Pénélope et Bérengère s'étaient donné rendez-vous à 8 heures au Café Brandt pour le petit déjeuner.

— Ça va Bérengère, t'as bien dormi ?

— Non, j'ai gambergé jusqu'à pas d'heure !

— Moi aussi ! Ton mari n'est pas trop furax ?

— Il a un peu râlé, il avait prévu une sortie VTT dans les Vosges avec des potes, mais c'est comme ça. En m'épousant et en me collant deux marmots il savait que j'étais flique et que ce genre de trucs pouvait arriver. En même temps c'est dommage, ça lui aurait fait du bien, il s'empâte un peu.

Malgré ces petits contretemps domestiques et le sacrifice pour Pénélope d'une grasse matinée, ils se réjouissaient de passer cette journée ensemble. Ils s'entendaient à merveille, avaient beaucoup de centres d'intérêt en commun et, pendant les longues heures de voiture, ils pourraient donner libre cours à leurs sujets de conversations favoris sans avoir – pour une fois – à subir les sarcasmes de Bernard. Même si d'un autre côté, il allait leur manquer. On entrait dans une phase particulièrement excitante de l'enquête. Le moment où les choses s'accélèrent, où on a le sentiment que la solution commence à se dessiner. Un moment fabuleux qu'ils auraient bien aimé partager avec lui. Pénélope avait même essayé de le joindre sur son fixe et sur son portable. Mais Bernard était aux abonnés absents.

L'enquête de voisinage à l'Esplanade avait permis de retrouver rapidement le loueur du camion qui avait effectué le déménagement de Roméo. Trois habitants de l'immeuble se souvenaient du logo imprimé sur la carrosserie : « CARLOC » à Schiltigheim. Un fourgon de 25 m^3 y avait bien été loué pour 24 heures au nom de Muckensturm par un jeune homme dont la description correspondait parfaitement à l'assistant d'ASS. Le compteur indiquait qu'il avait parcouru 683 km. Le véhicule mis sous scellé devait passer la matinée entre les mains de la scientifique.

— Et Nadine, où ça en est ? demanda Bérengère.

— Elle a vu son avocat, c'est Gantner. Comme d'hab, il lui a recommandé de se taire et de ne rien signer. Alors elle se tait. J'ai encore essayé de l'interroger vers minuit, entre autres sur Roméo, mais elle n'a pas desserré les dents. Je vais la laisser mariner jusqu'à ce soir. De toute façon, Maman est d'accord pour prolonger la garde à vue de vingt-quatre heures.

— Et aujourd'hui on commence par quoi ?

— Tiens, j'ai préparé un *to do*. Si tu vois des truc à ajouter n'hésite pas.

Il lui tendit une feuille sur laquelle il avait listé un certain nombre de choses à faire et de personnes à contacter. Elle la lut à haute voix :

— « expertiser camion déménagement », « perquisition Schneider-Schmidt », « parents Muckensturm », « proprio », « Frank »... qui c'est Frank ?

— Un copain journaliste. Il connaît un peu Roméo. C'est lui qui m'avait donné ses coordonnées. Je lui passerai un coup de fil, mais pas avant onze heures. C'est samedi !

— « contacter PAF », « repérer villes rayon 250 km »... Je comprends pas.

— C'est une idée qui m'est venue comme ça. S'il a parcouru 680 km et qu'il a juste fait l'aller-retour – c'est en général ce qu'on fait quand on déménage –, son point de chute est au maximum à 340 km d'ici, en ligne droite. Mais comme on se déplace jamais en ligne droite, il faut enlever environ un quart, ce qui fait à peu près 250 km. Son nouveau *home sweet home* doit être à peu près à 250 km à vol d'oiseau. Je pensais que ça pourrait être intéressant de noter les villes autour d'ici qui correspondent à cette distance.

— Qui te dit que c'est en ville ?

— Rien, c'est une hypothèse. Cinquante pour cent de la population mondiale vit en ville.

— On peut voir tout de suite si tu veux, j'ai une carte de l'Europe dans mon agenda.

Ils poussèrent les tasses pour avoir plus de place. À l'aide d'une des soucoupes, Berengère traça sur la carte un cercle correspondant grosso modo à un rayon de 250 km autour de Strasbourg. S'y trouvaient Mayence, Francfort, Ulm, Zurich, Berne, Neuchâtel, Besançon, Langres, Bar-le-Duc, Luxembourg...

— Tiens, Trèves !

— Oui, c'est vrai Trèves ! Mais bon, en fin de compte ça ne veut pas dire grand-chose. C'est peut-être une coïncidence. En attendant je propose qu'on démarre.

Ils se rendirent d'abord au domicile tout proche des Schneider-Schmidt où une dizaine d'inspecteurs perquisitionnaient depuis le petit matin. Conception, la domestique, avait les yeux larmoyants. Elle assistait interdite à ce grand remue-ménage. Pénélope eut un choc en entrant dans le salon, la seule pièce qu'il connaissait. Elle était métamorphosée. Les meubles et les tableaux avaient disparu, remplacés par d'autres. Le parquet avait été recouvert de moquette, les murs étaient retapissés de frais et au plafond des fils nus attendaient encore ampoules et abat-jours.

Pénélope et Bérengère prirent Conception à part dans la cuisine.

— Ça fait longtemps que l'appartement est en travaux ?

— Ça a commencé il y a un peu plus de deux semaines. Madame voulait tout changer.

— Tout ?

— Oui, absolument tout. Même les toilettes et la salle de bain.

— Ça a dû être un sacré bazar.

— Oui, Madame est partie pendant ce temps dans le Midi.

— Et c'est vous qui étiez chargée de surveiller le chantier ?

— Oui, enfin... pas toute seule.

Elle semblait un peu hésiter, lança des regards apeurés avant de préciser :

— Il y avait aussi un jeune monsieur.

— Quel jeune monsieur ?

— Il travaillait avant avec monsieur Armand.

— Muckensturm ?

— Oui, c'est ça.

Bérengère inspecta la cuisine intégrée flambant neuve en acier inoxydable dont certains éléments, le frigo et la hotte de la cuisinière, étaient encore recouverts de leur film plastique protecteur.

— Et les anciens meubles, qu'est-ce qu'ils sont devenus ? demanda-t-elle.

— Je ne sais pas, c'est le jeune monsieur qui s'en est aussi occupé. Plusieurs personnes sont venues voir. Certaines sont revenues et ont tout emporté.

— Décidément, Roméo a la fibre déménageuse en ce moment, fit remarquer en aparté Pénélope.

Il observa la domestique intimidée et un peu terrorisée qui ne devait pas être beaucoup plus âgée que « le jeune monsieur ».

— Vous le connaissiez depuis longtemps monsieur Muckensturm ?

— Non, la première fois que je l'ai vu ici c'est juste après que vous soyez venu annoncer à Madame la mort de Monsieur.

— Longtemps après ?

— Oh non, presque tout de suite.

— Tout de suite ? Combien de temps après ?

— Peut-être un quart d'heure.

— Et vous savez pourquoi il est venu ?

— Non, ils se sont assis au salon et Madame m'a demandé de me retirer à la cuisine et de n'en sortir que quand elle m'appellerait.

— Vous n'avez rien remarqué de spécial ?

Conception se mit à pleurer.

— Ils se sont disputés. J'ai entendu des cris. J'ai même failli venir voir ce qui se passait mais Madame m'avait interdit de sortir alors je ne savais plus quoi faire et puis il est parti.

— Vous savez pourquoi ils se disputaient ?

— Non, je n'entendais pas ce qu'ils disaient. Ici on est à l'autre bout de l'appartement.

— Et quand il est parti, que vous a dit votre patronne ?

— Rien, elle m'a crié de loin que je pouvais rentrer chez moi et puis elle est sortie. Et maintenant, qu'est-ce qui va m'arriver ? Moi aussi vous allez m'arrêter ?

— Non, ne vous faites pas de souci, tout va bien. Je pense même que vous devriez rentrer chez vous pour vous reposer un peu. Vous voyez, les policiers gardent la maison. Juste une dernière chose s'il vous plaît, quand avez-vous vu Monsieur Muckensturm pour la dernière fois ?

— Hier matin.

— Il était comment ?

— Nerveux et pressé. Il cherchait Madame. Quand je lui ai dit qu'elle n'était pas-là, il s'est mis en colère. Il m'a même insultée. Il me fait peur.

Avant de quitter les lieux, Pénélope et Bérengère firent un point avec l'inspecteur qui dirigeait la perquisition.

— Jusqu'ici on n'a rien de suspect mais y a quand même un truc vraiment bizarre, c'est qu'on ne trouve rien qui ait appartenu à Schneider-Schmidt. Pas un bouton de manchette, pas le moindre papelard. Le seul truc qui reste de lui, c'est le livret de famille. J'ai jamais vu ça.

— Moi, ça ne m'étonne pas, lui répondit songeur Pénélope. Il y a d'autres endroits à visiter ?

— Une chambre de bonne, celle où habite la domestique, une cave et le garage. Un box.

— Bon courage ! Appelez-moi si vous trouvez quelque chose.

Sitôt revenus dans la voiture Bérengère fit part de son étonnement.

— Comment Roméo a pu apprendre aussi vite que vous étiez venus trouver Nadine ?

— Je pense qu'il ne le savait pas, mais il a probablement dû apprendre qu'on avait retrouvé le corps d'ASS. Le communiqué de Victor venait d'être envoyé, la nouvelle s'est sans doute répandue très vite. Ils ne devaient pas s'attendre à ce qu'on le retrouve si vite, et, dans l'urgence, il leur a fallu mettre au point une nouvelle stratégie. D'abord identifier le corps puis le récupérer et enfin obtenir le classement de l'affaire pour couper court à nos soupçons dont ils ont eu connaissance quasiment en temps réel. C'est de ma faute, j'aurais jamais dû parler de l'autopsie. On aurait dû la faire sans rien dire.

— Tu pouvais pas savoir. Donc pour toi c'est clair, Nadine et Roméo sont complices ?

— Ça me paraît évident, non ?

— Et les Marzolff ?

— On n'a pas grand-chose contre eux. Tout ce qu'on sait c'est qu'ils ont profité de la situation pour rafler la boîte. C'est tout. Non, le personnage clé maintenant c'est Muckensturm.

La suite des recherches devait apporter de l'eau à son moulin. Ils découvrirent que Roméo avait aussi organisé sa propre disparition avec la plus grande minutie. Ni l'agence qui lui louait l'appartement, ni ses parents n'étaient au courant de son déménagement. En outre, ils apprirent qu'il s'était livré pendant plusieurs soirées d'affilée à un nettoyage complet et par le vide de son ancienne chambre dans la maison familiale, une splendide villa Jugendstil du quai Rouget de l'Isle. Il avait même tenu à récupérer ses dents de lait et une de ses premières mèches de cheveux que sa mère conservait dans une petite boîte en plastique. Une demande à laquelle sa mère avait accédé sans poser de question, la mettant sur le compte « du caractère un peu fantasque » de son fils. Mais pour Pénélope c'était clair, il s'agissait de supprimer jusqu'aux traces de son ADN. Ce qui en disait long sur l'ampleur du changement de vie qu'il préparait.

Grâce aux indications de madame Muckensturm et de Franck, joint par téléphone, ils allèrent interroger une douzaine de personnes de l'entourage de Roméo. Copains d'enfance, condisciples de Sciences-Po, plusieurs ex-petites amies... Roméo était un vrai Don Juan. Mais personne ne semblait être au courant de ses projets de départ.

Pénélope dut se résoudre à une ultime et douloureuse recherche.

— Il y a encore une chose qu'on pourrait essayer. Je connais personnellement quelqu'un qui connaît Roméo, mais tu vas me prendre pour un lâche, je ne me sens pas capable d'aller l'interroger. C'est Claire, mon ex.

— Ça alors ! Elle le connaît ? Comment ça se fait ?

— Je ne sais pas d'où, ni comment, mais en tout cas elle le connaît assez pour l'inviter à ses fêtes.

— Pas de problème, Yacine, je comprends. J'irai la voir.

Pénélope l'avait attendue dans la voiture. Elle revint une dizaine de minutes plus tard, bredouille et passablement en pétard.

— Accueil moyen. Elle m'a juste dit que c'est une de ses copines qui l'a amené à son anniversaire mais que c'est la seule et unique fois qu'elle l'a vu. La copine en question c'est la petite effrontée qu'on a interrogée tout à l'heure à la Krutenau. Et puis ta dulcinée m'a carrément foutue dehors. J'avoue que j'ai un peu de mal à vous imaginer ensemble.

— Elle aussi. Elle était seule ?

— Oui. Dis donc t'as vraiment un faible pour les pestes.

— Non Claire n'est pas une peste. Il ne faut pas se fier aux apparences. Elle sait aussi être délicieuse et pleine d'attentions.

Bérengère l'observa du coin de l'œil avec une pointe de commisération.

— Et ben mon pauvre Yacine, t'es pas sorti de l'auberge !

En fin d'après-midi ils étaient allés trouver Maman pour lui faire le compte-rendu de la journée comme cela avait été convenu. Elle avait écouté sans rien dire mais ne se montra pas aussi enthousiaste qu'eux quant au bilan des opérations.

— Tout ça c'est bien joli les enfants mais on n'a pas grand-chose à se mettre sous la dent. Pas d'aveux signés, pas de nouvelle preuve, pas de nouveau témoignage à charge, en tout cas rien de probant. Avec ça, moi je ne peux pas mettre Nadine en examen. Je me demande si on n'est pas devant un crime parfait. Pas parfait parce que non élucidé, on commence même à y voir de plus en plus clair, mais parfait parce qu'on n'a aucune preuve matérielle. Rien qui permette même d'ouvrir une information judiciaire. Ils ont réussi à tout supprimer, tout effacer. Méthodiquement.

— Il y a quand même Zinoviev, plaida Pénélope.

— Sa femme ne sait même pas encore qu'il est mort et on n'est plus en mesure de le prouver. Le corps a disparu et ses cendres sont attribuées officiellement à ASS. Or l'affaire ASS est classée. On est devant un dispositif diabolique. La seule solution, ce serait de retrouver ASS.

— Et si on obtenait les aveux de Nadine ?

— Qu'elle soit coupable ou simplement complice, elle serait bien sotte d'avouer. Et elle le sait, son avocat le lui a probablement dit.

Pénélope était accablé.

— Un mec qui est prêt à tout pour disparaître, même à tuer et qui en plus a réussi à dégoter une cagnotte de cent millions, ça va pas être facile de le retrouver.

— Je sais Yacine mais à moins d'un miracle, les aveux de Nadine Schneider-Schmidt ou la découverte d'un solide élément à charge, sont les seules chances qui nous restent. Si demain après-midi vous n'avez rien de plus, on sera à quarante-huit heures de garde à vue. Je ne pourrai pas aller plus loin et serai obligée de la relâcher.

Et c'est ce qui arriva. Le lendemain à 15 h18, accompagnée de son avocat, elle quittait l'aquarium, vidée et défaite mais libre et sans qu'aucune charge n'ait été retenue contre elle. Pénélope et Bérengère l'avaient pourtant cuisinée une bonne partie de la nuit, jusqu'aux limites de l'épuisement. Ils avaient joué de tous les procédés d'un interrogatoire serré, faisant alterner selon un rythme imprévisible les séances de questions et les retours en cellule. Variant les registres, de la sympathie appuyée jusqu'aux pires menaces. Rien n'y avait fait, elle n'avait pas craqué. Même *Carré noir,* la botte secrète de Pénélope, n'avait pas fonctionné cette fois-ci. Nadine, bien briefée par son avocat, savait que ce n'était qu'une question de résistance, un sale moment à passer mais qu'il fallait tenir coûte que coûte jusqu'à la fin du temps réglementaire. Ce qu'elle avait fait en répétant pendant des heures la même litanie, jusqu'à s'en hypnotiser : « Je m'appelle Nadine Schneider-Schmidt, je suis née le 28 mars 1955 à Strasbourg, je dirige une entreprise de communication et je n'ai rien d'autre à déclarer. Je m'appelle Nadine Schneider-Schmidt, je suis née le 28 mars 1955 à Strasbourg, je dirige une entreprise de communication et je n'ai rien d'autre à déclarer. Je m'appelle Nadine Schneider-Schmidt, je suis née le 28 mars 1955 à Strasbourg, je dirige une entreprise de communication et je n'ai rien d'autre à déclarer. Je m'appelle Nadine Schneider-Schmidt... »

Chapitre 26

— Eh ben dites donc, c'est la forme des grands jours. Vous avez fait la bringue ?

Bérengère et Pénélope furent à deux doigts d'étrangler Bernard qui venait de débarquer frais comme un gardon dans la salle Petiot pour le brief du lundi matin. Bérengère se contenta d'une petite pique molle.

— T'as dérapé dans ton after-shave ?

C'est vrai qu'avec Pénélope ils n'avaient pas un moral d'enfer. Ils avaient travaillé tout le week-end et n'avaient dormi que quelques heures. Surtout, ils étaient déprimés par leur échec à confondre Nadine et à mettre le grappin sur Roméo, le héros du dernier épisode de l'enquête que Bernard avait complètement manqué et dont ils lui firent le récit complet.

— Voilà, il nous a échappé, conclut Pénélope découragé. Tous nos liens avec ASS sont plombés. Nadine est là, mais hors d'atteinte et Roméo a largué les amarres et tiré la planche derrière lui. Et comme il fallait s'y attendre, Victor est re-convoqué chez le préfet. Ce coup-ci ça sent vraiment le roussi.

Bernard hésita un peu, se racla la gorge puis, après un gros soupir, se jeta à l'eau.

— Il est en Suisse.

— Qui ?

— Muckensturm.

— Qu'est-ce qui te fait dire ça ?

— Oh, c'est une histoire un peu compliquée.

— Accouche, Bernard !

— Je sens que ça va te foutre en rogne.

— Raison de plus pour te mettre à table fissa, tu sais bien qu'on fait toujours un geste pour les repentis.

Bernard s'exécuta mais avec un petit air penaud, pas très à l'aise dans ses baskets.

— Bon, tu te souviens de ton entretien avec Muckensturm, dans ton bureau. Moi je le suivais sur la vidéo en bas et à un moment donné, un petit détail m'a sauté à la figure, un truc qu'il a dit que t'as laissé passer mais qui ne collait pas. Tu sais, le genre que tu réalises avec un tout petit temps de retard. Mais le problème c'est que, justement, dans le dixième de seconde qui a suivi, il y a eu tout un barouf à l'étage. Werner venait de rentrer d'une mission qu'avait fait foirer Santana, le nouveau dogue de Weimar soi-disant renifleur de coke. Il l'avait emmené faire un tour de routine à la frontière, à Kehl, juste histoire de lui dégourdir les pattes et les naseaux et tout à coup le chien s'est excité comme un fou autour d'un semi-remorque bulgare. Du coup ils ont décidé de le vider entièrement. Ça a pris quatre bonnes plombes. Mais quand les trente tonnes de bazar ont été déballées sur le parking de la douane, Santana n'en avait plus rien à secouer, il se baguenaudait au milieu des paquets comme si de rien n'était et ils n'ont rien trouvé. Même pas un mégot de joint. Alors de retour à l'aquarium, Werner, vous le connaissez, il a pété un câble et en passant dans le couloir, ça lui a pris comme ça, il lui a balancé un coup de pied. Mais le clébard a été plus rapide et lui a chopé le mollet. Il s'est mis à hurler et on s'est tous précipités pour voir ce qui se passait et les calmer tous les deux. C'était pas de la tarte, parce que Werner, ce con, a cru qu'on prenait parti pour Santana et il s'est mis à nous taper dessus. Alors forcément on s'est défendu, on a essayé de le maîtriser mais le chien est un animal versatile et il a aussitôt repris la défense de son maître. Bref, tout ça pour dire, qu'avec les soins à l'infirmerie, ça a duré une bonne demi-heure et, quand je suis revenu à la vidéo, j'avais oublié le détail qui m'avait alerté. Je savais que Muckensturm s'était trahi mais pas moyen de me souvenir comment. J'espérais que ça me reviendrait en visionnant la suite de l'entretien. Mais c'est pas revenu.

— Tu ne l'avais pas enregistré ?

— Ben non, on n'enregistre pas tout. T'imagines ! Il nous faudrait le budget de TF1.

— Bon d'accord, t'as été dérangé et après ?

— Ensuite ce truc s'est mis à m'obséder, je cherchais ce putain de détail, même le soir en m'endormant en essayant toutes sortes d'associations d'idées mais j'y arrivais pas. J'osais pas vous en parler à vous, j'avais peur que vous vous foutiez de moi et pourtant j'étais sûr que ce mec était pas net.

— Dis donc, t'es vachement inhibé comme flic. Tu devrais peut-être faire un travail sur toi, glissa perfidement Bérengère.

Mais Bernard fit mine de ne pas avoir entendu.

— Finalement j'en ai discuté un peu avec Big Brother qui m'a dit qu'il était sur un nouveau concept et que c'était peut-être l'occasion de le tester…

— Seigneur !

— Et c'est quoi ce nouveau concept ? demanda Pénélope inquiet.

— Le *BB Dust,* pour « Big Brother Dust », il faut prononcer « bibideuste » à l'anglaise. C'est moi qu'ai trouvé le nom, en anglais pour l'export. Je le coache un peu parce que c'est un génie mais il a pas du tout le sens du marketing. C'est un système de télé-filature qu'il a mis au point avec une nanopuce électronique reliée à un ordinateur. Une Toshiba, le top de la technologie. Elle mesure 90 nanomètres. Vous vous rendez compte ? Un quatre-vingt-dix-milliardième de millimètre. D'où le « dust ».

— Oui, ça va, on avait compris.

— Elle produit un signal parfait qu'on peut lire sur n'importe quel ordinateur et avec le logiciel Geo Data on peut la suivre et la localiser n'importe où dans le monde avec une précision d'un mètre. Grâce à un vernis colle mat et invisible, on peut la poser sur n'importe quel support. Même un document papier. Faut un microscope bien sûr parce que vu la taille tu pourrais en planquer un million rien que dans une virgule ou un accent aigu.

— Yacine, ces mecs sont complètement à l'Ouest !

— Non, c'est vachement pratique. Imagine, en cas d'enlèvement avec demande de rançon. Tu colle un « BB Dust » sur un des biffetons et hop, dès que l'otage est libéré tu récupères la braise. Et avec elle les malfaisants.

— Les malfaiteurs.

— Moi je dis les malfaisants.

— C'est ce que vous avez fait ? Vous avez bidouillé un billet ? demanda Pénélope impatient.

— Non, sa vignette d'assurance.

Pénélope était de plus en plus inquiet.

— Et après ?

— J'étudie tous ses mouvements sur mon PC depuis un mois.

— Attends Bernard, t'espionnes combien de personnes avec ce système ?

— Juste Muckensturm, je te jure.

— Sur la tête de ta mère ?

— Laissons ma mère en dehors de tout ça.

— Non déconne pas, qui d'autre ?

— Personne, je te promets. C'est un truc expérimental. On n'a qu'une nanopuce, tu penses, ça coûte la peau des fesses. Faut d'ailleurs que je la récupère.

— Bon admettons. Donc t'as suivi tous ses déplacements.

— Et j'ai remarqué un truc bizarre, même pour un écolo. Il utilisait jamais sa caisse pendant la semaine. Au point même qu'au début j'ai cru que le « BB Dust » marchait pas et j'ai été voir dans le parking si elle y était. Et elle y était. Il ne l'utilisait que les week-ends et quasiment toujours pareil. Le vendredi en fin de matinée il partait à Constance. En Allemagne.

— Oui, merci.

— Je précisais pour Bérengère.

— Et Bérengère tu sais ce qu'elle te dit ?

— Il arrivait en début d'après-midi et il laissait toujours sa tire au même endroit à l'arrivée, sur le parking du port. Elle n'y bougeait pas jusqu'au lundi soir vers sept, huit heures. Et puis il rentrait à Strasbourg. Ça commençait à me travailler alors vendredi, je suis allé sur place avec Catherine...

Bérengère était scandalisée.

— Non mais j'hallucine, tu passes tes RTT à faire des enquêtes en loucedé avec ta meuf ?

— Ça nous faisait aussi une sortie et puis à deux c'est plus cool pour les filatures. On peut se rouler des pelles dans les moments critiques. Si je pouvais te rouler des pelles c'est toi que j'aurais emmenée, tu penses bien !

Pénélope les stoppa net.

— Eh les berbères arrêtez s'il vous plaît ! Bernard, continue…

— Bref, on l'attendait et il est arrivé comme prévu vers quatorze heures. Il est allé acheter un billet pour le ferry de Bregenz, en Autriche, toujours pour Bérengère, mais il est descendu à Uttwil sur la rive suisse, un tout petit bled avec juste un embarcadère, un bistro et un parking. Il est allé sans hésiter vers le parking, s'est approché d'une bagnole, une Saab bleu marine, il a sorti des clés de sa poche, s'est mis au volant et a démarré.

— T'as relevé le numéro ?

— Ah non, merde, j'ai complètement oublié ! Non mais Pénélope tu me prends pour un cave ? TG 287 038 CH.

— Et après ? demanda Bérengère.

— Après, rien. On n'avait pas pris le temps de manger à midi, le resto du bateau était fermé et Catherine avait la dalle. Et quand elle saute un repas elle devient dangereuse. Du coup on n'a pas pu rester pour planquer.

— C'est ça quand on travaille au noir avec des amateurs.

— Tu crois qu'on peut demander à Big Brother de trouver le nom et l'adresse du proprio de la Saab sans passer par les collègues suisses ? demanda Pénélope.

— Je l'ai déjà mis sur le coup.

— Et il pense en avoir pour combien de temps ?

— Il pense avoir trouvé au plus tard en fin de matinée. Bon je suppose que maintenant ça va être ma fête.

— Non, le jury plein de mansuétude a décidé de passer l'éponge, mais c'est la dernière fois. Veinard, t'as même gagné un voyage à Constance pour trois personnes. Les deux autres étant Bérengère et moi-même. Départ dans trois quarts d'heure, vêtements chauds conseillés.

— Faut toujours qu'y ait une arnaque dans ces voyages-cadeaux. Et Constance en bagnole ça va pas être terrible terrible pour ton bilan carbone.

— À trois en voiture c'est pas mal. Bon, je sais que c'est pas le meilleur moment de l'année pour un séjour au Bodensee mais du coup il y aura moins de monde et on profitera des prix hors saison. Peut-être que je vous inviterai même à manger des Maultaschen.

— C'est quoi donc ?

— Des raviolis à l'allemande, une spécialité du coin, vous verrez c'est délicieux.

Bérengère conduisait. À côté d'elle Bernard chantait. Il imitait Francis Cabrel, « La dame de Hot Savoie », pas mal du tout d'ailleurs, et à l'arrière Pénélope brodait.

— Dis Bernard et le détail, finalement, tu l'as retrouvé ? demanda t-il.

— Oui, y a quelques jours ça m'est revenu. Pendant l'entretien il a dit à un moment qu'il ne connaissait pas la femme d'ASS. C'était ça le truc. J'étais sûr que je les avais déjà vus ensemble mais j'avais oublié où. Et en rangeant chez moi je suis retombé sur un vieux numéro de Strasbourg Magazine où on les voyait tous les deux assis côte à côte près d'ASS à la Meinau pendant le concert de Johnny en juin.

Et ils se mirent tous les trois à entonner : « Les portes du pénitencier bientôt vont se refermer… ».

À quinze heures vingt, tout de Goretex vêtue, l'équipe Belkala prit position dans un verger au-dessus de la voie ferrée qui surplombait la villa nº 575 du Seeweg à Uttwill. L'adresse du propriétaire de la Saab bleu marine, un certain Demian Antamatten, que leur avait communiquée en route Big Brother. C'était une splendide maison d'architecte ultramoderne construite sur un seul niveau avec une immense terrasse qui courait jusqu'au lac.

La lumière déclinait vite, mais Bérengère et Pénélope étaient équipés de jumelles à infrarouges et Bernard d'un appareil reflex numérique avec un téléobjectif à miroir de 800 mm braqué sur la baie vitrée du salon déjà éclairé.

La femme mince et rousse en peignoir bleu ciel qu'il avait dans le viseur lisait, affalée sur un canapé près de la cheminée. Au bout d'une demi-heure environ un homme en survêtement blanc entra dans la pièce. Son crâne rasé et luisant contrastait avec une barbe de plusieurs semaines, mais pour l'œil exercé d'un flic de la criminelle, et malgré le léger flou des optiques, il n'y avait aucun doute possible : il s'agissait bien d'Armand Schneider-Schmidt. Il s'approcha de la femme qui venait de se lever, la prit dans ses bras, lui retira sa perruque et soudain apparut la tignasse en bataille de Roméo Muckensturm. Ils s'embrassèrent fougueusement devant l'âtre tandis que crépitait le moteur du Nikon.

Épilogue

Sous les éclairs des flashs et les torches des caméras de plusieurs chaînes de télévision, Victor debout derrière un pupitre, raide comme un président des Etats Unis, annonça l'arrestation d'Armand-Schneider-Schmidt et de Roméo Muckensturm. C'était la conférence de presse de sa vie. Même la salle Jack L'Eventreur, pourtant la plus vaste de l'aquarium, celle qu'on utilisait pour les réunions de crise du plan ORSEC et les fêtes de Noël des enfants du personnel, n'était pas assez grande pour accueillir les deux cents journalistes venus de toute la France et même d'une partie de l'Europe. Face à un bouquet de micros RTL, France Inter, Europe 1, BBC, Radio France Bleue... il commenta les faits d'une voix légèrement déchirée par le trac. Par la colère aussi peut-être car les DNA lui avait soufflé la politesse en consacrant la une du jour et toute une double page à « l'Affaire Schneider-Schmidt ». Un article très bien documenté signé Franck Bilger et illustré par une photo floue des amants diaboliques, façon paparazzi, qui ajoutait à l'ensemble une note dramatique.

On y apprenait qu'ASS et Roméo avaient été incarcérés à la prison de Zurich dans deux cellules différentes pour les empêcher de communiquer, et que la procédure de demande d'extradition était en cours mais que son aboutissement, quoique certain en vertu des accords bilatéraux, risquait de prendre tout de même plusieurs semaines, voire plusieurs mois.

En attendant, dès le surlendemain, Maman fut autorisée à venir en Suisse les interroger séparément pendant une heure et leur signifier leur mise en examen pour « assassinat, complicité d'assassinat et escroquerie ».

Face à l'évidence des preuves accumulées contre eux, ils se mirent à table sans difficulté mais chacun s'efforça de couvrir l'autre en s'accusant de tout, de l'escroquerie et des deux meurtres. Ce qui ne cadrait pas très bien avec l'ensemble des faits mais l'instruction qui ne faisait que commencer permettrait sans doute d'établir leurs responsabilités respectives.

Grâce à leurs aveux on retrouva aussi Ingold et Beckerick. Le faux président d'IGB et le courtier véreux étaient en fait deux comédiens engagés à leur insu dans cette entreprise criminelle. Malgré un cachet disproportionné en regard des prestations fournies, plusieurs dizaines de milliers d'euros, qui aurait dû leur mettre la puce à l'oreille, aucune charge ne fut retenue contre eux.

Nadine, blanchie par son ex-mari et Roméo des chefs d'accusation les plus graves, fut mise en examen pour « non-dénonciation de malfaiteur, faux témoignage et destruction de preuve » mais laissée en liberté sous contrôle judiciaire.

Les indications d'ASS permirent de remettre la main sur la moitié environ du butin de l'escroquerie répartie sur une dizaine de comptes numérotés au Liechtenstein et en Suisse.

Ce qui a eu pour effet de précipiter le règlement du contentieux entre Alsafood et le Crédit Social de l'Est. Pour éviter de fâcheuses complications judiciaires un *gentleman's agreement* fut trouvé : les deux parties acceptèrent de partager le solde de la perte. Cet « incident » n'entama pas la confiance du Conseil d'administration de la banque qui confirma Hirn dans sa fonction de président. C'est donc lui qui mena à bien la négociation avec Antoine Marzolff. Antoine Marzolff qui, lui aussi, fut conforté dans son rôle de premier et même désormais seul dirigeant d'Alsafood. Il en profita aussitôt pour éloigner son neveu Fabien en le bombardant directeur général de la filiale coréenne du groupe et il rappela Gerber à sa place. Avec une belle augmentation.

Devant un tel résultat, le préfet fut bien obligé de féliciter Victor. Cela se fit discrètement entre deux bouchées de knack à la fête de Noël des responsables des administrations et services déconcentrés de l'Etat.

Victor s'employa aussi à régler le problème Werner-Santana dont la collaboration s'avérait si difficile. Werner fut muté à Angoulême et Santana réorienté vers un stage cannabis.

La *free-party* de Noël connut un succès inespéré. Elle attira plusieurs milliers de *ravers* déchaînés. À 19 heures la rue d'Austerlitz offrait le spectacle d'une marée de mousse rosâtre d'où émergeait une forêt de bras désarticulés. Seule petite note discordante, à propos de la musique : un petit papier assassin, quelques jours plus tard, dans un magazine culturel local avec un titre énigmatique : « DJ Mr Zfybov taxe cinq KWH. Glups ! ». Le rédacteur y critiquait la prestation du *didjé* qui selon lui ne justifiait pas qu'on détournât une telle quantité d'énergie électrique.

Toujours au chapitre musique, le groupe *Warnung vor dem Hunde*, reprit ses répétitions dans le garage de Franck, au grand dam de ses voisins de lotissement qui en ont eu vite marre de "ça plane pour moi", en tout cas de la version du « journaleux et de ses copains ». Ils firent même circuler une pétition.

Pourtant Pénélope, lui, était aux anges. C'était vraiment un morceau à trois accords. Il fallait le voir, cassé en deux sur sa Gibson, grattant comme un malade les riffs simplissimes mais au tempo dément de ce rock de l'extrême.

Il avait une autre raison de se réjouir. Il avait terminé « Carré noir sur fond blanc » et l'avait envoyé à Claire avec un petit mot très sobre : « Joyeux Noël » auquel, après des heures d'hésitation, il avait ajouté « S'il te plaît appelle-moi ».

Et elle avait appelé.

— Il est très beau, je l'aime beaucoup tu sais. Je l'ai mis au mur. Dans l'entrée. Dis moi mon Yacine, tu fais quelque chose entre Noël et le Nouvel An ?

— Non, rien de spécial.

— Ça te dirait pas qu'on parte quelques jours ensemble ? ça fait si longtemps...

Pénélope était à deux doigts de s'évanouir. Mais elle le réanima aussi sec.

— Figure-toi que j'ai deux billets pour le Cap Vert. Je t'expliquerai...

les enquêtes rhénanes

Des romans policiers régionaux de qualité au format de poche

Dans la même collection :

SHERLOCK HOLMES
ET LE MYSTÈRE DU HAUT-KOENIGSBOURG
Jacques Fortier

192 pages • Prix TTC : 10 € • ISBN 978-2-84574-084-6

MEURTRES BIO AU CHÂTEAU
Grégoire Gauchet

336 pages • Prix TTC : 12 € • ISBN 978-2-84574-098-3

LE PAYS DES CENDRES
Pierre Marchant

216 pages • Prix TTC : 9,50 € • ISBN 978-2-84574-105-8

LES AVENTURES ALSACIENNES
DE SHERLOCK HOLMES
Christine Muller

312 pages • Prix TTC : 12 € • ISBN 978-2-84574-112-6

LE VENIN DU MORT
Bernard Fischbach

144 pages • Prix TTC : 9,50 € • ISBN 978-2-84574-113-3

QUINZE JOURS EN ROUGE
Jacques Fortier

192 pages • Prix TTC : 9,50 € • ISBN 978-2-84574-126-3

L'ASSASSIN DES DEUX RIVES
Claude Peitz

264 pages • Prix TTC : 10 € • ISBN 978-2-84574-133-1

SÉRIE NOIRE À L'ABATTOIR
Bernard Nuss

176 pages • Prix TTC : 10 € • ISBN 978-2-84574-135-5

Première édition
—
Achevé d'imprimer en novembre 2012
par Présence Graphique à Monts (France)
Dépôt légal 4e T. 2012
ISBN 978-2-84574-141-6
—
Composé en *Arno Pro* par Le Verger Éditeur
Couverture de Vlou – www.vlou.net

Le Verger Éditeur – 67140 Barr – France
—